DAVID WILKERSON

Es begann mit Kreuz und Messerhelden

LEUCHTER-VERLAG EG · 6106 ERZHAUSEN

Titel der Originalausgabe:
BEYOND THE CROSS AND THE SWITCHBLADE
Übersetzung: KH. Neumann
Umschlaggestaltung: Dieter Illgen

1. Auflage März 1975
2. Auflage August 1975
3. Auflage August 1979
4. Auflage September 1982
5. Auflage März 1986

© 1974 by David Wilkerson
© der deutschen Ausgabe 1975 by Leuchter-Verlag eG
ISBN 3-87482-052-1

Gesamtherstellung:
SCHÖNBACH-Druck GmbH, 6106 Erzhausen

Vorwort

Immer wieder werden wir gefragt, wie es David Wilkerson seit der Zeit ergangen ist, als wir DAS KREUZ UND DIE MESSERHELDEN gemeinsam schrieben.

Wir sind immer mit David und Gwen in Verbindung geblieben und haben uns gelegentlich getroffen, um Dinge zu besprechen, die mit dem Film oder den letzten Entwicklungen in ihrem Werk zu tun hatten. Wir waren dabei, als sie von Staten Island nach Massapequa auf Long Island und endlich nach Dallas in Texas umgezogen sind. Trotz mancher Umzüge hat sich eines nicht geändert: David und Gwen sind dem einfachen Lebensstil treu geblieben. Da brauchten sie zum Beispiel kurz nachdem sie nach Dallas umgezogen waren, ein neues Auto. Gwens Traum war es immer gewesen, einmal ein luxuriöses Auto zu besitzen. (Wer von uns hätte sich dies noch nicht gewünscht?) Als sie ein unerwartetes Geldgeschenk erhielten, welches ausdrücklich für ihre persönlichen Bedürfnisse bestimmt war, kaufte David dafür einen prachtvollen Mark IV.

Am ersten Tag war Gwen begeistert. Doch am zweiten sollte sie damit zum Gottesdienst fahren und auf dem Parkplatz vor der Kirche parken. „Das Protzauto kam mir auf einmal so lächerlich vor", erzählte sie uns. „Der ganze Glanz verflog einfach. Wer sind die Wilkersons eigentlich, daß sie mit einem Mark IV umherfahren?" Innerhalb einer Woche hatten sie ihr Traumauto umgetauscht für einen einfachen Kombiwagen. Kürzlich fuhren wir in diesem Auto. Es macht ziemlich viele Geräusche, aber irgendetwas ist „gerade richtig" an dem Wagen, genauso wie es bei David und Gwen selbst ist.

Wenn auch die Eltern immer noch dieselben sind, so haben sich die Kinder selbstverständlich sehr verändert:

Debbie, noch im Vorschulalter, als wir die Familie kennenlernten, ist jetzt 20 Jahre alt und arbeitet zur Zeit vollzeitlich bei Teen Challenge in Holland.

Bonnie, jetzt 18, studiert zur Zeit am Evangel College in Springfield, Missouri, und möchte einmal eine christliche Journalistin werden.

Gary, der in Pennsylvanien geboren wurde, während David auf den Bürgersteigen New Yorks predigte, ist heute 15 und länger als sein Vater. Er möchte ein Bibelseminar besuchen, um sich für den Dienst im Reiche Gottes vorzubereiten.

Greg war noch gar nicht geboren, als wir gemeinsam DAS KREUZ UND DIE MESSERHELDEN schrieben. Er ist jetzt acht Jahre alt und hat die Idee, einmal ein Süßwarenhändler zu werden, endgültig aufgegeben und statt dessen entschieden, „einmal ein Prediger zu sein wie mein Vater".

Doch auch von der Wilkersonfamilie ist nicht nur Gutes zu berichten. Gwen zum Beispiel hatte einen längeren Kampf mit Krebs auszustehen. Und Davids Arbeit hat manche Rückschläge erlitten; wobei einige davon auf seine eigenen Fehler zurückzuführen sind.

Als David uns fragte, was wohl alles in ein Buch hineingehöre, welches die Leser von DAS KREUZ UND DIE MESSERHELDEN auf den heutigen Stand seiner Arbeit und Erfahrungen bringen sollte, machten wir ihm drei Vorschläge.

Erstens solle er berichten, wie es den Menschen ergangen ist, von denen DAS KREUZ UND DIE MESSERHELDEN erzählt, und deren weiteres Ergehen die Leser sicherlich interessiert.

Dann sollte er davon erzählen, was seit dem Erscheinen des Buches aus seiner Arbeit geworden ist. Er sollte über den Film und über Pat Boones Anteil an der Herstellung desselben berichten. Und außerdem glauben wir, daß er offen über die finanziellen Schwierigkeiten reden sollte, die im Zusammenhang mit seinem ersten Buch entstanden sind. Obwohl von dem Buch mittlerweile mehr als elf Millionen Exemplare verkauft sind und der Film meist vor vollen Häusern gezeigt wird, hatten die meisten Verleger und auch die Filmproduzenten solche Finanzschwierigkeiten, daß sie nur mit Mühe ihre Rechnungen bezahlen konnten. Wir dachten, es sei gut, wenn er erzählen würde, was dies für ihn und Gwen bedeutet hat.

Doch wir meinten, es gäbe etwas noch Wichtigeres. Vielleicht, so hofften wir, würde David auch von seinen Fehlern reden und von dem, was er in der Nachfolge Christi gelernt hatte, seit er DAS KREUZ UND DIE MESSERHELDEN schrieb. Dieses Buch sollte von Menschen reden. Doch es sollte mehr tun als dies — es sollte in jedem Kapitel auch von einigen der geistlichen Abenteuer berichten, die in wachsendem Maße ein Teil von seinem und Gwens Leben wurden.

Hier ist David Wilkerson 1974. ES BEGANN MIT KREUZ UND MESSERHELDEN wird sicherlich die Erwartungen aller erfüllen. Doch darüber hinaus bietet es Ratschläge und Hinweise für alle unter uns, deren Wunsch es ist, daß im letzten Viertel dieses Jahrhunderts in ihrem Leben der Wille Gottes geschehen kann.

John und Elisabeth Sherrill

Inhalt

Vorwort 5
Der Ort der Wiederbegegnung 11
Zeitplan des Heiligen Geistes 33
Zwei seltsame „Erfolgs"-Geschichten 57
Jerry kommt heim 81
Hochgespannte Erwartungen 95
Als ich mit der Hetzjagd aufhörte 111
Rauschgift in der Mittelstandsgesellschaft 123
Die vergessenen Teenager 141
Die Furcht, die ich nicht besiegen konnte 167
Ich will aus meiner Ehe immer das Beste machen,
auch in Not und Furcht 181
Schlußwort 203

1

Kennen Sie einen Platz,
wo Sie
immer wieder Gott begegnen können?

Der Ort
der Wiederbegegnung

Es war Juli 1972. Der Flug über den Atlantik war ereignislos verlaufen. Kein Versuch, das Flugzeug zu entführen, noch sonst etwas Besonderes hatte sich begeben. Doch wir waren alle zwölf, so stark war unser Team von Welt-Challenge aus Dallas in Texas, in gehobener Stimmung, denn wir kehrten nach Hause zurück.

Vier Wochen waren wir in Europa gewesen und hatten während dieser Zeit in 20 verschiedenen Städten je einen Abend Großversammlungen durchgeführt. Wie oft hatten wir dem Herrn dafür gedankt, daß wir während dieser Zeit die Möglichkeit hatten, eine Vier-Tage-Fahrt mit dem Schiff den Rhein hinauf zu machen. Ganz offen: ich glaube nicht, daß wir ohne diese kurze Erholungszeit die körperliche Kraft gehabt hätten, diese Großversammlungen alle durchzustehen. Es waren viel mehr Menschen gekommen, als wir erwartet hatten — 8000, 10 000, 12 000 Besucher an einem Ort. Sie alle kamen, um den „kleinen Landpastor" David Wilkerson zu hören, dessen Geschichte die meisten von ihnen aus DAS KREUZ UND DIE MESSERHELDEN zu kennen schienen. Außer in

Helsinki, Finnland, wo man den Studenten erzählt hatte, ich sei ein CIA-Agent, der überall in Europa für Präsident Nixons Ansicht über den Vietnamkrieg Propaganda machen solle, fand ich überall offene Herzen. Viele Hunderte junger Menschen übergaben Christus ihr Leben, und im allgemeinen hatten wir alle das Gefühl, daß unsere Europareise erfolgreich gewesen war. Auch als Gwen sich plötzlich krümmte, weil heftige Schmerzen sie überraschend packten und sie deshalb sogar auf einer Bahre aus dem Flugzeug getragen werden mußte, blieb uns diese freudige Siegesstimmung erhalten. Wir überhörten die leise Stimme, die in uns flüsterte: „Der Krebs frißt immer noch in Gwen." Statt dessen beteten wir darum, daß Gott sie schnellstens heilen möge. Am nächsten Tag wurde Gwen wieder aus dem Krankenhaus entlassen und fühlte sich blendend.

Auch ich hatte einen kleinen Sieg über meine Furcht vor dem Fliegen errungen. Zumindest: Ich war in die Maschine gestiegen, und das war schon allerhand! Wie hatte ich doch mit meiner Furcht vor dieser Flugreise kämpfen müssen. Wie hatten doch alle mit mir gelitten, als meine Hände vor dem Start zu schwitzen begannen und meine Fingerknöchel weiß wurden, weil ich mich so fest an die Armlehnen des Sitzes klammerte. Doch irgendwie war es dann doch gelungen. Der riesige Jumbo hatte den Atlantik wohlbehalten überquert, und hier waren wir nun, im Anflug auf den Kennedy-Flughafen in New York.

Unter uns lag die Riesenstadt mit ihren acht Millionen Einwohnern, ihrer unmöglichen Enge, ihrem Schmutz, ihren Gettos und ihren Auseinandersetzungen: Schwarze gegen Puertoricaner, Juden gegen militante Weiße. Welch ein Unterschied zu Holland, der Schweiz, Norwegen oder Finnland, wo es so aussieht, als hätten die Regierungen viele der Risiken des Lebens durch Gesetze geregelt und beseitigt. Da gab es keine nennenswerten Elendsviertel, keine Sorgen wegen der hohen Behandlungskosten im Krankheitsfalle, keine Probleme für wohnungs- und heimlose alte Menschen.

Ganz gewiß konnten wir dies von den USA nicht sagen. Das Land, in das wir zurückkehrten, wurde von Problemen zerfressen. Doch wir wußten, daß wir hierher gehörten. Wir waren berufen, hier zu arbeiten, unter den Menschen der Slums und der Wohlstandsviertel gleichermaßen. Für alle, die unter irgendwelchen Nöten seufzten.

Vom Flughafen aus fuhren Gwen und ich mit Edgar Palser, dem Pastor unserer neuen Gemeinde in Dallas, Texas, nach New York hinein. Edgar und seine Frau Sarah waren mit uns in Europa gewesen. Die beiden hatten sich vorher nur ganz kurz in New York aufgehalten und bekamen immer erstauntere Augen, als wir die Autobahn verließen und in dieses große Krebsgeschwür hineinfuhren, welches wir noch vor kurzer Zeit aus dem Fenster des Jumbos von oben betrachtet hatten.

Edgar und Sarah konnten nicht wissen, wie es mich bewegte, wieder einmal in New York zu sein. Während der Jahre habe ich die Angewohnheit entwickelt, immer wieder einmal Plätze zu besuchen, die ich „Wiederbegegnungsorte" nenne; besondere Treffpunkte, wo mir in der Vergangenheit der Herr begegnet ist und wohin ich in Zeiten der Not zurückkehre, darauf vertrauend, Ihn neu zu erleben. Es ist etwas Seltsames um Orte. Dies ist wohl auch der Grund, weshalb die Bibel so oft von Altären, Heiligtümern und besonderen Bergen redet. Wie durch einen Instinkt werden wir oft zu den Plätzen gezogen, wo wir einst Gott begegneten; hoffend, Ihn hier neu zu erleben.

Auf irgendeine Weise war für mich ein bestimmtes Haus in Bedford-Stuyvesant, Brooklyn, so ein Wiederbegegnungsort. Es ist ein wenig seltsam, daß es für mich einen solchen Platz ausgerechnet in dem Stadtteil von New York gibt, von dem man sagt, daß es hier pro Quadratmeter mehr Mörder gäbe, als an irgend einem anderen Ort der Welt. Doch ich hatte den Herrn in dieser Abfallgrube viele Male erlebt. Ich war Ihm begegnet, während wir an der Seite eines Süchtigen standen, der während der Tage seines Kampfes gegen das Heroin oft vor Schmerzen schrie; oder auch, wenn ich in die verängstigten Augen eines schwarzen Jungen schaute, der es nicht wagte, seinen eigenen Wohnblock zu verlassen, weil er sich nur hier sicher fühlte; und auch in dem Gesicht eines Mädchens, welches einfach an einer Straßenecke kniete, um ihrem Leben ein Ende zu machen, war mir der Herr begegnet.

Ich fühlte, daß ich wieder einmal nach Bedford-Stuyvesant, als einem „Wiederbegegnungsort" zurückkommen sollte, denn ich hatte ein Problem zu bewältigen. Während der Jahre unserer Arbeit hatten wir uns immer weiter von New York entfernt. Unsere Gemeinde blieb, als die Zeit weiterging, nicht mehr auf eine Stadt beschränkt, sondern wurde nach und nach das ganze Land, die Großstädte und ihre Vororte ebenso wie die Kleinstädte und Dörfer. Wir hatten, der zentralen Lage wegen, unser Hauptquartier sogar nach Dallas in Texas verlegt, und Teen Challenge in New York war nur noch ein Teil des Gesamtwerks von Welt-Challenge.

Doch immer noch lag mir New York besonders am Herzen. Ich ließ keinen Tag vergehen ohne ernste Fürbitte für diese Stadt. Noch vor kurzer Zeit, als wir New York anflogen und ich hinunterschaute auf das weit ausgebreitete häßliche Ungetüm unter mir, hatte ich gebetet, daß der Herr mir an dem alten „Begegnungsort" ein Wort der Ermutigung zurufen möge, oder auch ein Wort der Korrektur darüber, daß wir um der größeren Gemeinde willen von hier weggezogen waren. „Was ist mit der Stadt, Herr?" hatte ich gefragt. „Was ist mit New York? Ich glaube, Dich so verstanden zu haben, daß ich die Arbeit hier jetzt anderen überlassen sollte. Aber gern hätte ich noch einmal eine Bestätigung dafür."

Als Gwen und ich nun mit Edgar und Sarah durch die Straßen fuhren, erzählte ich ihnen von der Stadt. Ich machte sie auf immer neue Plätze aufmerksam, die mir aus den Tagen meiner Arbeit in den Straßen Brooklyns noch allzugut bekannt waren. Da war die Öffentliche Schule Nr. 67, in der ich zum ersten Male zu Nicky Cruz und Israel gepredigt hatte. Edgars helle Augen schauten forschend umher. Plätze, die ihm aus dem Buch bekannt waren, wurden vor seinen Augen auf einmal lebendig. Ich hingegen wurde immer stiller, während ich sie alle wiedersah.

Edgar unterbrach mein Nachdenken. „David", sagte er, „ehe wir auf diese Reise gingen, bat ich den Herrn, mir ein Werk zu zeigen, welches wir von unserer Gemeinde aus unterstützen könnten. Ich glaube, deiner Arbeit hier in New York geht es finanziell recht gut . . . (mir war nach Lachen zumute bei dieser Feststellung, doch ich schwieg) . . . bitte entschuldige deshalb, daß ich glaube, wir sollten nicht Teen Challenge unterstützen, sondern eine andere Arbeit. So bat ich den Herrn, mir Seinen Willen kundzutun."

Wir brachten nicht allzuviel Zeit im Teen Challenge-Zentrum zu und machten mit Edgar und Sarah noch einen kurzen Abstecher nach der Clinton Avenue Nr. 416, wo alles angefangen hatte. Hier zeigten wir ihnen die Räume, in denen noch immer süchtige Jugendliche die Tortur der Entziehungskur durchzustehen haben. Dann führten wir sie durch die benachbarten Gebäude, die der Herr uns seit der Zeit, in der DAS KREUZ UND DIE MESSERHELDEN geschrieben wurde, gegeben hatte. Ich stellte ihnen meinen Bruder Don vor, der die Arbeit in New York leitet, und auch meine Mutter, die noch immer unter den jungen Leuten von Greenwich Village arbeitet, wo sie als die „Village Square" (Dorfheilige) bekannt ist. Endlich führten wir sie noch in den Raum, in dem wir den Brief von W. Clement Stone gelesen hatten, in dem er uns die großartige Neuigkeit mitteilte, daß er uns einen so großen Geldbetrag spenden wollte, daß es uns möglich werden würde, unsere Arbeit über das ganze Land auszubreiten.

Dann fragte ich Edgar, ob es noch etwas gäbe, was er gern sehen wolle. „Ja. Können wir einmal einen der Orte besichtigen, wo die Leute, die hier wohnen, aufwachsen?" fragte er.

Mir war sofort klar, wohin wir jetzt gehen sollten. Wir stiegen alle vier wieder in das Auto, ich wendete, und dann fuhren wir in Richtung Zweite Avenue. Während wir noch fuhren sagte ich:

„Nimm deine Brieftasche aus dem Anzug, Edgar. Unsere Brieftaschen sowie die Handtaschen von Sarah und Gwen werden unter dem Sitz versteckt." Die Palsers schauten mich ziemlich verdutzt an. „Wenn wir Brieftaschen und Handtaschen dabei haben, bringen wir uns unnötig in Gefahr", sagte ich erklärend.

Wir stiegen aus, verschlossen das Auto sorgfältig und gingen die Zweite Avenue hinunter. „Ihr geht zwischen uns", sagte ich zu Sarah und Gwen, und gab mir dabei Mühe, das, was zu sagen war, so auszusprechen, daß es nicht unnötig dramatisch klang. „Versucht euch so zu geben, als wären wir irgendwelche Bauinspektoren oder etwas ähnliches und zeigt nicht, daß ihr als Besucher hier seid. So sind die Chancen größer, in Ruhe gelassen zu werden."

Ich sagte dies alles, weil es öfter geschah, daß Leute, die nach Bedford-Stuyvesant kamen und durch die Straßen gingen, überfallen wurden. Wir gingen immer weiter die so bekannte Straße hinunter, bis wir zu einem Haus kamen, was mir noch sehr gut in Erinnerung war. Hier blieben wir stehen.

„Hier ist ein Gebäude, in dem ich gesehen habe, wie Jugendliche sich Rauschgift spritzen", sagte ich. Neben einem Haufen Abfall stehend, der vor der alten Mietskaserne lag, erzählte ich den Palsers von der Zeit, als ich hier fünf Jungen aus einer Straßenbande traf. Sie lungerten hier herum, an dieser Einfassung lehnend, als ich, ein unerfahrener Dorfprediger, hier die Straße entlang kam. Einer der Jungen erkannte mich. Mein Bild war ja in fast allen Tageszeitungen New Yorks erschienen, weil ich versucht hatte, einigen Mitgliedern einer Jugendbande zu helfen und dadurch selbst mit dem Gesetz Schwierigkeiten bekam. „Ha, hier ist der Pastor, der selbst daran Schuld ist, daß man ihn aus dem Gerichtssaal hinausgeworfen hat", sagte einer der Jungen.

Die anderen schienen ein wenig interessiert zu sein. Sie richteten sich etwas mehr auf, um dadurch ihre Aufmerksamkeit anzudeuten, und machten Bemerkungen über die Bibel, die ich unter dem Arm trug. „Hast du da auch etwas für uns drin, Pastor?" Ich begann, zu ihnen zu reden und erzählte ihnen in einfachen Worten, daß sie von Gott geliebt wurden, gerade so wie sie waren, und hier und jetzt.

Doch die Jungens schliefen ein. Ihre Augen schlossen sich immer mehr und sie schienen gelangweilt. Das machte mich ärgerlich. Ich ging ein großes Risiko ein und schüttelte einen von ihnen heftig an der Schulter. „Was ist los mit euch? Wie könnt ihr hier einschlafen?"

„Mann, weißt du das nicht? Wir sind Süchtige."

„Halt den Mund, Kleiner", sagte einer der Jungen.

„Mache dir keine Sorgen", antwortete der so Angesprochene. „Das ist keiner von der Rauschgiftpolizei, das ist ein Hallelujamann."

So kamen wir ins Gespräch. Zum Schluß boten der Kleine und seine Freunde mir an, mich auf einen kleinen Trip mitzunehmen. Wenn ich wünschte, sagten sie, dürfte ich zusehen, wenn sie sich Rauschgift spritzten. Nun, ich wünschte es nicht. Erstens hätte ich dadurch das Gesetz übertreten, aber noch viel wichtiger war mir, daß ich dabei hätte zusehen müssen, wie diese jungen Kerle etwas taten, was ihnen das Leben kosten konnte. Andererseits war mir eines klar: Wenn ich diese Jungens je mit meiner Botschaft erreichen wollte, mußte ich herausfinden, wie ihr Leben beschaffen war.

So willigte ich endlich doch ein. Wir gingen durch einen nach Urin riechenden Hausflur und stiegen sechs Etagen hinauf bis unters Dach. Dort stieß einer eine zerbrochene Tür auf. In dem Raum angekommen, holte der Kleine hinter einer niedrigen Mauer eine alte Coca-Cola-Flasche hervor, die halb mit schmutzigem Wasser gefüllt war. Dann brachte er sein Werkzeug herbei: Einen Flaschenschraubverschluß aus Metall, ein Streichholz, ein Stück Gummischlauch und eine Spritze. Er tauchte die Nadel der Spritze in das verdreckte Wasser.

„Warum tust du das?" fragte ich.

„Ich sterilisiere die Nadel, Mann."

Der Kleine zog einen durchsichtigen Beutel mit weißem Pulver aus seinem Hutband und schüttete das Pulver in die Flaschenkappe. Dann erhitzte er das Gemisch, zog es in die Spritze, schlang sich den Gummischlauch so fest um seinen

Arm bis die Vene hervortrat, und spritzte sich das Zeug dann direkt in die angeschwollene Ader.

Die Augen des Kleinen waren gelb. Auch seine Haut war gelb. Er hatte die Gelbsucht. Doch die infizierte Nadel wurde aus seiner Vene gezogen und sofort in die Ader des nächsten Jungen gestoßen, und dann in die eines anderen. Als der dritte Junge sich spritzte, wurde ich ohnmächtig.

Das nächste, was ich mitbekam war, daß jemand mir leicht ins Gesicht schlug und sagte: „Was ist los mit dir, Pastor? Du Schwächling." Ich setzte mich. Erst jetzt bekam ich wieder mit, wo ich war und was vorging.

„Schwächling? Ja, ich bin ein Schwächling. Aber der Kleine ist gelbsüchtig, wißt ihr das nicht? Durch diese Nadel bekommt ihr alle eine Leberentzündung."

„Aber deshalb bist du doch nicht ohnmächtig geworden, Mann. Du konntest es einfach nicht mit ansehen, wie wir uns alle gespritzt haben. Weißt du nicht, daß wir uns vor einer Leberentzündung nicht fürchten. Für uns gibt es keine Hoffnung mehr und wir werden wohl an einer Überdosis Rauschgift zugrunde gehen."

Dort auf dem Dachboden, in Teer und Schmutz hinter einer niedrigen Mauerbrüstung hockend, betete ich kurz und klar: „Herr, ich verspreche Dir, daß ich nie mehr über Erlösung und Heil predigen werde, wenn jetzt nicht hier, in dieser Situation geholfen werden kann. Entweder die Worte, die wir zu sagen haben, bewirken etwas, oder wir haben nichts zu sagen. Zeige mir, Herr Jesus, was ich tun soll. Zeige es mir."

Dies war nun alles schon so lange her. Fünfzehn Jahre. Meine Arbeit unter den Süchtigen war aus diesem Gebet erwachsen. Oft war ich in Zeiten der Verzweiflung an diesen „Begegnungsplatz" zurückgekommen, um neu gestärkt zu werden. Heute, an diesem heißen Sommertag, stand ich zusammen mit Gwen und den Palsers wieder einmal vor diesem Gebäude. Gemeinsam stiegen wir die Steinstufen hinauf und betraten den Treppenflur des heruntergekommenen Gettohauses. Es schien so, als hätte sich nichts verändert. Immer noch roch es nach Urin, und die Fenster waren auch noch zerbrochen. Immer noch klebten an den Wänden stinkende, häßliche Schmutzfladen von undefinierbarer Substanz, und überall waren gemeine Worte angeschmiert. Und durch die verschlossenen und sicherlich dreifach verriegelten Türen hindurch hörte man immer noch harte Stimmen miteinander streiten.

Wir stiegen, in der stickigen Hitze keuchend, die Stufen aller sechs Etagen hinauf. Da war derselbe Bodenraum und immer noch die zerbrochene Tür. Wir stießen die Tür auf und standen in demselben überdachten Raum hinter der Mauerbrüstung, wo der Kleine und seine Freunde ihre Spritze in einer mit schmutzigem Wasser gefüllten Coca-Cola-Flasche „sterilisiert" hatten. Wir waren gerade dabei, über das Gebet nachzudenken, das ich vor so langer Zeit an diesem seltsamen „Begegnungsplatz" gebetet hatte, da hörten wir plötzlich ein Geräusch hinter uns und auf der Türschwelle erschien ein schwarzer Mann.

„Was tut ihr denn hier auf meinem Boden?"

Seine Frage hatte eigentlich nicht feindlich geklungen, sondern eher nachdenklich und neugierig. Ich stellte mich, meine Frau und die Palsers vor und erzählte ihm, wie ich in diesem Bodenraum vor 15 Jahren Gott mein Leben dafür zur Verfügung gestellt hatte, an Jugendlichen in Not und Elend zu arbeiten.

„Sie wollen doch nicht sagen, daß Sie dieser Mensch von Teen Challenge sind?" staunte der große Mann.

„Hier, an diesem Platz, hat es angefangen."

„In meinem Haus? Was wissen Sie darüber? Ich bin der Hauswirt." Dann fuhr er fort, uns zu erzählen, wie er auf seine besondere Weise versuchte, der Botschaft des Evangeliums gerecht zu werden, indem er alte Gebäude aufkaufte und versuchte, sie in vernünftige und ordentliche Wohnhäuser umzuwandeln. „Meist gelingt es mir nicht", fügte er noch hinzu. „Aber eine gute Sache läuft bei mir. Kommen Sie mit, ich werde es Ihnen zeigen."

Der massige Mann stieg die schmutzigen Stufen wieder hinunter. Wir folgten. Beim Hinuntersteigen wurde uns durch zwei kleine aber niederschmetternde Erlebnisse klar, was der Hauswirt gemeint hatte, wenn er sagte, daß seine Versuche ihm nicht gelingen wollten. Als wir an einem Fenster vorbeigingen, sauste gerade ein großer Sack mit Abfall daran vorbei und schlug mit einem dumpfen Knall unten im Hof auf. „Da" sagte der Hauswirt. „Diese Menschen machen noch nicht einmal sauber, wenn ich dafür bezahle." Aber schlimmer noch: Als wir in die dritte Etage kamen, trafen wir zwei Kinder. Sie waren etwa zehn bis zwölf Jahre alt. Sie standen in der Ecke, hatten ihre Ärmel aufgerollt und stachen sich mit Zahnstochern in ihre Adern, als wollten sie sich Rauschgift spritzen. Als sie uns sahen, begannen sie mit den Köpfen zu wackeln, als ob sie Swing tanzen wollten.

„Macht, daß ihr hinauskommt, ihr beiden", schrie der Hauswirt. Dann wandte er sich an uns und sagte: „Sehen Sie, was ich meine? Was kann ich tun? Sie versuchen so zu sein wie ihre großen Brüder."

Ich hörte Edgars Frau leise schluchzen, als wir weiter bis zum Keller hinunterstiegen.

Um in den Keller dieses Gettohauses zu kommen, mußten wir es erst verlassen und außen um den Eisenzaun herumgehen, um dann eine Anzahl Steinstufen hinabzusteigen. Das erste, was mir auffiel war, wie sauber und ordentlich diese Stufen waren. Unser Wirt klopfte an die Kellertür und bald darauf erschien das Gesicht eines Puertoricaners in mittleren Jahren.

„Fernando", rief der Hauswirt, „können wir hereinkommen?"

Der Puertoricaner öffnete die Tür weit, trat zurück und sagte, als wir eintraten: „Preis dem Herrn!" Ich wußte sofort, daß wir an einem heiligen Ort waren. Das alte Kellerpflaster war mit Dachziegeln auszementiert und die Wände frisch gestrichen. Man konnte sehen, daß hier ein Amateur gearbeitet hatte. Handgeschriebene Buchstaben waren an die Wände geklebt. Die Worte liefen in krummen Linien entlang. Eines da-

von lautete: „Mache dir nichts vor! Du bist nicht mit dir allein!"
In dem Kellerraum standen sechs Feldbetten. Irgendetwas war an dieser selbstgemachten Ordnung und Gemütlichkeit des Raumes, das mir klar machte: dies hier war geweihter Boden für Fernando und die Leute, die in diesen Feldbetten schliefen; wer immer sie waren.

Der Hauswirt stellte uns vor und erzählte dann einiges von Fernandos Geschichte: Er war — was, wenn man ihn jetzt sah, nahezu unglaublich schien —, für 35 Jahre heroinsüchtig gewesen. Während des größten Teils dieser Zeit hatte er sich Heroin gespritzt. Ich hätte nicht geglaubt, daß dies möglich sei. Durch die Sucht hatte er seine Familie verloren. Seine Frau hatte ihn verlassen und seine Kinder wollten nichts mehr mit ihm zu tun haben. Außerdem hatte er dadurch seine Arbeit, sein Selbstvertrauen und seine Gesundheit eingebüßt. Doch dann hatte er eines Tages eine Gruppe Teen Challenge-Leute getroffen, die eine Straßenversammlung abhielten. Er kam buchstäblich aus der Gosse, übergab sein Leben Gott, und dann geschah an **ihm eines der Wunder, die mich immer wieder so ermutigt haben:** Fernando, der 35 Jahre lang Süchtige, kam durch Gottes Hilfe los davon. Kurze Zeit später bekam er bei Teen Challenge Arbeit als „Mädchen für alles". Wir zahlten ihm 130,— Mark pro Woche.

„Und hier fängt die Geschichte eigentlich erst richtig an", sagte der Hauswirt, und lächelte Fernando zu. „Mann, war das eine gute Sache. Fernando kam zu mir, weil er wußte, daß ich versuchte, meinen Mietern zu helfen. Er fragte mich, ob er den Keller für drei Jahre mietfrei haben könne. Ich wollte wissen wozu, und er sagte, er habe die Absicht, ein Rehabilitationszentrum für unseren Wohnblock daraus zu machen. Er wollte sich besonders auf die Jugendlichen unseres Wohnblocks konzentrieren. Ich sagte zu ihm: ‚Gewiß. Warum nicht?' Und so begann Fernando mit seinem Zehnten hier diese Arbeit. Ich glaube allerdings, bei seinem Zehnten meinte er mehr, daß er 90 Prozent für diese Arbeit gab und zehn Prozent für sich behielt. Und hier können Sie selbst sehen, was er getan hat."

Der Hauswirt schwenkte seinen langen Arm anerkennend quer durch den niedrigen Raum. Ich sah selbst alles genau so wie er es sah: Einen in all der Einfachheit doch kostbaren Ort.

„Wissen unsere Leute von Teen Challenge von deiner Arbeit hier?" fragte ich Fernando.

„Nein, ich wollte erst wirklich etwas in Gang bringen. Ich habe hier vier Jugendliche zum Herrn geführt. Sie sind jetzt frei vom Rauschgift und leben hier. Aber du kannst es mir glauben, Bruder David, ich frage mich manchmal, wie ich das noch bewältigen soll. Es wäre nicht gut, wenn die Jugendlichen wieder in ihre Familien zurück müßten; sie kämen dann wieder in das alte Leben hinein. Doch es ist recht schwierig, die vier Jungens und mich noch dazu zu ernähren, wenigstens die nötigste Kleidung für sie zu beschaffen, und sie mit Busfahrgeld zu versorgen, wenn sie sich aufmachen um Arbeit zu suchen — und das alles mit 130,— Mark in der Woche." Ganz automatisch fanden meine Augen die von Pastor Palser, und er nickte mir zu. Er hatte darum gebetet, in Brooklyn eine Arbeit zu finden, die er mit seiner Gemeinde unterstützen wollte, und nun hatte der Herr sein Gebet beantwortet.

Kurze Zeit später saßen Edgar, Sarah, Gwen und ich wieder in unserem Auto. Plötzlich begann ich zu lachen. Es war ein etwas wunderliches, heilsames und heiliges Lachen, so, wie ich nur bei wenigen Gelegenheiten meines Lebens hatte lachen können. Ich glaube, es muß eine Art preisendes Lachen gewesen sein, denn es war mit Worten des Dankes an den Herrn vermischt. Ich versuchte nicht, es zu unterdrücken, und bald stimmten Gwen, Sarah und Edgar ein. Wir haben vielleicht drei Minuten lang gelacht und waren fröhlich, als würde lebendiges Wasser durch uns hindurchfließen. Wir hatten alle genau verstanden, was das eben gemachte Erlebnis für uns bedeutete.

„Und wenn ich mich im Hades lagerte, so wärst du dort", zitierte Edgar (siehe Psalm 139, 8). Wir lachten aufs neue, denn das Wort traf genau die Situation. Jeder von uns war davon überzeugt, daß dieses verkommene Haus in der Zweiten

Avenue, mit seinen durch die Fenster in den Hof geworfenen Abfallbeuteln, mit seinem nach Urin riechenden Treppenhaus und dem Bodenraum, der Süchtigen als Treffpunkt diente, ein Platz war, an dem Gott lebte, so unglaublich es auch klingen mochte.

„Herr, ich danke Dir, daß Du uns immer wieder zeigst, auf welche Weise Du heute noch arbeitest", sagte ich. „Ich danke Dir, weil Du uns Fernandos Werk ans Herz gelegt hast. Ich danke Dir, weil Du meine Frage wegen unseres Umzugs nach Dallas beantwortet hast. Ich sehe jetzt, daß Du Dir eine neue Generation Dir geweihter Menschen in dieser Stadt erweckt hast. Dein Werk hängt nicht von einem einzelnen ab. Nicht von mir oder von meinem Bruder Don. Auch nicht von meiner Mutter noch von irgendeinem unserer Mitarbeiter bei Teen Challenge. Es ist Dein Werk, Herr, und Du fährst fort es zu segnen."

Wir holten unsere Brief- und Handtaschen wieder unter dem Sitz hervor. Ich legte den Gang ein und wir fuhren davon, diesen heiligen Boden hinter uns lassend.

Dies ist der Bericht eines Besuches an einem „Wiederbegegnungsplatz", und zwar zu einer Zeit, da ich es sehr nötig hatte. Ich fuhr nach Dallas zurück und war neu ermutigt und gestärkt in der Zuversicht, daß unser Entschluß, unsere Arbeit auf das ganze Land und darüber hinaus auszubreiten, und nicht nur in den Grenzen von New York zu verharren, vom Herrn gewesen war. Edgar und seine Frau nahmen Fernandos Arbeit als ein Teil ihrer Missionsaufgabe und als besonderes Gebetsanliegen mit nach Hause. Der Hauswirt bekam neuen Mut und faßte den Entschluß, das Haus weiter zu behalten.

Ich wüßte nicht so recht, was ich, seit ich das Buch DAS KREUZ UND DIE MESSERHELDEN geschrieben habe, ohne solche „Wiederbegegnungsplätze" manchmal getan hätte, und zwar ganz besonders in Zeiten besonderer Entscheidungen. Ich kann Jakob sehr gut verstehen, der bei Pniel kniet und sagt: „Denn ich habe Gott von Angesicht zu Angesicht gesehen und bin am Leben geblieben" (1. Mose 32, 30). Ich kann sehr gut

verstehen, warum Abraham seine Altäre „dem Gott baute, der ihm erschienen war" (1. Mose 12, 7), und warum der Psalmist sagt: „Ich freue mich, als man mir sagte: ‚Wir wollen pilgern zum Hause des Herrn!'" (Psalm 122, 1).
Üblicherweise waren „Wiederbegegnungsplätze" für mich Orte, in die ich andere Leute nicht einführte. Für mich waren solche Plätze, wo ich einmal den Herrn mit besonderen Fragen auf dem Herzen aufgesucht hatte, eher private und verborgene Orte. Zu solchen Plätzen konnte ich immer wieder zurückkehren, wenn mir die Lasten einmal zu schwer zu werden drohten. Während unserer Heimreise nach Dallas dachte ich über solch einen Anlaß nach.

Ich war in Schwierigkeiten, wußte es aber selbst noch nicht. Ich hätte es mir nicht träumen lassen, welch ein Wandel durch die Herausgabe des Buches DAS KREUZ UND DIE MESSERHELDEN in meinem Leben eintreten würde.
Das Buch enthält ein Nachwort, in dem ich über unser Werk sagte, daß der Heilige Geist hier der Leiter sei. Zu der Zeit, im Spätjahr 1964, war solch eine Feststellung nur zu wahr und richtig. Unsere Arbeit war immer noch recht klein und unbekannt. Wir waren völlig auf die Hilfe des Herrn angewiesen. Ob es uns nun gefiel oder nicht: wir waren ein recht kleiner, einfacher Haufen.
Doch das Erscheinen des Buches änderte dies. — Plötzlich fand ich als Rauschgiftexperte Beachtung. In dem Magazin LIFE erschien ein langer Artikel über Teen Challenge und die Arbeit, die wir unter den Süchtigen taten. Dann gab es einen Artikel mit Titelbild in dem Magazin TIME. Die großen Tageszeitungen NEW YORK TIMES, DAILY NEWS und POST schrieben über uns. Ich wurde aufgefordert, über Fernsehen und Rundfunk zu sprechen. Die Einladungen kamen schneller, als ich sie wieder absagen konnte. Es mußten drei Telefone in mein Büro gelegt werden, damit ich mit allen Anrufen fertig werden konnte, und vier Sekretärinnen brauchte ich, um die Flut von Korrespondenz zu bewältigen. Die Leute hielten mich

auf der Straße an, um mir Fragen zu stellen. Für unser Privattelefon mußten wir uns eine Nummer geben lassen, die nicht im Fernsprechbuch stand, sonst hätte es nie still gestanden. Kurz gesagt: ich war nicht mehr länger eine Privatperson.
Dann geschah es eines Tages: Es war im Sommer 1968, vier Jahre nachdem das Buch erschienen war. Ich hatte es eilig und rannte buchstäblich von unserem alten Gebäude in der Clinton Avenue Nr. 416 zu unserem neuen Hauptquartier, welches wir in derselben Straße weiter unten, Hausnummer 444, gekauft hatten. Da stand plötzlich ein Chinese vor mir.

Ich weiß nicht, wo er hergekommen war, denn ich hatte niemand kommen sehen. Jedenfalls — hier war er und stand genau vor mir. Ich versuchte, links an ihm vorbei zu kommen, doch er stellte sich mir in den Weg. Ich versuchte es auf der anderen Seite, doch er stand wieder vor mir. Da blieb ich stehen. Das Wetter war sehr heiß und drückend und ich wurde ungeduldig.

„Entschuldigen Sie", sagte ich, und versuchte nochmals, an ihm vorbei zu kommen. Doch er versperrte mir wieder den Weg und ich mußte stehen bleiben.

„Sie sind David Wilkerson", sagte der Mann. Es war eine Feststellung, keine Frage. Er sah mich aus seinen engen, ruhigen Augen so friedevoll an, daß ich nicht anders konnte, als stillestehen. „Ich bin ein Mann Gottes", sagte der Chinese in tadellosem Englisch, „und wohne in Hongkong. Der Herr hat mich hierher gesandt, um mit Ihnen zu reden. Meine Botschaft ist sehr einfach: Sie verlassen sich zu sehr auf David Wilkerson. Sie verlassen sich nicht mehr auf den Heiligen Geist. Sie haben Ihre Schlichtheit verloren."

Na, das war vielleicht unerhört. Ich wurde fast wütend. Wie konnte dieser kleine Chinese es wagen, sich mir in den Weg zu stellen, wo man mich für ein sehr wichtiges Interview erwartete? Wußte er denn nicht, daß ich jede Woche zu mehr als 6000 Menschen sprach und daß meine Arbeit an Rauschgiftsüchtigen sich von New York aus über die Vorstädte bis weit in das Land hinaus ausgedehnt hatte? Ich verwendete nicht so viele Worte, um ihm dies zu sagen, aber ich bin sicher, daß die ganze Art meiner Antwort und die Betonung jeder Silbe genau zum Ausdruck brachte, was ich sagen wollte: „Wie kannst du es wagen, einen so wichtigen Mann wie David Wilkerson aufzuhalten?"

Der Mann war betroffen, das konnte ich sehen. Seine Augen füllten sich mit Tränen. „Ich bin nicht besorgt um mich selbst, David", sagte er, „es geht mir um Sie. Ich möchte Sie um alles in der Welt nicht ärgern. Ich weiß, daß der Herr Sie sehr gebraucht hat. Aber ich muß gehorchen. Mir wurde gesagt, daß ich so zu Ihnen reden sollte, und deshalb tat ich es."

Dann ging der kleine Mann weg. Ich blieb noch eine ganze Weile still stehen, schwitzte, und wunderte mich, woher er sein gutes Englisch hatte. Dann zuckte ich mit den Schultern und rannte schnell zu meiner Vereinbarung. Ich war damit zufrieden, daß ich mir sagte, dies konnte nicht vom Herrn kommen. Der Herr würde mich nicht auf so harte Weise gemahnt haben, Er war sanft und freundlich.

Und so ungefähr erzählte ich es am Abend auch Gwen: „Das war doch ziemlich dumm, nicht wahr, daß dieser Mann mir sagt, ich hätte meine Schlichtheit verloren?"

„Dumm?" antwortete Gwen. „Nein."

Gwen war nie zänkisch gewesen, und ich hatte ihr nie etwas vormachen können. Ich mochte immerhin versuchen, den mysteriösen Fremden beiseite zu schieben. Doch wenn Gwen seine Gedanken der Aufmerksamkeit wert befand, dann war es gut, sorgfältig darüber nachzudenken. Hatte ich wirklich meine Schlichtheit verloren?

Unser eigener Lebensstandard hatte sich seit unserer Zeit in Philipsburg, bis wir nach New York zogen, nicht sehr verändert. Doch jetzt wohnten wir in einem hübschen zweigeschossigen Haus und fuhren ein bequemes Auto. Sogar mein Gebetsraum war recht nett eingerichtet: Ich hatte mir zu diesem Zweck ein Stück von unserer Garage hergerichtet. Und dorthin ging ich nun, um über diese Frage der Schlichtheit nachzudenken.

Nach einer Weile wurde ich unruhig, ging zu Gwen und nahm sie mit in ein kleines italienisches Restaurant, welches in der Nähe unseres Hauses lag, und in das wir manchmal gingen, wenn wir uns unterhalten wollten. Wir saßen einfach da, hielten uns an den Händen und nahmen ab und zu einen Bissen von einer kleinen Mahlzeit.

„Natürlich erweckt der Herr manchmal Stimmen", sagte Gwen. „Stimmen, die wir nicht hören wollen. Propheten, die mit einem Wort vom Herrn zu uns gesandt werden."

„Glaubst du, daß unser Mann ein solcher war?"

„Wie kann ich das wissen, David. Es ist manchmal, wie das alte Lied es sagt: ‚Gott wirkt in geheimnisvoller Weise.'"

Als unsere kleine Mahlzeit zu Ende ging, sagte ich zu Gwen: „Ich glaube, ich muß auf eine kleine Reise gehen. Ich habe einen ‚Wiederbegegnungsplatz' zu finden."

Am nächsten Tag sagte ich all meine Verabredungen ab und machte mich auf die Pilgerfahrt nach einem alten „Wiederbegegnungsplatz". Ich ließ Gwen und die Kinder sowie die Arbeit bei Teen Challenge zurück und fuhr in Richtung Georg-Washington-Brücke. Auf diese Weise fuhr ich den gleichen Weg in der anderen Richtung, den ich vor so vielen Jahren mit Miles Hoover zusammen nach New York gefahren war. Zuerst nahm ich mir Barnesboro in Pennsylvania als Ziel und fragte mich, ob Gottes „Wiederbegegnungsplatz" irgendwo an den Orten meiner Kinderzeit zu finden sei. Ich fuhr an der Hochschule vorbei, mit der mich manche Erinnerungen verbanden und in der ich zuerst die praktische Bedeutung des Wortes „nicht durch Heeresmacht und nicht durch Gewalt, sondern durch meinen Geist!" (Sacharja 4, 6) verstehen lernte. Doch an der Hochschule fühlte ich keine Neigung, anzuhalten.

Also fuhr ich hinaus zum Old Baldy-Hügel. Hier wurden viele Erinnerungen wieder vor meinen Augen lebendig. Unter mir sah ich die Landstraße, die von Barnesboro nach der Kleinstadt Cherry Tree führte; noch genau wie früher lief sie als immer dünner werdendes Band dahin, bis sie schließlich in der

Ferne verschwand. Hier hatte ich als Junge oft gesessen und darüber nachgedacht, wo die Straße wohl ende und was hinter den fernen Hügeln sei. Oft hatte ich hier meiner kindlichen Phantasie freien Lauf gelassen und mir vorgestellt, daß feindliche Flugzeuge die USA angriffen. Hier über Barnesboro kam es dann zu den heftigsten Luftkämpfen, die, durch meine Vorstellungskraft lebendig gemacht, fast wirklich vor meinen Kinderaugen abrollten. Und natürlich stürzten dann beide, die Guten und die Bösen, als riesige Feuerbälle über den Hügeln von Pennsylvania ab und brannten wie das Feuer der Hölle, von dem mein Vater oft von der Kanzel herab predigte.

„Doch der Old Baldy-Hügel ist auch nicht der Platz, zu dem Du mich führen willst, Herr", sagte ich. „Du ziehst mich immer noch irgendwo hin. Ich werde also weiterfahren."

So kroch ich wieder in mein Auto und fuhr in Richtung Philipsburg weiter.

Ich meine heute noch, daß ich davon überzeugt war, Philipsburg, die Stadt in der ich vor vielen Jahren meinen ersten Dienst als Gemeindepastor getan hatte, verändert vorzufinden. Doch hier war alles genau so wie früher. Philipsburg war immer noch eine Bauernstadt. Es gab immer noch nur eine einzige Fabrik, die teure Herrenbekleidung herstellte. Und dort, jawohl genau dort, stand immer noch die kleine Kapelle. Es war niemand zu sehen, also trat ich einfach in die Kapelle ein, ging den Mittelgang hinunter und setzte mich auf meinen alten Platz hinter der Kanzel. Vor meinen geistigen Augen sah ich alle Gemeindeglieder sitzen. Dort saß Bruder Meyer und da drüben Bruder Peters. Ich konnte mir sogar vorstellen, wie unsere Nachbarin ermahnend über den Weg herüberrief, wir sollten im Gottesdienst nur nicht so laut sein, weil wir sonst ihren Frieden störten.

Doch auch hier war er nicht, mein „Wiederbegegnungsplatz".

Doch dann wußte ich auf einmal, wo ich ihn fand. Natürlich war es der Alberthügel. Wie ich den nur hatte vergessen können. Wieder stieg ich in meinen Wagen und zuckelte auf den Hügel hinauf, unterwegs darüber nachdenkend, wie oft ich früher mit meinem alten, klapprigen Chevrolet hier hinauf gefahren war. Ich rechnete damit, den Alberthügel in Bauplätze aufgeteilt zu finden, oder voller Wohnwagen stehend oder so etwas ähnliches. Doch dies war keineswegs der Fall, sondern auch hier war alles noch wie früher. Ich stieg aus und ging zum Felsen hinauf, auf dem ich früher immer gesessen hatte. Von hier schaute ich auf Philipsburg hinunter. Da, unter mir, lag die Kapelle. Deutlich konnte ich den Hof erkennen, wo wir so oft mit den Gliedern der Gemeinde zusammengesessen und Limonade getrunken hatten.

„Das war ein **einfaches** Leben, Herr. Ist das die Schlichtheit, von der Du in der letzten Zeit zu mir geredet hast? Ich bin nicht sicher. Ist es wirklich Dein Wille, daß wir in unserem Hinterhof bleiben sollen, wo es sicher ist und einfach und leicht?"

Ich hatte meine Bibel mitgenommen, die besondere. Die Bibel, die ich schon vor Jahren bei mir hatte, als ich in das Gerichtsgebäude ging, in dem gerade die Michael-Farmer- Verhandlung begann. Als ich sie jetzt zur Hand nahm, sah ich wieder die Gesichter der sieben Jungen vor mir, die angeklagt waren, ein verkrüppeltes Kind ermordet zu haben. Ich konnte fast wieder spüren, wie schwer mir die Bibel wurde, als ich sie den Mittelgang des Gerichtssaals hinuntertrug und versuchte, zu dem Richter und zu den Geschworenen zu sprechen. Dies war die Bibel, die ich nachher auf Bitten der Reporter hochgehoben hatte, als sie Bilder von mir machten, auf denen ich dann aussah wie so eine Art Schwärmer vom Lande.

Welche Erinnerungen hingen doch an dieser Bibel. Jahrelang hatte ich Zettel in ihr aufbewahrt, auf denen ich mir meine Gedanken notierte. Einmal hatte ich sie verlegt und sie war einem jungen Mann in die Hände gefallen, der sie über Nacht behalten hatte und am anderen Tag zurückbrachte mit der Bemerkung: „David, ich muß bekennen, daß ich die Notizen auf den Zetteln gelesen habe. Weißt du, was sie mir zeigten? Das Bild einer Seele, welche gleichzeitig in Ekstase und in Qual ist." Er hatte nicht so unrecht mit dieser Feststellung.

Ich öffnete die Bibel und begann die Notizen und die dazugehörigen Bibeltexte zu lesen, und zwar gleich vorn im 1. Buch Mose:

Gott ist betrübt. Ihn reut Sein Tun. Aber Er freut sich auch.

„Da gereute es Gott, die Menschen auf Erden geschaffen zu haben, und Er wurde in Seinem Herzen tief betrübt."
(1. Mose 6, 6.)

Gott fordert, daß jeder Seine Verheißungen achtet.

„Da leugnete Sara und sagte: ‚Ich habe nicht gelacht!' denn sie fürchtete sich. Gott aber entgegnete: ‚Doch, du hast gelacht!'"
(1. Mose 18, 15.)

Der wichtigste Satz in jeder Sprache ist: „Der Herr war mit ihm."
„Aber Gott, der Herr, war mit Joseph und ließ ihn die Zuneigung aller gewinnen und wandte ihm auch die Gunst des obersten Aufsehers des Gefängnisses zu." (1. Mose 39, 21.)

Aber was hatte dies alles mit meiner Frage zu tun? Der Chinese hatte gesagt, ich hätte mich von meiner Schlichtheit entfernt. Welche Art von Schlichtheit war es, die ich in meinem Leben früher gekannt hatte, und von der der Herr wünschte, daß ich sie wieder erlangen sollte? War es die Schlichtheit der Lebensweise? Es stimmte, ich war von Philipsburg fortgezogen und damit von dem äußerlich schlichten Leben hier, und führte jetzt ein komfortableres Leben in einer guten Wohngegend New Yorks. War es das, was der Herr meinte? Nein, wahrscheinlich nicht. Seine Absicht zielte tiefer. In den früheren Tagen meiner Arbeit unter den Angehörigen der Jugendbanden und Rauschgiftsüchtigen hatte ich eine Schlichtheit, die weit über die Lebensweise hinausging — es war die Schlichtheit des Glaubens.

„Herr, das ist es! Das wolltest Du mir zeigen! Das ist es, worauf es Dir ankommt. Du möchtest, daß ich nicht mehr auf meine Arbeit baue, sondern nur noch auf Dich, Herr. Die Anforderungen, die an mich herantreten, mögen immer schwieriger werden, aber mein Glaube sollte so schlicht bleiben wie immer. Ich habe mich auf mich selbst verlassen, Herr, und nicht mehr auf Dein Wort."

Ich sprang auf, klatschte in die Hände und tanzte zu meinem Auto zurück.

Die meiste Zeit während meiner Fahrt zurück nach New York sang ich. Ich erkannte jetzt klar, daß der Herr es wirklich gewesen war, der den Chinesen zu mir gesandt hatte. Jetzt wußte ich, was ich zu fürchten hatte: Ich durfte die Schlichtheit meines Glaubens nicht verlieren.

Kurz bevor ich Manhattan wieder erreichte, passierte ich die Stelle, wo Miles Hoover und ich damals, als wir das erste Mal in die Stadt fuhren, von der Straße abgebogen waren, und wo der Herr uns dann ermutigt hatte, doch weiter zu fahren. Ich hielt an, stieg aus und ging den Hügel hinauf.

Jawohl, es war die Stelle. Hier waren die beiden Bäume, dort unten an der Straße die Tankstelle und da das Schutzgeländer und die Ausfahrt. Ich wurde von dem Gefühl ergriffen, wieder auf dem richtigen Weg zu sein.

„Ich danke Dir, Herr, für alles was Du mir auf dem Alberthügel gezeigt hast. Laß mich nie wieder an der Wichtigkeit immer neuer Begegnungen mit Dir zweifeln. Hilf mir, daß ich mich niemals mehr auf mich selbst verlasse, sondern statt dessen mein Vertrauen immer nur auf Dich setze."

Kurze Zeit später hatte ich zu lernen, daß sich dieses Abhängigkeitsverhältnis zu Ihm auf weit mehr Gebiete erstreckte, als ich geahnt hatte. Mein Vertrauen zu Ihm im Blick auf mein persönliches Leben war größer geworden. Wie aber stand es mit diesem Vertrauensverhältnis im Blick auf das Leben anderer?

2

Machen Sie sich vielleicht Sorgen
im Blick auf Ihre Familie und Ihre Freunde?
Wieviel Vertrauen haben Sie in den

Zeitplan des Heiligen Geistes

Ich glaube es ist schwerer dem Herrn zu vertrauen, wenn es um Menschen geht, die wir lieben, als im Blick auf uns selbst. Ich habe viele Jahre gebraucht, um die so wichtige Lektion zu lernen, daß Gott für alles Seinen eigenen Zeitplan hat und daß wir nicht ungeduldig werden dürfen, wenn Seine Zeit nicht immer mit der unseren übereinstimmt.

In den Jahren, die dem Zeitpunkt folgten, zu dem ich als der „kleine Landpastor", wie die Zeitungen mich damals nannten, nach New York kam und versuchte, mit den Jungens in Verbindung zu kommen, die angeklagt waren, Michael Farmer ermordet zu haben, hat mich eine Sache nie in Ruhe gelassen, und ich wurde vor allem in meinen Gebeten immer wieder daran erinnert: Es war mir nicht erlaubt worden, gerade diesen Jungens etwas von der Botschaft des Evangeliums zu sagen. „Warum, Herr", fragte ich immer wieder, „hast Du mich den weiten Weg nach New York geführt um mit diesen Jungen zu reden, und hast mir dann die Tür verschlossen?"

Ich glaube, ich habe Gott diese Frage wohl hundert Mal gestellt.

„Warum, Herr, durfte ich gerade Juan Martinez nicht treffen?"

Sieben Jungens waren damals angeklagt, Michael Farmer totgeschlagen zu haben. Drei wurden freigesprochen, aber vier erhielten Strafen von 20 Jahren bis lebenslänglich. Ich versuchte, vom Gericht die Genehmigung zu bekommen, die verurteilten Jungens zu besuchen, doch ich bekam nicht einmal ihre Gefängnisanschriften, viel weniger noch die ihrer Familien. Besonders der Name eines der Jungen kam mir immer wieder in den Sinn, wenn ich betete. Es war Juan Martinez. Vielleicht würde ich etwas erreichen, wenn ich die Martinezes im Telefonbuch durchging. Doch als ich nachschaute, mußte ich feststellen, daß dort Hunderte von Martinezes standen. Ich begann zu telefonieren, gab es aber nach dem vierzigsten Anruf, der mir immer noch nicht den leisesten Hinweis gebracht hatte, auf. Dann tat ich, was ich gleich zuerst hätte tun sollen: Ich betete.

„Herr", sagte ich. „Ich geb' es auf. Ich habe alles versucht, was mir eingefallen ist. Zeige Du mir jetzt, was zu tun ist, denn ich weiß nicht mehr weiter."

Dann geschah etwas Unglaubliches: Kurze Zeit später, als ich einmal mit dem Auto unterwegs war, sagte mir der Herr, ich solle in einer ganz bestimmten Straße an einem ganz bestimmten Parkplatz anhalten und dort nach Juan fragen. Ich stellte fest, daß ich genau vor dem Haus parkte, in dem die Martinezfamilie wohnte.

Zufall? Hatte ich die Adresse doch schon einmal gehört und mich im Unterbewußtsein daran erinnert? Mir war es gleich. Ich machte mich einfach auf, lernte die Martinezfamilie kennen und vom ersten Augenblick an lieben. Ich erfuhr, daß Juan im Elmiragefängnis im Norden des Staates New York einsaß, und versuchte mehrere Male, mit ihm in Verbindung zu kommen. Einmal hatte ich durch die Vermittlung der Martinezfamilie und des Pastors in Elmira sogar schon die Genehmigung von der zuständigen Behörde erhalten, Juan zu besuchen. Doch gerade als ich mich auf die Reise machen wollte, erreichte mich ein Anruf vom Gefängnis, daß die Genehmigung widerrufen worden sei. Ich durfte nicht kommen.

Was immer ich versuchte, ich erreichte nichts. Alles, was ich selbst zur Erklärung dazu sagen konnte war, daß Gott es wohl nicht wünschte, daß ich gerade für diese Jungens etwas tun sollte, sondern mich um Hunderte anderer zu kümmern hatte, die genau so waren wie diese sieben.

Aber auch nachdem Jahre vergangen waren, wurde ich den Wunsch nie ganz los, Juan zu begegnen. Ich betete regelmäßig für ihn. Wenn ich während unserer Evangelisationen die Geschichte dieser Jungens erzählte, bat ich regelmäßig darum, für sie zu beten. „Besonders", so sagte ich, „wollen wir für Juan Martinez beten."

Ich stellte auch im Blick auf mich selbst etwas Interessantes fest: Ich war bereit, jede Einladung anzunehmen, die mir die Gelegenheit geben würde, in einem Gefängnis im Staate New York zu sprechen. Es war mir gleich, daß meine Zuhörerschaft dort nur aus durchschnittlich fünfzig jungen Menschen bestand, statt aus den Tausenden, die sonst oft zu unseren Evangelisationen kamen. Ich wußte auch warum: Ich hoffte, eines Tages Juan zu begegnen. Dies schien jetzt meine einzige Hoffnung zu sein. Er war oft von einem Gefängnis in ein anderes verlegt worden, und jedesmal wurde die Spur dünner.

Eines Tages kam wieder eine Einladung von einem Gefängnis, diesmal von der Auburn-Staatsstrafanstalt in Auburn im Staate New York. Der Gefängnispfarrer schrieb mir, er habe kurz nach der Einführung in dieses Amt an die Gefangenen Exemplare meines Buches DAS KREUZ UND DIE MESSERHELDEN ausgegeben, und diese hatten die Bücher gierig in Empfang genommen. Einige der Gefangenen hatten gefragt, ob sie mich sprechen könnten, und deshalb lud er mich ein. Selbstverständlich nahm ich die Einladung an.

Im Auburn-Gefängnis befanden sich ungefähr 1800 Häftlinge. Etwa 150 von ihnen kamen an diesem Tag zu dem Gottesdienst — nicht gerade überwältigend viele. Ich verkündigte ein sehr einfaches Wort Gottes und wir sangen noch einige Lieder zusammen. Dann fragte ich, wer von ihnen ein neues Leben beginnen wolle und forderte die, die mit mir noch persönlich sprechen wollten auf, in das Büro des Pfarrers zu kommen.

Unter den Gefangenen, die zu mir ins Büro kamen, war ein kräftiger junger Mann, der einen verlangenden Eindruck machte. Er hatte ein angenehmes Lächeln, zwei Grübchen auf seinen beiden Wangen, und die seltsame Angewohnheit, mir, während er sprach, immer wieder seinen Zeigefinger in die Brust zu bohren. Dann ließ er die Bombe platzen:

„Herr Wilkerson", sagte er, „ich habe mich seit Jahren danach gesehnt, Sie zu treffen. Ich bin Juan Martinez."

Ich konnte nichts anderes tun, als ihn zu umarmen. „Juan, auch ich habe mich seit Jahren danach gesehnt, dich zu treffen."

Wir versuchten, all die verlorene Zeit wieder einzuholen, indem wir beide so schnell sprachen, wie wir konnten. Ich erzählte Juan, wie oft ich versucht hatte, ihn zu sprechen; und er erzählte mir, was er seit der Gerichtsverhandlung erlebt hatte. Er berichtete, wie alle Jungens geglaubt hätten, ich sei irgendwie verrückt — ein Schwärmer. Sie gingen an dem Tag, an dem ich versuchte, im Gerichtssaal zu sprechen, nach der Verhandlung alle lachend ins Gefängnis zurück. „Und doch", sagte er, „glaube ich nicht, daß auch nur bei einem einzigen von uns das Lachen echt war, denn Sie waren der einzige Mensch in New York der versuchte, uns zu helfen."

Dann erzählte er, wie er in den Besitz eines Exemplars von DAS KREUZ UND DIE MESSERHELDEN gekommen war, und daß dieses Buch ihm viel gegeben hatte. „Ich möchte Sie gern um etwas bitten", sagte er dann zögernd. „Wären Sie vielleicht bereit, für mich zu beten. Ich möchte . . . nun . . . ich möchte, daß mein Leben anders wird."

Vielleicht? Dies war ja schon seit vielen Jahren mein Wunsch! Ich kniete nieder, zog Juan an meine Seite und forderte ihn auf, mir nachzubeten, was ich auch beten würde. „Es ist wirklich ganz einfach, Juan", sagte ich zu ihm. „Sage Jesus schlicht, daß du glaubst, daß Er der Sohn Gottes ist, und daß du ein Sünder bist und den Wunsch hast, gerade jetzt ein neues Leben zu beginnen."

„Ja", sagte Juan, dann schloß er seine Augen und wiederholte mein Gebet.

Als er wieder aufschaute, waren seine Augen naß, aber zugleich leuchteten sie.

„Juan", sagte ich, „dies ist ein neuer Anfang, von jetzt an wird alles ganz anders sein."

Ehe ich ging, trafen Juan und ich noch eine Absprache mit dem Anstaltspfarrer, daß dieser sich für einige Aussprachen mit Juan bereithalten wolle und ihm auch Unterricht in der Bibel geben würde. Dann gab ich Juan noch meine Anschrift, wir wollten in Verbindung bleiben.

Ich verließ gerade das Büro des Pfarrers, als ich hinter mir ein Zischeln hörte. Ich drehte mich um und sah zwei junge Schwarze im Gang stehen, die mir zuwinkten.

„Pastor, erinnern Sie sich noch an uns?"

Ich schaute sie genau an. Doch wie sollte ich mich unter den vielen Tausenden, die ich mittlerweile getroffen hatte, noch an zwei Jungens erinnern. Und doch schienen sie irgendwie bekannt. „War es in . . . der St. Nicholas-Arena?" fragte ich.

„Ja, genau — es war in St. Nick. Ich bin Raymond und das hier ist Alan."

„Ah, ich erinnere mich jetzt. Ihr gehörtet zu einer Bande, die sich ‚Die Drachen' nannte und wolltet die Versammlung sprengen. Und ihr wart nicht bereit, mir Glauben zu schenken."

„Das stimmt — und jetzt sind wir hier gelandet. Wir wollten, daß Sie es wissen, Pastor."

Raymond und Alan erzählten, daß sie nach den Versammlungen in der St. Nicholas-Arena mit ihrem alten Leben, das voller Rauschgift, Gewalt und Sex war, weitergemacht hatten. Für sie war die Evangelisation umsonst gewesen. Andere Jungen hatten ihr Leben Jesus übergeben, aber nicht Raymond und nicht Alan. Aber sie hatten andererseits den Abend auch nie vergessen können. Man hatte sie dann bei einem Einbruchsversuch erwischt, vor Gericht gebracht und zu Gefängnis verurteilt. Hier hatten sie oft über das gesprochen, was sie damals in St. Nicholas erlebten.

„Dann, Pastor", sagte Raymond, „verteilte der Pfarrer hier Exemplare von Ihrem Buch, und wir fanden auch St. Nicholas darin. Nun, dieser Teil der Geschichte stimmte, das wußten wir. Es war genau so, wie Sie es schreiben. So konnte es doch sein, daß auch der Rest des Buches, in dem Sie über Menschen schreiben, die einen neuen Anfang machten, stimmte. Wir gingen also in die Bibelstunden, die der Pfarrer hält, und — Mann, wir fangen jetzt an zu begreifen, worum es geht."

In diesem Augenblick kamen die Wachen, um die Jungen in ihre Zellen zurückzuführen. Ich hatte keine Gelegenheit mehr, weiter mit Juan, Raymond oder Alan zu sprechen. Doch als ich durch den Versammlungsraum des Gefängnisses ging, bemerkte ich auf der Plattform eine Gruppe von fünf jungen Männern. Als sie mich sahen riefen sie:

„Hallo, David, hast du eine Minute Zeit für uns?"

Ich machte kehrt und stieg die wenigen Stufen zur Plattform hinauf.

„David", sagte einer der Jungen, „vielleicht wirst du uns nicht glauben, aber es ist wahr."

„Was ist wahr?"

„Jeder von uns fünfen war einmal bei Teen Challenge und ist wieder weggelaufen."

Wie im Chor sagten die anderen: „Jawohl, das stimmt." Und dann erzählte einer nach dem anderen seine Geschichte, so schnell es ging, denn die Wachen riefen. Alle fünf stammten aus Brooklyn, und sie waren alle rauschgiftsüchtig gewesen. Jeder von ihnen war irgendwann einmal einem Straßenmissionar von Teen Challenge begegnet und war dann in unser Haus in der Clinton Avenue Nr. 416 gekommen, um eine Entziehungskur mitzumachen. Doch keiner war länger als drei Tage geblieben. Aus ganz verschiedenen Gründen waren sie wieder weggegangen. Entweder hatten sie nicht „fromm" werden wollen, oder sie hatten die Ordnung und Disziplin bei uns nicht vertragen, oder ihr Wunsch, vom Rauschgift loszukommen, war nicht echt gewesen. Also gingen sie fort. Geendet hatte das im Staatsgefängnis von Auburn.

Doch nun begannen die Wachen ärgerlich mit ihnen zu werden, weil sie so bummelten. Also mußten sie gehen. Doch während sie sich auf den Weg machten, teilten sie mir noch eine wichtige Sache mit.

„David", sagte einer der Jungens im Weggehen, „es mag sein, daß du dir einige Sorgen gemacht hast, als wir aus der Entziehungskur weggelaufen sind." (Sie wußten ja nicht, wie sehr ich mich um alle sorgte, die weggegangen waren. Ich betete ständig für all unsere Jungens. Immer noch betete ich in jeder Nacht von null bis zwei Uhr für die, die einmal die ersten Schritte zu Jesus getan hatten und dann wieder abgefallen waren.) „Aber siehst du nicht", fuhr der Junge fort, „daß deine Zeit nicht immer Gottes Zeit ist."

„Es ist gut jetzt", sagte eine der Wachen.

„Sieh", rief mir der Junge noch über die Schulter zu, „wir haben jetzt alle unser Leben Christus übergeben, das wollten wir dich noch wissen lassen. Gott hat manchmal Seinen eigenen Zeitplan."

Der Zeitplan des Heiligen Geistes. Hier war ein neuer Gedanke, den ich zu verstehen hatte. Dieser Zeitplan funktionierte immer. Drei Mal hatte mir der Herr diese Wahrheit nun am gleichen Tag klar gemacht. Ich wollte oft an ein und demselben Tag pflanzen und ernten, doch der Heilige Geist wirkte manchmal nach einem anderen Plan. Ich hatte dies jetzt bei Juan ebenso gesehen wie bei Raymond und Alan und bei diesen fünf Jungens.

Meine Heimfahrt wurde zu einer Zeit des Lobpreisens. Ich begann zu singen und machte mir eine kleine Melodie zu dem Bibeltext in Galater 6, 9: „Denn zu seiner Zeit werden wir ernten, wenn wir nicht ermatten."

Der Gedanke vom Zeitplan des Heiligen Geistes war eine große Ermutigung für mich. Als ich so singend und überlegend heimwärts fuhr, wurde mir plötzlich klar, daß ich immer noch viel würde lernen müssen — denn da war ja noch Jerry.

Als ich daran dachte, verlangsamte ich meine Fahrt. Ja, da war Jerry — mein eigener Bruder. Ich fragte mich, in welcher Bar er sich wohl zur Zeit aufhielt, um sich bis zur Bewußtlosigkeit zu betrinken. Ich lenkte meinen Wagen auf die Lastwagenspur und fuhr nur noch langsam weiter. Jerry! Jerry! Wie paßt der Zeitplan des Heiligen Geistes in dein Leben?

Es war eine Sache, dem Heiligen Geist zu vertrauen, wenn es sich um fremde Menschen handelte, aber eine ganz andere, Ihm Glauben zu schenken, wenn es um die Angehörigen der eigenen Familie ging.

„Jesus", sagte ich, während ich jetzt auf dem Grasstreifen außerhalb der Autostraße anhielt, „ich danke Dir, daß Du mich auf den Zeitplan des Heiligen Geistes aufmerksam gemacht hast. Nimm mir nun meine Sorge um Jerry hinweg und ersetze sie durch Vertrauen; ich bitte Dich darum. Habe Dank dafür, Herr."

Als ob der Herr mich im Blick auf Jerry ermutigen wollte, begann Er, mir kurz darauf auf verschiedene Weise zu zeigen, wie viele Wege Er hat, um Menschen zu Seiner eigenen Zeit für das Reich Gottes zu gewinnen. Da war zum Beispiel Maria.

Ich erinnere mich noch gut an jenen Morgen, als ich Maria zum ersten Mal traf. Es war in der 134. Straße in Manhattan, vor einer Kellertür, die in den Klubraum der GGI (Große Gangster-Gesellschaft) führte. Ich dachte, das Mädchen versuche, mich zu verulken. Sie sah genau so aus, wie man in einem Roman einen heruntergekommenen Menschen beschreiben würde. Sie hatte keine Schuhe an und trank Bier aus einer Büchse. Die Zigarette hing ihr seitlich im Mundwinkel, das Haar war ungekämmt und ihr Kleid war so weit von den Schultern herabgezogen, daß es mehr enthüllte als verbarg. Zwei Dinge hielten mich davon ab, zu lachen: In Marias Gesicht war auch nicht der leiseste Hinweis auf Freude zu sehen, und sie war noch ein Kind, ein kleiner Teenager.

Ich sagte ihr, daß ich versuchen wolle, ihr zu helfen. Doch sie lachte nur.

„Mir?" sagte sie. „Für mich gibt es keine Hilfe mehr." Mit diesen Worten zeigte sie mir ihren von Nadeln zerstochenen Arm, das untrügliche Kennzeichen eines Menschen, der Heroin spritzt.

Mein Kontakt mit Maria war nur kurz. In jener ersten Zeit hatten wir noch keine Möglichkeit, mit Süchtigen Entziehungskuren durchzuführen. Alles, was ich tun konnte war, mich einige Male mit ihr zu unterhalten und mit ihr zu beten. Doch zu meiner Überraschung nahm Maria für sich in Anspruch, das Gebet habe sie frei gemacht. Sie bestand darauf, daß ein Wunder an ihr geschehen sei und daß sie los sei vom Heroin. Doch ich machte mir fortwährend Sorgen um sie. Diese wenigen Male, die wir zusammen gebetet hatten, schienen mir nicht genug zu sein.

Wir versuchten in all den Jahren mit Maria in Verbindung zu bleiben. Doch es waren immer nur flüchtige Kontakte. Einmal hörten wir, daß sie geheiratet habe und nun in Coney Island lebe. Eine Frage interessierte mich am meisten: War sie nun frei von der Sucht oder war sie nicht? Hatte sie es fertig gebracht, die immer wiederkommenden Versuchungen zu überwinden?

Jahre vergingen. Eines Tages stürmte meine Mutter, die zu der Zeit bei uns in der Clinton Avenue in der Anmeldung arbeitete, in mein Büro.

„Rate einmal, wer hier ist?"

„Jerry?" platzte es aus mir heraus. Es gab keinen Grund für diese Vermutung. Doch ich hatte mir gerade während dieser Zeit so viele Sorgen um meinen Bruder gemacht, weil wir hörten, daß seine Ehe, seines unmäßigen Trinkens wegen, am Zerbrechen war.

„Nein", sagte Mutter, „es tut mir leid, aber er ist es nicht. Es ist Maria!"

„Maria?" rief ich, „du machst Scherze." Ich sprang auf, lief zur Tür, und da stand Maria. Sie, Mutter und ich schüttelten uns die Hände. Wir lachten, tauschten Grüße aus, und dann begann sie zu erzählen.

„Wie geht es dir jetzt, Maria?" fragte ich.

„Oh, es geht mir gut." Es stellte sich heraus, daß die Berichte über sie richtig gewesen waren. Sie war verheiratet, hatte Kinder und lebte auf Coney Island. Aber das Wichtigste war: Maria erzählte uns, daß sie dem Herrn nachfolge. „Und ich bin immer noch frei vom Rauschgift", sagte sie, „ganz los davon!"

Maria wollte gern sehen, wie weit die Einrichtung unseres Hauses gediehen sei. Sie war einmal hier gewesen, als unsere Aufnahmestation noch aus vier großen Räumen in der oberen Etage unseres alten Hauses in der Clinton Avenue Nr. 416 bestand. In jenen Tagen gab es noch keine Gardinen an den Fenstern, keine Teppiche und nichts von den anderen Dingen, die ein Haus wohnlich machen. Jetzt waren die oberen Etagen sehr hübsch eingerichtet. Die Räume waren gut vorgerichtet, hell und freundlich.

Und alle Räume waren belegt. Gerade zu dieser Zeit hatten wir viele Jungens bei uns. Wir gingen von Raum zu Raum und stellten Maria vor. „Dies ist die Maria aus dem Buch", sagte ich. Alle Jungens wollten ihr die Hand schütteln, und in jedem Raum bekam sie dieselbe Frage gestellt:

„Oh, ja — bist du immer noch frei von der Sucht?"

Wenn Maria ihnen antwortete, sie habe keinerlei Verlangen mehr nach Rauschgift, konnte man buchstäblich fühlen, wie Zuversicht und Mut in ihnen wuchsen.

Ich habe Maria seither nicht wiedergesehen. Sie hat noch einige Male im Teen Challenge-Zentrum vorbeigeschaut, aber jedesmal war ich nicht anwesend. Nun, ich mag geglaubt haben, daß es nötig sei, daß ich mich noch sehr um Maria kümmern müsse, doch ich habe erkannt, daß es nach dem Plan des Heiligen Geistes nicht nötig war, noch eine enge und lange Verbindung mit ihr aufrecht zu erhalten. Was nach dem Plan des Heiligen Geistes für sie nötig war, konnte in der kurzen Zeit geschehen, in der ich mich um sie bemühte. Da drang das

Licht Christi in ihr Leben ein und verwandelte alles. Nachher war es nach dem Willen des Heiligen Geistes nicht mehr unsere Aufgabe, in engem Kontakt mit ihr zu bleiben.

Mit Israel war es wieder anders. — Israel scheint das Interesse aller zu finden. Da seine Geschichte noch unvollständig war, fragen alle Leute immer besonders nach ihm. Man erinnert sich daran, daß Israel, als ich das erste Mal zu seiner Bande, den Mau-Maus, predigte, mir die Hand entgegenstreckte wie ein Gentleman. Die Leute wissen noch, daß er es war, der in jener denkwürdigen Versammlung in der St. Nicholas-Arena seine Bande nach vorn führte, um den Herrn anzunehmen.

Aber man hat auch nicht vergessen, daß er kurz darauf wieder abfiel. Er wurde wegen Totschlag ersten Grades zu fünf Jahren Besserungsanstalt verurteilt.

Ich habe erst etliche Jahre später erfahren, daß Israels Schwierigkeiten zum Teil durch ein Mißverständnis hervorgerufen wurden, an dem auch ich mitbeteiligt war. Doch auch hier war es sehr trostreich für mich, zu erkennen, daß der **Heilige Geist** mit Seinem Zeitplan zum Ziele kam. Ich möchte nicht, daß jemand glaubt, ich sei der Ansicht, der Heilige Geist habe dieses Mißverständnis **verursacht,** um dadurch die Nöte entstehen zu lassen, die folgten. Was ich glaube ist dies: Wenn durch unsere Dummheit oder Schwachheit, oder durch einen Unfall oder durch ungenaue Vereinbarungen oder sonst etwas der **Plan des** Herrn gestört wird, dann können durch den Zeitplan des Heiligen Geistes diese Fehler und Versager und die Folgen daraus wieder gut gemacht werden.

Doch zurück zu Israel: Wie gut kann ich mich noch an den Abend erinnern, als er in St. Nicholas auf der Plattform kniete, um sein Leben dem Herrn zu übergeben. Ich fühlte die Gegenwart des Heiligen Geistes an jenem Abend ganz besonders stark. Wenn damals jemand die Befürchtung geäußert hätte, Israel könnte bald einmal wegen **Totschlags** zu **Gefängnis** verurteilt werden, hätte ich ihn ausgelacht.

Was ich nicht wußte war, daß Israel kurz nach seiner Bekehrung einige Enttäuschungen erlebte. Und dann machte er den größten Fehler seines Lebens: Er ging wieder zu den Mau-Maus zurück. Einige Monate später kam es zu einem Kampf mit einer rivalisierenden Bande, der damit endete, daß ein junger Mann kaltblütig totgeschlagen wurde. Das Ergebnis kennen wir bereits: Israel wurde wegen Totschlags zu fünf Jahren Besserungshaft verurteilt.

So weit kannten wir die Geschichte. Aber aus einem Grunde war Israel ganz besonders verbittert. Als wir versuchten, durch seine Mutter mit ihm in Verbindung zu kommen, wollte er nichts mit uns zu tun haben. Da sich dies nicht änderte, gaben wir unsere Bemühungen nach einiger Zeit auf.

Hier nun kommt Nicky Cruz in die Geschichte. Nicky und Israel hatten den Herrn am selben Abend angenommen. Hätte man mich gefragt, welcher von den beiden einmal von Gott besonders gebraucht werden könnte, dann würde ich sicherlich auf Israel getippt haben. Nicky Cruz war wenig anziehend, stotterte und war sehr zurückhaltend. Israel hingegen sah gut aus, war eine stattliche Erscheinung und hatte dynamische Qualitäten, so daß man wirklich auf ihn aufmerksam werden mußte. Ich sah das Äußere, doch Gott sah das Herz an. Denn es war gerade Nicky, der sich von Jesus gebrauchen ließ, während Israel zu Gefängnis verurteilt wurde.

Ich erwähnte schon, daß ich schließlich meine Bemühungen einstellte, mit Israel in Verbindung zu kommen. Doch Nicky gab nicht auf. Gott segne ihn dafür. Eines Tages klingelte das Telefon und der Anrufer meldete sich mit:

„Dave, hier ist Nicky Cruz."

„Nicky!"

„Dave, ich habe eine Überraschung für dich. Ich komme gerade von einer Gebetsversammlung, rate mal, wer noch da war..."

„Ich errate es doch nicht."

„Israel."

„Du machst Scherze! Wie geht es ihm? Ist er immer noch verbittert?"

„Nicht mehr, David, und zwar aus zwei Gründen: Erstens hat er heute Nachmittag sein Leben neu dem Herrn übergeben, und zweitens haben wir, als wir uns unterhielten, herausgefunden, was an dem Tage geschah, als er nicht an dem vereinbarten Treffpunkt war. Kannst du dich noch erinnern . . .?"

Wie gut ich mich noch erinnerte: Einige Wochen nach der Versammlung in der St. Nicholas-Arena sollte ich eine andere Versammlung in Elmira im Staate New York halten. Ich fragte Nicky und Israel, ob sie mit mir gehen wollten. Sie fuhren mit und erzählten dort von ihrer Bekehrung. Auf dem Heimweg fragte ich sie, ob sie Lust hätten, mich auch nach Philipsburg in Pennsylvania zu begleiten. Sie hatten Lust, und so vereinbarten wir, uns sieben Uhr morgens an der Ecke von Myrtle und DeKalb zu treffen. Ich holte Nicky, und ein Freund von uns dreien, der auch mitfahren würde, wollte Israel mitbringen. Doch dann warteten wir zu dritt von sieben Uhr bis halb zehn Uhr. Israel kam nicht. Wir riefen bei ihm daheim an, keiner meldete sich. Dann fuhren wir sogar zu seiner Wohnung. Niemand war zu Hause. Entmutigt machten wir uns zu dritt auf den Weg nach Philipsburg.

„Jetzt wissen wir wenigstens endlich was geschah", sagte Nicky am Telefon. „Israel war gekommen, nur wartete er an einer anderen Ecke. Irgendwer hat den Treffpunkt nicht richtig ausgemacht. Er hatte seine Tasche schon einen Tag vorher gepackt und war so begeistert, daß er schon sechs Uhr morgens an der Ecke Myrtle und Flatbush, in der Nähe der Manhattan-Brücke in Brooklyn stand. Er hat dort gewartet und gewartet — bis elf Uhr vormittags. Wir kamen nicht, und diese Enttäuschung war für ihn der Hauptgrund, daß er wieder zu seiner Bande zurückging. Er war deshalb so sehr verbittert."

Nun, dies erklärte mir eine Menge. Ich hatte mich immer gewundert. Dann hörte ich Nickys drängende Stimme: „Dave, du mußt Israel anrufen, und zwar möglichst jetzt, sofort. Wirst du?"

Selbstverständlich wollte ich. Aber ich war doch ein wenig nervös. Denn nachdem ich wußte, wie alles gekommen war, fühlte ich mich doch ein wenig verantwortlich für Israels Schwierigkeiten. Meine Hand zitterte so sehr, daß ich meine Sekretärin bitten mußte, die Nummer für mich zu wählen. Eine Stimme meldete sich: „Hallo!"
„Israel?"
„Na klar!"
„Israel, erinnerst du dich noch an die St. Nicholas-Arena, als..."
„Oh, es ist David", schrie Israel in das Telefon. „Halleluja!"
Und damit wußte ich, daß alles wieder in Ordnung war. Israel und ich sprachen lange zusammen. Die meiste Zeit priesen wir den Herrn. Israel erzählte, daß er verheiratet sei. Nicky hatte ihn gebeten, nach Kalifornien zu kommen und dort von seinen Erlebnissen zu erzählen. Er und seine Frau hatten zugesagt und wollten sich in wenigen Minuten auf die Reise machen.

So bekam ich also noch immer keine Gelegenheit, Israel wiederzusehen. Doch der Herr kümmerte sich um ihn. Einige Monate später war ich in Fresno, Kalifornien, zu einer Evangelisation. Nach der Versammlung kamen 250 junge Leute in den Aussspracheraum. Als ich eintrat, tat ein junger Mann etwas Seltsames: Er lächelte und legte seinen Daumen und Zeigefinger zu einem „In-Ordnung-Zeichen" zusammen. Ich nickte ihm zu, obwohl ich ihn nicht kannte. Ein wenig später kam er zu mir und klopfte mir auf die Schulter. Sein Lächeln war noch breiter als vorher.
„Kenne ich Sie?" fragte ich.
„Du solltest, ich bin Israel. Habe nur einige Pfunde zugenommen."
„Israel!" Wir schüttelten uns die Hände und er stellte mir seine Frau Rosa vor. Dann forderte ich Israel sofort auf, all den jungen Leuten, die zur Aussprache gekommen waren, sein Zeugnis zu geben. Er erzählte alles, wie es gewesen war, einschließlich des Totschlags. „Doch, Preis dem Herrn, das ist alles

Vergangenheit", sagte er. „Eines ist mir in all dem ganz klar geworden: Man kann Gott nicht entfliehen."

Ich habe mich oft über den Zeitplan des Heiligen Geistes in Israels Leben gewundert. Eine falsche Straßenecke verursachte eine schreckliche Verzögerung. Zumindest sehe ich es so. Doch heute tut Israel einen ganz besonderen Dienst für den Herrn. Er scheint ein ganz besonderes Wort für **Verlierer** zu haben. An den Wochenenden reist er überall umher, gibt sein Zeugnis und predigt. In der heutigen Zeit, wo so viele Leute sich mit ihrem Dienst besonders an die Gewinner wenden — an Fußballstars und andere Sportgrößen, an Schönheitsköniginnen und so weiter —, hat Israel ein besonderes Wort vom Herrn für die Verlierer, für die Leute, die scheinbar nie etwas erreichen. Er hat eine bemerkenswerte Geduld und Sanftmut und auch Verständnis für die Menschen, denen nichts gelingen will.

Ob der Herr Israel wohl für solch einen besonders nötigen und wirksamen Dienst hätte zurüsten können, wenn wir uns damals getroffen hätten, wie es geplant war? Ich weiß es nicht. Alles, was ich weiß ist, daß der Herr unseren Fehler wieder gut gemacht hat. Gewiß, es hat eine Zeit gebraucht. Aber die Hauptsache ist, daß Israel heute Christus gehört.

Vor mir lag Sonny Arguinzonis Kirche, und zwar gerade dort, wo man es bei ihm erwarten konnte: in einem Stadtteil von Los Angeles, der von Amerikanern mexikanischer Abstammung bewohnt wurde. Es war kein Getto. Die Mexiko-Amerikaner waren zu stolz, um in einem Getto zu leben, doch es war ein Stadtteil, in dem es viel Armut und häufig auch Gewalttaten gab.

Die Straße vor Sonnys Kirche stand voller Autos. Sonny hatte mir am Telefon von seiner Kirche erzählt. Er sagte, es „sei ein kleines weißes Holzgebäude, welches mich irgendwie an Pennsylvania erinnern würde". Und das stimmte genau. Der Anblick der kleinen Kirche ließ mich an meine Kindheit in den Bergen zurückdenken. Ich erwartete fast, drin einen dicken Kachelofen und hölzerne Bänke vorzufinden.

In Sonnys Gemeinde wurden zwei neue Diakone eingeführt, und zu diesem Anlaß hatte er mich eingeladen. Ich war froh, der Einladung folgen zu können. Manche Leute werfen mir vor, ich versuchte, aus all unseren jungen Männern Prediger zu machen. Ich glaube, sie haben mit dieser Kritik nicht unrecht, denn für mich ist der Vollzeitdienst für den Herrn der höchstmögliche Beruf. So war ich vielleicht an diesem Sonntagvormittag auch ein wenig stolz, in eine Gemeinde zu kommen, in der eines meiner eigenen „Kinder" Pastor war.

Sonny hatte diese Gemeinde besonders für vormals Süchtige gegründet, wie er selbst einer war. Er hatte mir erzählt, daß es leider zu viele wohletablierte Gemeinden gäbe, die nichts mit Süchtigen zu tun haben wollten. „Wer einmal süchtig ist wird es immer bleiben", sagt man dort. So gründete Sonny im Ostteil von Los Angeles die „Gemeinde für alle Süchtigen", wie er sie selbst lachend nennt.

Natürlich gibt es in dieser Gemeinde nicht nur ehemalige Süchtige. Und Sonny legt bei seinem Dienst ganz besonderen Nachdruck auf die **Familien** der Süchtigen, denn er weiß aus eigener Erfahrung, daß diese mit besonderen Problemen zu kämpfen haben. Die Frauen haben wieder zu lernen, daß ihre Ehemänner nun nicht mehr „fleischgewordene Teufel" sind, und die Kinder müssen sich erst neu daran gewöhnen, daß sie nun wirklich wieder Eltern haben.

Vor mir auf der Straße stand jetzt eine kleine Gruppe Männer, die meinen Wagen erblickt hatten, und die mich mit großartigen Armbewegungen in einen reservierten Parkplatz einwinkten. Es waren Sonnys Diakone, sauber gekleidete Männer, jeder in einem feinen gutsitzenden Sonntagsanzug. Etwas mehr im Hintergrund standen ihre Frauen, ebenfalls gut gekleidet. Fast jede von ihnen hielt kleine Kinder an der Hand, alle in hübschen farbigen Kleidchen oder Anzügen. Mit großer Würde führten die Diakone mich in die kleine Kirche, wo Sonny auf mich wartete.

Wie war es möglich, daß dies noch derselbe Sonny Arguinzoni war, den ich noch vor einigen Jahren gekannt hatte?! Er schien körperlich größer zu sein als früher, und bestimmt trug er rund um seine Taille einiges Überschüssige mit sich herum. Mir war schon bei vielen freigewordenen ehemaligen Süchtigen dieses zusätzliche Ergebnis aufgefallen. Sonny begrüßte mich warm. Das einzige, was ausblieb, war die übliche pfingstliche Umarmung mit Schulterklopfen, der Augenblick schien dafür ein wenig zu feierlich zu sein. Sonny sagte mit wenigen Worten, wie froh sie alle über mein Kommen seien. Dann gingen wir, ohne weitere Worte zu machen, den Mittelgang hinunter. Ich nahm auf der Plattform Platz und beobachtete die direkt unter mir auf den ersten Reihen sitzenden kleineren Kinder; etwa 30 an der Zahl. Die Kirche war überfüllt. Während Sonny die Gemeinde zum gemeinsamen Gesang aufforderte, zog vor meinen Augen noch einmal vorbei, wie sich in seinem Leben der Zeitplan des Heiligen Geistes bis zu diesem Augenblick ausgewirkt hatte:

Kurze Zeit nachdem ich miterlebt hatte, wie der Kleine mit seinen Freunden auf dem Dachboden meines „Wiederbegegnungsplatzes" in der Zweiten Avenue die Nadel seiner Heroinspritze in einer Coca-Cola-Flasche voll schmutzigen Wassers „sterilisierte", und ich mich entschlossen hatte, nie wieder zu predigen, ehe ich nicht gewiß war, nicht nur Theorien zu verkündigen sondern erlebbare Wirklichkeit, begegnete mir Sonny.

Ich traf ihn im Bedford-Stuyvesant-Distrikt von Brooklyn, wo er unter den Hochbahngleisen am Mast einer Straßenlaterne lehnte. Ich erinnerte mich, daß es nahe dabei einen Pizzastand gab. Mir fiel der Junge auf, weil er so armselig und abgemagert war, er wog wohl kaum mehr als 55 Kilo. Seine Augen waren eingesunken und hatten so schwarze Ränder, als ob ihn jemand geschlagen hätte. Er machte einen derart ermatteten Eindruck, daß ich, als ich versuchte ihn anzusprechen, jeden Augenblick damit rechnete, er würde einschlafen.

Zuerst wollte Sonny nichts mit mir zu tun haben. Er glaubte, ich sei von der Rauschgiftpolizei. Doch als ich ihm vorschlug, ihm eine Pizza zu spendieren — ich erinnere mich noch daran, daß ich von einer Pepperonipizza sprach —, wurde er ein wenig munterer. Wir aßen miteinander, während ich auf ihn einredete und er vor sich hindämmerte. Dann sagte ich noch, ich käme gelegentlich wieder vorbei, würde ich ihn dann wieder treffen, könnten wir Anchovipizzas miteinander probieren. Dann ging ich.

Nun ja — auf diese Weise lernten Sonny und ich uns in der nächsten Zeit bei Pizzas ein wenig näher kennen. Mir war klar, daß Sonny sich immer noch darüber Gedanken machte, was ich eigentlich von ihm wollte. Eines Tages sagte ich ihm dann, daß ich demnächst in einer kleinen Puertoricanerkirche in der Nachbarschaft einen Gottesdienst halten würde. Keiner der süchtigen Freunde Sonnys wollte sich das entgehen lassen: Ein Polizist vom Rauschgiftdezernat, der versuchen würde, eine Predigt zu halten. Doch zwei Dinge hatten sie falsch verstanden: Erstens war ich kein Rauschgiftpolizist und zweitens wollte ich keine Predigt halten, sondern meinen Zuhörern ganz schlicht mit dem Versprechen gegenübertreten: Übergib dein Leben Jesus, dann wird Sein Geist dich freimachen von deiner Sucht.

Der Tag für den Gottesdienst kam. Bandenmitglieder, die gar nicht zu ihnen passende Bergsteigerhüte und Stöcke trugen, Süchtige im Heroinrausch und ihre Mädchen dazu, Jugendliche aller Sorten strömten an diesem Abend in die kleine Kirche, um die Show mitzuerleben. Nachdem wir unseren kurzen Gottesdienst beendet hatten, forderte ich alle die, die ihr Leben Jesus übergeben wollten, auf, nach vorn zu kommen. Eine kleine Schar Süchtiger kam, auch Sonny war unter ihnen. Ich sagte zu ihm, ich sei überzeugt, Gott habe etwas mit ihm vor, und fragte, ob er bereit sei, mit mir zu kommen und mit mir und meiner Frau Gwen zu leben, bis Gott Sein Werk an ihm getan habe. Sonny ging ziemlich stumpfsinnig mit mir.

Ich werde nie vergessen, wie wir mit ihm die harte Entziehungskur (cold turkey) begannen. Ich saß in jener Nacht an seinem Bett und sah zu, wie seine Beine zuckten und seine Schlafanzughose durch den Schweiß immer nässer wurde. Eine Minute später zitterte er vor Kälte, in der nächsten schleuderte er die Decke von sich, weil Hitzewellen ihn überfluteten. Sein Körper war mit Gänsehaut überzogen.

An einem der nächsten Tage mußte ich nach Brooklyn fahren. Da ich Sonny nicht allein lassen wollte, forderte ich ihn auf, mit mir zu kommen. Als wir die Brücke überquert hatten, stellte ich fest, daß seine alte Unruhe ihn wieder ergriff. Plötzlich begann er zu schreien: „Laß mich hinaus! Es hat keinen Zweck! Ich muß eine Spritze haben!" Ich versuchte, ihm zuzureden. Doch als wir an einer Verkehrsampel anhalten mußten, öffnete er die Tür, sprang hinaus und rannte davon.

So ging Sonny zurück zum Rauschgift.

Ich erinnerte mich daran, daß ich mit Gwen darüber sprach, ob ich nicht aufhören und nach Philipsburg zurückgehen sollte. „Ich sehe nicht, was ich hier noch tun kann", sagte ich, „wo ich mit Sonny so versagt habe."

„Also, Dave", meinte Gwen, „zunächst einmal ist mir eines klar: Du wirst nie hundertprozentigen Erfolg haben. Du mußt mit **viel mehr** Jungens arbeiten, ehe du so eine Entscheidung treffen kannst. Und außerdem", lächelte sie, „wie kannst du so genau wissen, was Christus vielleicht noch mit Sonny vorhat?"

Gwen hatte recht. Der Herr hatte etwas Besonderes mit Sonny vor. Doch Er mußte warten, bis der Junge restlos verzweifelt war. Und das dauerte noch einige Monate. Denn dann brachte sich Sonny selbst in Schwierigkeiten. Er blieb bei seiner Sucht und hatte bald kein Geld mehr, das Heroin zu bezahlen. Also begann er zu stehlen, und dabei wurde ihm einmal in das Bein geschossen. Mehrere Monate vergingen und wir verloren ihn aus den Augen. Während dieser Zeit versank er immer tiefer in seiner selbstgemachten Hölle.

In der Zwischenzeit hatten wir unsere Arbeit im Teen Challenge-Zentrum begonnen und hatten einigen Erfolg. Unter den Jungens, die zu uns kamen, war einer mit Namen Chino, ein ehemaliger Freund von Sonny Arguinzoni. Später erfuhren wir einmal, wie Chino Sonny wieder traf, der sich, wie üblich, an einer Straßenecke herumtrieb.

„He, Mann", sagte Sonny, „prima, dich wieder draußen zu sehen."

Sonny nahm an, Chino sei im Gefängnis gewesen, da er nicht mehr den starren Blick eines Mannes hatte, der heroinsüchtig ist. Doch Chinos Geschichte war anders. Er erzählte Sonny, wie Christus ihn aus dem Schmutz gezogen und gerettet hatte. Sonny wollte ihm natürlich nicht glauben. Doch Chino lud ihn ein, mit ihm ins Teen Challenge-Zentrum nach Brooklyn zu gehen. Sonny willigte ein, weil er der Meinung war, das Zentrum müsse irgendeine Art von Tanzklub sein.

Die Sache endete damit, daß Sonny sein Leben völlig Christus übergab. Am nächsten Tag stellte er fest, daß das Zentrum von demselben „kleinen Landpastor" gegründet worden war, der ihn einst mit in seine Wohnung genommen hatte. In Sonnys Fall hatte der Heilige Geist auf den Augenblick der Verzweiflung gewartet, ehe er seine Seele ergriff und ihn umwandelte.

Doch verwandelt und neu gemacht hat Er ihn!

Denn hier stand er nun vor mir auf der Plattform einer kleinen Holzkirche im Osten von Los Angeles. War dies derselbe Sonny? Er war es, und er war es doch nicht mehr. Ich saß da und freute mich über dieses Wunder. Doch ich konnte es nicht nur in seinem Leben sehen, sondern ebenfalls an den vielen Familien, die hier unter uns in der Kirche saßen und in deren Leben die überwindende und tragende Kraft des Heiligen Geistes ebenfalls am Wirken war.

An diesem Tage führten wir zwei neue Diakone in ihr Amt in der Gemeinde ein. Sonny und ich standen Seite an Seite, als wir ihnen die Hände auflegten und mit ihnen beteten. Der Heilige Geist segnete uns alle in einer ganz besonderen Weise. Ich sagte, den Tränen nahe: „Ich danke Dir, Herr, für das große Vorrecht, hier mit Sonny Arguinzoni und seiner wachsenden Gemeinde zusammen sein zu dürfen. Habe Dank, Herr, Danke!"

Die Lektion, die ich zu lernen hatte, war eigentlich recht einfach: Von mir wurde erwartet, daß ich für die Sache des

Herrn immer mein Bestes tat, und zwar in der Weise, wie es zur Zeit gerade richtig erschien. Für alles weitere durfte ich getrost dem Herrn vertrauen.

Zuerst dachte ich immer, der Zeitplan des Heiligen Geistes sähe gewöhnlich so aus, daß es sofort zu plötzlichen dramatischen Änderungen im Leben eines Menschen kommen müsse. Doch Er wirkt auch auf andere Weise, und auf anderen Gebieten des geistlichen Wachstums ist Seine Arbeit genauso nachdrücklich und tiefgreifend.

Ich habe zum Beispiel folgendes herausgefunden: Wie ein Kind sich irgendwann einmal im gewissen Sinne von seinen Eltern lösen muß, um selbst zu einer Persönlichkeit heranzureifen, in der gleichen Weise muß dies ein geistliches Kind tun. Wenn es an seinem (menschlich gesprochen) geistlichen Vater hängen bleibt, ist dies völlig falsch.

Doch dies Loslösen ist nicht immer leicht.

Meinem guten Freund Nicky Cruz zum Beispiel gab ich immer noch zu viel väterlichen Rat, als diese Art Rat gar nicht mehr nötig und auch nicht mehr erwünscht war. Ich glaubte natürlich, es sei gut, so zu tun.

„Versuche nie, eine Kopie von mir zu werden", sagte ich zu ihm, als ob er dies jemals vorgehabt hätte. „Sei statt dessen eine Kopie von Jesus."

„Auch du solltest nie vergessen, was mein Großvater immer sagte, Nicky", redete ich ihm zu. „Gott hat immer einen Weg für einen Mann der betet."

„Laß dich niemals von deiner Vergangenheit entmutigen", riet ich ihm.

Und ich ermahnte ihn auch: „Begib dich niemals mit deiner Seele und deinem Geist in die Abhängigkeit eines Menschen."

Nicky nahm all diese Ratschläge sehr ernst, besonders den, daß er niemals von einem Menschen abhängig werden sollte, und begann schon bald, seine eigene unverwechselbare Art des Dienstes für Jesus zu entwickeln. Und genau wie es ein Vater machen würde, so ging es auch mir. Ich stand im Hintergrund, beobachtete ihn und sorgte mich: „Was wird geschehen, wenn

Nicky versagt?" Eines Nachts fragte ich den Herrn darüber, doch Er korrigierte mich freundlich: „Bin **Ich** nicht in der Lage gewesen, dich zu bewahren? Ganz gewiß kann **Ich** dies auch für Nicky tun."

Und Nicky hat seither immer einen großartigen Dienst getan. Von der Zeit an, als er sein Leben in der St. Nicholas-Arena dem Herrn übergab, ist Nicky geistlich beständig gewachsen. Sein Dienst, seine Bücher und sein Film haben alle gewaltigen Segen hinterlassen. Billy Graham sagte von ihm: „Sein Leben ist ein Stück Illustration unserer Zeit." Nicky wuchs geistlich sehr schnell, aber — und dies schien mir noch wichtiger zu sein — er wuchs auch beständig. Nein, in Nickys Fall hatte der Zeitplan des Heiligen Geistes nicht mehr so viel mit Nicky zu tun, als vielmehr mit mir. Es wurde wirklich Zeit für mich, diesen feinen jungen Mann auf eigenen Füßen stehen zu lassen und zu erkennen, daß es nicht mehr angebracht war, ihm fortwährend „väterliche" Ratschläge auszuteilen.

Ich kann mich noch gut an die Nacht erinnern, als ich Nicky ganz bewußt innerlich losließ. Es war schon drei Uhr morgens. Ich wurde müde und es war Zeit zu Bett zu gehen. Da sagte ich zum Herrn: „Herr Jesus, Du hast Nickys Leben umgewandelt und Du hast ihn bis jetzt getragen. Ich lege ihn nun ganz in Deine Hand und befehle ihn Deiner bewahrenden Gnade an."

„Gut!" Es war, als habe der Herr mir dieses Wort sehr laut zugerufen.

Und es kam dann so, wie es im zwischenmenschlichen Bereich in der Regel geht: Aus diesem „Loslassen" von meiner Seite entwickelte sich ein neues und viel gesünderes Verhältnis zwischen Nicky und mir.

Eines Tages wurde mir dies besonders bewußt, als ich nämlich eine Einladung von ihm erhielt, mit ihm gemeinsam auf seinem Arbeitsfeld eine Evangelisation durchzuführen. Nicky lud mich nach Kalifornien ein und ich freute mich sehr darüber. Selbstverständlich nahm ich die Einladung an.

Was ich nicht wußte war, daß Nicky etwas für mich zusammengekocht hatte; so eine kleine Überraschung.

Wir predigten etwa 45 Minuten im „Revolverstil". Dies war ein Ausdruck, den Nicky und ich für eine etwas ungewöhnliche Form des Predigens während einer gemeinsamen Evangelisation geprägt hatten. Nicky redete etwa fünf Minuten, dann sprach ich ungefähr fünf Minuten, und dann wieder Nicky die gleiche Zeit. Es war erstaunlich, wie gut Nicky meine Gedanken jeweils mit den seinen verbinden konnte. Besonders an diesem Abend schienen wir so gut aufeinander eingestimmt zu sein, daß es Schlag auf Schlag ging. Die Jugendlichen sahen es als eine Art Spiel an und waren begeistert darüber. Aber man spürte auch die Kraft des Heiligen Geistes, die gegenwärtig war und über der Versammlung lag.

Als die Versammlung zu Ende ging, stand Nicky am Mikrophon und sagte: „Nun Freunde, wir haben für David heute Abend noch ein besonderes Geschenk. Er ist, wie ihr alle wißt, mein geistlicher Vater. Ich liebe ihn wirklich sehr und habe immer versucht, mich nach seinem Vorbild zu richten. Mit eurer Zustimmung rechnend, möchte ich euch jetzt einmal ein klein wenig von den Ergebnissen dieser Bemühungen zeigen."

Mit diesen Worten verließ er das Podium und ging hinter die Bühne. Nach etwa einer Minute kam er zurück wie der Rattenfänger von Hameln, denn ihm folgte eine ganze Herde Jungens — kleine Kerle, alle ungefähr zwölf Jahre alt. Sie waren alle sauber und ordentlich. Aber die besondere Art des Lichts, das von ihnen ausging, kam nicht von ihrer prächtigen Sonntagskleidung. Nein, dieses Licht war unverwechselbar. Es war das Licht, welches Christus schenkt und das aus ihren Augen leuchtete.

Nicky gruppierte die elf Jungens am vorderen Bühnenrand in einem Halbkreis um sich. Als er sie alle aufgestellt hatte, zog er mich auch mit in den Halbkreis hinein und sagte Worte, die bei den Zuhörern Applaus hervorriefen und mir Tränen in die Augen trieben.

„Jungens", sagte Nicky, „Jungens, ich möchte, daß ihr euren Großvater kennenlernt."

Als das begeisterte Pfeifen und Händeklatschen sich wieder gelegt hatte, trat einer der kleinen Kerle etwas vor und sagte, während er mich ansah, ganz schlicht: „Herr Wilkerson, ich bin froh, daß Sie Nicky gefangen haben, denn Nicky fing mich." Gern hätte ich hinzugefügt, daß ich vor allem darüber froh war, daß Jesus uns alle gefangen hatte. Aber da steckte irgendein Kloß in meinem Hals, der mich hinderte, es auszusprechen.

3

Jeder von uns muß lernen
— auch wenn diese Lektion schmerzhaft ist —,
daß unser Werk nicht uns gehört.

Zwei seltsame „Erfolgs"-Geschichten

Innerhalb weniger Tage, und völlig unabhängig voneinander, reichten die beiden amerikanischen Verlage, die mit DAS KREUZ UND DIE MESSERHELDEN zu tun hatten, Anträge auf Konkurseröffnung ihrer Firmen ein. Zuerst tat dies der Verleger des Buches und kurz darauf auch der Produzent des Films, der nach dem Buch gedreht worden war. Und dies geschah trotz der Tatsache, daß von dem Buch mittlerweile mehr als elf Millionen Exemplare in der ganzen Welt verkauft wurden.

Ich habe Gwen bis heute noch keinen Nerzmantel aus den Lizenzeinnahmen des Buches kaufen können. In einigen Fällen haben wir vielleicht auch nicht alle uns zustehenden Lizenzen erhalten. Als ich zum Beispiel kürzlich in Europa war, besuchten wir während unserer Reise eine ganze Reihe von Verlagen, die das Buch in einer anderen Sprache herausbringen. DAS KREUZ UND DIE MESSERHELDEN ist inzwischen in vierundzwanzig Sprachen übersetzt. Es war gar nicht einfach für uns herauszufinden, wieviele Exemplare eigentlich mittlerweile in der ganzen Welt verkauft worden sind.

Was nun den Film anbetrifft, so ist zu sagen, daß er überall großen Beifall fand, und dies überraschender Weise sogar bei so zurückhaltenden Rezensoren wie zum Beispiel der NEW YORK TIMES. Kritiker fanden, der Film sei wirklich gut gemacht, und in ganz Amerika stimmte man dieser Ansicht zu. Doch auch der Filmproduzent reichte einen Antrag auf Konkurseröffnung über seine Firma ein.

Dies alles zeigt auf eine seltsame Art, daß DAS KREUZ UND DIE MESSERHELDEN von Anfang an Gottes Sache war und immer noch ist. Nur Gott sollte von dieser Arbeit die Ehre haben. Ich weiß, daß es gerade dieses Anliegen war, wofür schon von der Planung des Buches an sehr viel gebetet wurde. John und Elisabeth Sherrill, die neben mir die Mitautoren von DAS KREUZ UND DIE MESSERHELDEN waren, beteten buchstäblich über jede Seite des Manuskripts während es geschrieben wurde. Später tat ich dasselbe, ohne zu wissen, daß sie es auch so gehandhabt hatten. Unser Gebetsanliegen war, daß dem Herrn aus diesem Buch Ruhm und Ehre erwachsen sollte. Nun, Er erhörte das Gebet und gab noch einen kleinen Extranasenstüber dazu, indem Er dafür sorgte, daß der fast erschreckend große Goldtopf, den man aus dem Erfolg des Buches eigentlich hätte erwarten können, bis jetzt nichts als bloße Phantasie geblieben ist.

Wir drei, John und Elisabeth Sherrill und ich, waren selbst ein wenig überrascht darüber, wie wir auf diese ganze Sache bisher reagiert haben. Außer einer kurzen Zeit, in der wir uns wirklich ärgerten, kamen wir schon bald dazu, diese Mißerfolge mit einer Art Humor zu betrachten. Es war nicht so, daß wir darüber gelacht hätten, sondern es war mehr ein stilles Lächeln, welches aus der Tatsache kommt, daß man weiß, die ganze Angelegenheit ist in den guten Händen eines Höheren; ein Lächeln, das aus der Gewißheit erwächst, daß unser Leben so sicher geführt und getragen wird, daß man Ereignisse wie zum Beispiel, daß man ein Schiff ausgesandt hat, welches wohl gut wieder nach Hause kommt, aber nur, um dann im Hafen noch zu sinken, als Nebensächlichkeiten betrachten kann und trotzdem getrost und unverzagt bleibt.

Und doch hat DAS KREUZ UND DIE MESSERHELDEN überall so viel Aufsehen erregt, daß es sich vielleicht lohnt, einmal darüber nachzudenken, wie es kam, daß es geschrieben wurde.

An einem bestimmten Punkt der Entwicklungsgeschichte von Teen Challenge machte ich eine seltsame Erfahrung. Während meiner nächtlichen Gebetszeiten stand immer wieder der biblische Bericht der Belagerung Samarias durch die Armee Benhadads, des Königs von Syrien, vor mir. Der Belagerung wegen herrschte in Samaria große Hungersnot. Vier Aussätzige, die vor dem Stadttor saßen, mußten ebenfalls hungern. Diese vier Männer beschlossen, sich den Syrern zu ergeben, da sie ja doch auf die eine oder andere Weise sterben mußten. Als sie nun im Lager der Syrer ankamen, entdeckten sie, daß es verlassen war. Eine plötzliche Katastrophe war über die Syrer hereingebrochen, die diese veranlaßt hatte zu fliehen. Die Aussätzigen schauten erstaunt auf die Beute, die herumlag, und nur darauf wartete eingesammelt zu werden. Sie eilten also zurück nach Samaria und erzählten den hungernden Verteidigern der Stadt, daß Lebensmittel und andere Dinge genug in dem leeren Lager herumlägen (siehe 2. Könige 7, 1—20).

Ich fühlte mich in ganz der gleichen Lage. Hier saß ich und war im Besitz unendlicher Reichtümer — es waren die Schätze des Herrn. Und diese Reichtümer fielen jedem aus Gnaden zu, der sie nur einsammeln wollte. Doch zunächst mußte ich allen Leuten davon erzählen. Aber wie? Wie konnte ich ihnen diese Nachricht möglichst laut genug zurufen?

Zu diesem Zeitpunkt erhielten Gwen und ich den Besuch eines Freundes, sein Name ist Harald Bredesen. Harald hat eine ganz besondere Gabe vom Heiligen Geist erhalten: er ist wie ein Katalysator — er bringt Leute zusammen, die einander benötigen, und dadurch sind schon manche guten Dinge in Gang gebracht worden.

Harald war also bei uns zu Besuch. Gwen und ich sprachen mit ihm über unseren Wunsch, möglichst viele Leute mit den großen Reichtümern des Herrn, die wir selbst auch so wunderbar entdecken durften, bekannt zu machen. Nun, Harald war in Dingen des Glaubens niemals zurückhaltend. Er forderte uns auf der Stelle auf, mit ihm darum zu beten. Dies geschah und er begann:

„Herr Jesus, hilf uns in dieser Sache. Preis sei Deinem Namen, Jesus. Amen!"

Ohne auch nur einen Augenblick zu zögern, sagte er dann zu uns: „Ich kenne da ein Ehepaar, die schreiben beide. Es sind John und Elisabeth Sherrill. Sie arbeiten drüben bei der GUIDEPOSTS. Wenn ihr sie kennenlernen möchtet, kann ich das arrangieren."

Kurze Zeit später saßen wir mit den beiden Sherrills zusammen und arbeiteten an einem Artikel für das Magazin. Es war das erste Mal überhaupt, daß das Magazin GUIDEPOSTS einen Fortsetzungsartikel brachte. Es wurden dann im ganzen drei Fortsetzungen. Erst eine ganze Zeit später erfuhr ich einmal, welche Mühe John und Elisabeth gehabt hatten, unsere Geschichte trotz der Zweifel einiger der einflußreichsten Mitglieder des Redaktionskomitees in das Magazin zu bringen. Die GUIDEPOSTS ist ein gemeinnütziges Unternehmen und arbeitet auf interkonfessioneller Basis. Ihre Absicht ist, die Angehörigen aller Religionen zu ermutigen, aus ihrem jeweiligen religiösen Erbe zu schöpfen. Sogar die christlichen Redaktionsmitglieder haben ganz unterschiedliche religiöse Überzeugungen. Und jene Mitglieder des Komitees, die noch nie mit der Pfingstbewegung Kontakt hatten, waren sehr skeptisch im Blick auf die Geschichte, die die Sherrills vorlegten, weil sie mit Wundern und Kräften zu tun hatte.

„Wir können ja zumindest nachprüfen, ob die Geschichte stimmt", meinte einer der Redakteure endlich. Und das taten sie! In guter journalistischer Arbeitsweise fingen sie, ohne mich davon zu unterrichten, an, überall im Lande herumzufragen und mit den Leuten zu sprechen, die in dem Artikel erwähnt wurden. Sie studierten alle Zeitungsartikel über den Mord an Michael Farmer und die nachfolgende Gerichtsverhandlung, und sie besuchten uns auch im Teen Challenge-Zentrum. Ihre Erkundigungen verliefen überall zu ihrer Zufriedenheit, so daß der Herausgeber, Len LeSourd, endlich die Entscheidung traf, die Geschichte zu veröffentlichen.

Die Wirkung der drei Artikel war erstaunlich. Das Ergebnis davon war, daß mir, aber auch den Mitarbeitern der GUIDE-POSTS, dadurch klar wurde, daß die meisten Amerikaner wirklich begierig danach verlangten, die gute Nachricht zu hören, daß der Gott Abrahams, Isaaks und Jakobs immer noch lebt. Schon bald saßen John, Elisabeth und ich zusammen und sprachen über ein Buch. Es gab da nur ein Problem: Die Sherrills schätzten, daß, um die Arbeit wirklich gut und korrekt zu tun, ungefähr drei Jahre benötigt würden. Woher sollte auch nur einer von uns die Zeit nehmen, die für die intensiven Nachforschungen zum Schreiben nötig war?

Also beschlossen wir „ein Schaffell auszulegen".

Es war das erste Mal, daß John und Elisabeth vom „Schaffell auslegen" hörten, deshalb waren sie sehr skeptisch. Wir lasen zusammen den biblischen Bericht im Buche Richter, wo Gideon ein Schaffell auslegte, weil er eine Entscheidung treffen mußte und sicher sein wollte, daß er den Willen des Herrn tat. Gideon legte in einer Nacht, die reichlichen Taufall versprach, ein Schaffell ins Freie und bat den Herrn, Er solle dafür sorgen, daß am anderen Morgen nur das Fell naß und das Land rundum trocken sei. Dies sollte ihm das Zeichen sein, daß er den Willen Gottes richtig erkannt hatte. Sein Gebet wurde beantwortet, und nach einer weiteren Bestätigung, um die er bat, tat er, was ihm klar geworden war (Richter 6, 36—40).

Ich bin allerdings überzeugt davon, daß man mit dem „Schaffell auslegen" wirklich sparsam umgehen sollte. Wir sollten, denke ich, damit wirklich nur zu dem Herrn kommen, wenn es uns um einen **göttlichen Auftrag** in einer sehr wichtigen Sache geht. Wenn wir auf alle andere mögliche Weise versucht haben, Gottes Willen zu erkennen, und sind immer noch nicht sicher, was wir tun sollen, dann ist es Zeit mit unserer Frage zu dem Herrn zu kommen und Ihn um ein besonderes Zeichen zu bitten, um Gewißheit von Ihm zu erlangen. Außer für solche ganz besonderen Fragen sollte unser Glaube auf das Wort Gottes gegründet sein und nicht auf die Wolle. Sonst werden wir, anstatt den Herrn zu suchen, fortwährend herumrennen und den Tau kontrollieren.

Da in unserem Fall ein so großer Zeitaufwand für uns alle drei auf dem Spiel stand, schien es uns angebracht, ein „Schaffell auszulegen". Es war an einem Freitag, spätnachmittags, als John, Elisabeth und ich über diese Sache sprachen. Wir beschlossen also, ein „Schaffell auszulegen", und es sollte ein recht kompliziertes werden. Erstens sollte der Verleger, an den John dachte, es war Bernhard Geis, uns jetzt sofort zu einem Gespräch empfangen, obwohl es schon Freitag nachmittags 16 Uhr war; also zu Beginn des Wochenendes. Zweitens sollte die Bernhard-Geis-Gesellschaft sich bereit erklären, uns eine uns groß erscheinende Geldsumme (5000 Dollar) zur Verfügung zu stellen, um damit zu zeigen, daß sie an dem Projekt interessiert sei, und um die hohen Kosten zu decken, die in den kommenden drei Jahren für die Erstellung des Manuskripts benötigt würden. Drittens: Noch ehe wir heute Nachmittag das Büro des Verlegers wieder verlassen würden, sollte er einen Vorvertrag mit uns abgeschlossen haben.

Gut, warum nicht? Wir schüttelten uns die Hände und beteten über die Sache. Dann griffen wir zum Telefonhörer. Geis war noch in seinem Büro. Er sagte, er werde in einer Stunde ins Wochenende fahren, aber wenn wir sofort kämen, wolle er uns noch anhören. Also saßen um 16.30 Uhr John, Elisabeth und ich in seinem Büro. Geis war damit beschäftigt, Schecks zu unterschreiben. Doch er bat John, ihm die Sache währenddessen zu erklären. John begann also damit, Statistiken aufzuzählen, die zeigten, welchen Erfolg wir mit der Arbeit an rauschgiftsüchtigen Jugendlichen hatten. Geis schien nicht sehr interessiert zu sein. Nachdem John etwa zehn Minuten geredet hatte, sagte er endlich:

„Entschuldigen Sie, Herr Geis. Ich glaube, ich habe am falschen Ende angefangen. Ich will ihnen jetzt einfach die Geschichte dieses ‚kleinen Landpastors' erzählen." Also erzählte John etwa zwanzig Minuten lang von all meinen Erlebnissen, seit der Herr das erste Mal auf dem Alberthügel mit mir geredet hatte. Bernhard Geis legte seinen Füllhalter beiseite, lehnte sich im Stuhl zurück und hörte zu. Gegen 17 Uhr schaute er auf seine Uhr.

„Gut, ich habe genug gehört. Wir geben Ihnen den Auftrag, das Buch zu schreiben. Die Einzelheiten werden wir später besprechen. Möchten Sie einen Vorschuß haben?"

„Jawohl — fünftausend Dollar!"

„In Ordnung", sagte er, „wir sind dabei. Ich werde Ihnen alle nötigen Papiere zusenden lassen. Aber jetzt entschuldigen Sie mich bitte, ich muß fort."

Unser „Schaffell" war also beantwortet. Wir hatten den Auftrag.

Sofort am nächsten Montag begannen wir unsere Arbeit. John betete kurz. „Gott", sagte er, „hilf uns, daß wir die Geschichte ganz ehrlich erzählen. Hilf uns, sie so zu erzählen wie Du es willst. Amen." Dann begann ich damit, die ersten Worte auf das Tonband zu sprechen.

John, Elisabeth und ich dachten, als wir unsere Arbeit begannen, ganz gewiß nicht daran, einen internationalen Bestseller zu schreiben. Wir brauchten 14 Monate, um das Material zusammenzutragen. Jeden Montag saßen wir nach Arbeitsschluß in Johns Büro zusammen. Außerdem gab es häufig Zusammenkünfte im Hause der Sherrills. Wir führten Gespräche mit den Jugendlichen in unserem Teen Challenge-Zentrum. Und während der ganzen Zeit arbeiteten die Sherills an dem Rohmanuskript. Ich war sehr begierig zu wissen, wie sich das Manuskript las, doch John und Elisabeth achteten sehr sorgfältig darauf, daß ich das noch so unfertige Werk nicht zu Gesicht bekam. Bis das endgültige Manuskript fertig war, wurde es sechsmal umgeschrieben.

Erst später einmal erfuhr ich, wie viel die Sherills während dieser Arbeit gebetet hatten. Über jede Seite des Manuskripts beteten sie in besonderer Weise. An den oberen Rand einer jeden Seite setzten sie besondere Bitten wie zum Beispiel „Herr, sei mit uns bei der Arbeit an dieser Seite", oder „Herr, dies ist jetzt ein schwieriges Problem, hilf uns, es richtig zu formulieren, bitte!"

Endlich kam der Tag, an dem sie mich anriefen und mitteilten, das Manuskript sei per Post zu mir unterwegs. Als ich es erhielt, ging ich damit in den Gebetsraum, den Gwen und ich in der Garage an der Rückseite des Hauses gebaut hatten. Ich setzte mich auf den stoffüberzogenen Stuhl, in dem ich so oft bete, nahm das Manuskript und begann zu lesen. Obwohl mir die ganze Geschichte nur zu gut bekannt war, brach ich an manchen Stellen doch in Tränen aus. Als ich mit Lesen fertig war, kniete ich nieder, und ohne daß ich wußte, daß die Sherills über jede Seite besonders gebetet hatten, tat ich jetzt genau dasselbe. Ich nahm buchstäblich jede einzelne Seite und betete darüber. Ich hatte dabei zwei Gesichtspunkte vor Augen: „Herr, ist das die Wahrheit? Bestätigt mein Gedächtnis, daß es so war?" und: „Herr, dient dies zu Deiner Verherrlichung?" Überall da, wo mir diese beiden Gesichtspunkte nicht erfüllt schienen, machte ich Korrekturzeichen. Wir wollten unter allen Umständen ganz sorgfältig sein.

Es gab nur ein Stück des Manuskripts, über das ich mir ernstlich Sorgen machte. Ich muß dies hier als ein Bekenntnis erzählen, denn es zeigt, wie ich mich davon betrügen ließ, daß es mir mehr darum ging, daß die Menschen eine gute Meinung von mir hatten, anstatt dem Herrn zu vertrauen, daß Er in Seiner eigenen Weise wirken würde.

Ich hatte Schwierigkeiten mit dem letzten Kapitel. Hier erzählten John und Elisabeth über die pfingstlichen Aspekte unserer Arbeit. Hier stand es nun, fertig, gedruckt zu werden, und jeder konnte lesen, daß wir in der Clinton Avenue Nr. 416 in Zungen sprachen. Ich hatte mich jahrelang bemüht, alle mit sozialen Fragen befaßten Stellen in New York dahin zu bringen, daß sie die Arbeit in unserem Haus als ernstzunehmendes Therapieprogramm betrachteten; es hatte mich so viel Mühe gekostet zu erreichen, daß Gerichte und Gefängnisse zu einer Zusammenarbeit mit uns bereit waren. Und jetzt hatte ich Angst davor, daß man in all diesen Stellen über uns lachen würde. Die charismatische Erneuerung hatte noch keine allgemeine Anerkennung gefunden, wir lebten immer noch in der Zeit, in der man die Pfingstler als Schwärmer und nicht ernst zu nehmende Leute betrachtete. Wenn wir sagten, wie es war, so sorgte ich mich — wenn wir erzählten, wie unsere jungen Leute den Herrn mit erhobenen Händen priesen, und wie sie in Sprachen redeten, die ihnen der Heilige Geist gab — würde uns das vielleicht schaden?

Es war Bernhard Geis, der schließlich die Sache entschied. Wir beschlossen, die Fragen, die uns bewegten, einstweilen auszuklammern, und ihm das Manuskript zu geben. Wir wollten sehen, wie er auf das letzte Kapitel des Buches reagieren würde.

Und dann geschah etwas Seltsames: Ich bekam einen Anruf von John und Elisabeth. Sie sprachen beide gleichzeitig mit mir, da sie ein Telefon mit zwei Sprechstellen besitzen. „Wir haben von Geis gehört", sagte John. „Das Manuskript gefällt ihm, David. Nur mit einem ist er nicht zufrieden. Er fragte uns, ob wir nun an dieses ‚Reden in anderen Zungen' glaubten oder nicht."

„Wieso?" sagte ich. „Was meint er denn damit? Es steht doch im Buch drin."

„Ich weiß", sagte Elisabeth. „Aber er meint, wir schrieben darüber, als hätten wir Angst vor der Sache. Er möchte, daß wir das letzte Kapitel nochmals überarbeiten und **zwei** Kapitel daraus machen. Er möchte, daß wir näher auf die Taufe im Heiligen Geist eingehen, und so darüber schreiben, wie wir es selbst empfinden."

Also wurde der Schluß des Buches noch einmal geschrieben, und dieses Mal bezogen wir ganz klar Stellung. Wir schrieben ganz deutlich davon, wo wir die Quelle der Kraft sahen, die in unserer Arbeit wirksam wurde. Als ich ein weiteres Mal für jede Seite der beiden letzten Kapitel betete, gingen Schauer durch mich, denn ich wußte, daß es jetzt kein Zurück mehr gab. Außerdem wurde mir noch etwas anderes klar. Ich erkannte deutlich, daß es der Herr gewesen war, der uns zu Bernhard Geis geführt hatte mit der Bitte, ein Buch herauszugeben, welches ganz eindeutig christozentrisch ausgerichtet war, obwohl Bernhard Geis doch ein Jude ist. Der Grund, weshalb es so kam, war jetzt einfach zu verstehen. Wären wir zu jener Zeit mit unserer Geschichte zu christlichen Verlegern gegangen, wäre fast jeder von ihnen im Blick auf das letzte Kapitel zur gegenteiligen Ansicht von der gekommen, die Bernhard Geis vertrat. „Zungenreden ist zu umstritten", würden sie gesagt haben. „Es ist besser, wenn wir darüber nicht schreiben." Und weil ich zu jener Zeit selbst ein wenig zaghaft in dieser Sache war, wäre ich wahrscheinlich auf ihren Rat eingegangen. Bernhard Geis hingegen ging es gerade um das Zungenreden als eine Sache, die er besonders hervorgehoben haben wollte. Dabei mag der Grund, weshalb Geis dies so herausgestellt haben wollte, nur ein rein journalistischer gewesen sein. Aber des Herrn Grund war natürlich ein ganz anderer.

Später geschahen zwei Dinge, die diesen Gesichtspunkt nur nochmals bestätigten. Ein führender christlicher Verleger kam zu uns mit dem Angebot, das Buch in einer Riesenauflage in spanischer Sprache herauszubringen. „Es gibt nur ein Problem dabei", sagte der Verleger. „Die letzten beiden Kapitel des Buches müßten weggelassen werden." Wir lehnten ab. Die spanische Ausgabe, die später dann von einem anderen Verlag herausgebracht wurde, ist bisher weit besser verkauft worden, als irgendeine in einer anderen Fremdsprache (also nichtenglische. Die Redaktion).
Die einzige fremdsprachliche (nichtenglische) Ausgabe, die keine Verkaufserfolge zu melden hatte, war eine europäische, in der man, ohne unser Wissen, die letzten beiden Kapitel einfach weggelassen hatte. Als wir dies erfuhren, bestanden wir auf eine neue Ausgabe, die die letzten beiden Kapitel ebenfalls ent-

hielt. Und diesmal (und es war keinesfalls eine Überraschung für uns) verkaufte sich das Buch ganz ausgezeichnet.

Wir waren verblüfft über den Erfolg von DAS KREUZ UND DIE MESSERHELDEN. Ohne daß groß dafür geworben wurde, stiegen die Zahlen der verkauften Exemplare enorm an. Jahr für Jahr war es ein internationaler Bestseller. Es dauerte auch nicht allzu lange, da kamen die ersten Anfragen von Hollywood. Und obwohl die Bernhard-Geis-Gesellschaft die Verfilmungsrechte besaß, wandte man sich doch meist an mich. Wir bekamen sieben Angebote von verschiedenen Filmgesellschaften aus Hollywood und von bekannten Drehbuchschreibern. Als diese Angebote eingegangen waren, setzte ich mich mit den Sherrills in Verbindung, um die Sache mit ihnen zu besprechen.

„David", sagte John, „unser Geschäft sind Bücher, keine Filme. Du solltest diesmal die Entscheidung allein treffen. Wir möchten das Wasser nicht verschmutzen. Den einzigen Rat, den ich dir geben möchte ist: Vergiß nicht, eine Sicherheitsklausel in den Vertrag einzubauen."

„Sicherheitsklausel?"

Elisabeth fügte hinzu: „Es besteht durchaus die Möglichkeit, daß man dir, wenn du erst einmal einen Vertrag unterschrieben hast, nicht mehr das Recht einräumt, das Drehbuch zu kontrollieren. Es ist also besser, du machst dies mit dem Produzenten ganz klar, und fragst auch danach, wer der Hauptdarsteller sein soll."

Das hörte sich vernünftig an. Also begann ich zu beten: „Herr, wenn Du willst, daß die Geschichte verfilmt wird, dann hilf, daß ich einen echten Christen finde, der die Hauptrolle spielt. Und hilf, daß sich auch ein christlicher Produzent findet, der die Botschaft der Geschichte versteht."

Als ich Bernhard Geis erzählte, daß ich schon eine ganze Reihe Angebote zur Verfilmung abgelehnt hatte, war seine Hauptsorge die, daß ich vielleicht nicht mehr recht wüßte, was ich tat. Er fragte mich, was ich eigentlich wolle.

„Ich will offen sein, Herr Geis. Ich möchte, daß ein aufrichtiger Christ den Film produziert und daß der Hauptdarsteller ebenfalls ein Christ ist."

Geis schwieg eine ganze Weile. Man konnte, als er dann antwortete, durch den Ton seiner Stimme fast das Achselzucken vernehmen. Doch alles was er sagte war, daß ich wohl dabei sei, einige sehr gute Angebote abzulehnen. Doch ich werde immer sehr hoch schätzen, daß er die Sache mit dem Film ganz in meiner Hand ließ.

Eines der Angebote zogen wir mehr in Betracht als all die anderen. Ich bekam eines Tages einen Anruf von Bernhard Geis, der mit erregter Stimme sagte:

„David, ich glaube, wir liegen jetzt richtig." Dann fragte er mich, ob Pat Boone ein Christ sei. Wie würde wohl Pat selbst diese Frage beantworten, überlegte ich. Mein Schweigen ermutigte Geis nicht gerade. Ich konnte seiner Stimme dieses Achselzucken wieder anhören.

„Hören Sie, Pat Boone möchte unter allen Umständen die Rechte zur Verfilmung kaufen. Sagen Sie bitte Ihre Meinung, was ich tun soll."

„Ich möchte gern mit ihm reden. Glauben Sie, daß sich dies arrangieren ließe?"

Einige Wochen später saßen Gwen und ich mit Pat Boone in einem italienischen Restaurant im Zentrum New Yorks. Pat war gerade in New York, um in einigen Fernsehfilmen mitzuspielen, die hier gedreht wurden. Pat war sicherlich ganz echt Hollywood. Er war braungebrannt und hatte einen enorm auffallenden Haarschnitt, trug glänzende weiße Schuhe und Kleidung im Westernstyle. Doch wir beide, Gwen und auch ich, fanden eine Aufrichtigkeit und Wärme in ihm, die uns sympathisch war. Pat erzählte uns, daß er an einem Zeitungsstand auf dem Flughafen von Mexico City ein Exemplar von DAS KREUZ UND DIE MESSERHELDEN gekauft habe. „Sie wissen sicher wie es ist, wenn für Außenaufnahmen gearbeitet wird", sagte er. „Man muß dann morgens aufstehen, wenn es zu dämmern beginnt. Nun, ich begann das Buch am späten Abend zu lesen und konnte es einfach nicht mehr aus der Hand legen. Ich möchte die Filmrechte kaufen und würde es gern sehen, wenn Sie in dem Film Ihre eigene Rolle übernehmen."

Für die zweite Hälfte seines Wunsches hatte ich eine schnelle Antwort bereit. Ich würde unter keinen Umständen eine Filmrolle übernehmen. Ich war zu sehr von meiner Arbeit auf den Straßen ausgefüllt, um dafür Zeit zu haben. Das sagte ich auch zu Pat.

„Wer immer den Film dreht", sagte ich, „muß selbst ein Christ sein, um den Sinn dessen, was vorgeht, zu erfassen." Ich versuchte die Frage anzuschneiden, die mir am meisten am Herzen lag. War Pat ein **wiedergeborener** Christ? Irgendwie fand ich nicht den Mut, ihn direkt zu fragen. Statt dessen versuchte ich, ihm viele in diese Richtung zielende Fragen zu stellen, und kam damit nicht zum Ziel.

Nach etwa zehn Minuten wurde mir klar, daß ich nun genug gefragt hatte.

„Pat, dies mag lächerlich aussehen", sagte ich, „aber ich muß Ihnen erklären, warum ich so viel Interesse an Ihrem geistlichen Leben habe. Ich habe den Herrn um ein Zeichen gebeten. Ich bat: ‚Herr, wenn Du willst, daß der Film gedreht wird, dann hilf, daß ich einen Produzenten und einen Hauptdarsteller finde, die echte Christen sind.'"

Pat stand auf. Sein Lächeln war so ansteckend, daß es auf Gwen und mich ganz entspannend wirkte. Ich erhob mich ebenfalls. „Nun, David", sagte er. „Alles, was ich dazu sagen kann ist, daß ich versuche ein echter Christ zu sein."

Nachdem Pat gegangen war, beteten Gwen und ich noch zusammen. „Herr, es ist so viel an Pat, was uns echt und richtig erscheint. Wir bitten Dich, hilf, daß er zu einer echten Begegnung mit Dir und Deinem Geist kommt."

Drei Jahre vergingen. In diesen Jahren machten andere Leute sehr lukrative Angebote, um die Filmrechte zu erwerben. Aber sie waren so weit davon entfernt, die Bedingungen zu erfüllen, die ich in meinem Gebet dem Herrn vorgelegt hatte, daß ich sie alle ablehnte.

Eines Tages bekam ich einen Anruf von dem Produzenten Dick Ross. Ich hatte schon manches von ihm gehört und wußte, daß er für Billy-Graham-Filme gearbeitet hatte. Also war ich überzeugt davon mit einem Christen zu sprechen. Ross fragte, ob er mich in der kommenden Woche in New York treffen könne. Gwen, Dick und ich verabredeten eine Zusammenkunft, und Dick gab uns einen kurzen Überblick darüber, wie er sich den Film vorstellte. Mir gefiel, was er sagte, von Anfang an.

„Ich will Ihnen erklären, was ich tun möchte", sagte Dick. „Ich möchte die Geschichte so erzählen, wie sie ist, aber ich möchte auch, daß es ein Film wird, den sich eine ganze Familie ansehen kann, also auch Kinder. Aus diesem Grunde sollte er ohne unnötiges Blutvergießen und Gewalt und ohne kitschigen Sex sein."

„Oh, das hört sich gut an", gab ich zur Antwort.

„An wen denken Sie im Blick auf die Hauptrolle?" fragte Gwen.

„An einen Bekannten von Ihnen, an Pat Boone."

Ich blickte überlegend vor mich hin. Doch dann sagte Dick etwas, was mir klar machte, daß er von meinen vorangegangenen Kontakten mit Pat Boone wußte.

„Pat bat mich, Ihnen etwas auszurichten. Er sagte: ‚Sage Gwen und David, daß ich die letzten zwei Kapitel seines Buches erlebt habe.'"

Ich schaute Gwen an und lachte. „Wenn Pat den Heiligen Geist empfangen hat", sagte ich, „dann ist er der richtige Mann. Es sieht so aus, als sei unser Gebet erhört. Ich werde mit den Sherrills sprechen, und dann wollen wir sehen, ob wir die Rechte für Sie beschaffen können."

Dick Ross kaufte also die Filmrechte für DAS KREUZ UND DIE MESSERHELDEN. Sie wurden nach Hollywoodmaßstäben wahrscheinlich für einen Rekordniedrigpreis verkauft. Es waren 10 000 Dollar, aufgeteilt unter fünf, nämlich die Bernhard-Geis-Gesellschaft, die Agentin Evelyn Singer, mir selbst und den beiden Sherrills.

Am Tage der Vertragsunterzeichnung begannen Gwen, ich und unsere Mitarbeiter einen neuen Gebetsfeldzug. Dieses Mal baten wir darum, daß der Heilige Geist auch bei der Herstellung des Films die Leitung übernehmen möge. Fünf Anliegen brachten wir vor den Herrn. Erstens: der Film soll ein evangelistisches Werkzeug werden. Zweitens: alle, die mit den Dreharbeiten irgendwie zu tun haben würden, sollten durch die Geschichte gepackt und umgewandelt werden. Drittens: durch die Umschreibung des Buches in ein Drehbuch sollten die entscheidenden Dinge der Geschichte völlig erhalten bleiben. Viertens: Gewalt und Sex sollten im Film so wenig wie möglich Raum einnehmen. Fünftens: daß der Regisseur nicht um der Sensation willen irgendwelche nachgemachte pfingstliche Erfahrungen zeigen solle.

Schon bald gab uns der Herr ein Zeichen, daß unser Unternehmen wirklich nach Seinem Willen war, indem Er noch mehr tat, als wir gebeten hatten. Wir erfuhren, daß Don Murray ausgewählt worden war, Regie zu führen, und Don ist ein wirklich feiner Christ. Eines Tages rief Don uns an und teilte uns mit, daß das Drehbuch fertig sei. Er fragte, ob wir Zeit hätten, es mit ihm durchzugehen. Gwen und ich luden ihn zum Essen ein.

Um verstehen zu können, was dann geschah, muß ich kurz auf etwas hinweisen, was sich seit dem Erscheinen des Buches DAS KREUZ UND DIE MESSERHELDEN in unserer Familie ereignet hatte. Ziemlich am Anfang der Geschichte sprach ich davon, daß wir unser Fernsehgerät verkauften, weil ich immer versucht wurde, die Sendungen am späten Abend noch anzuschauen, anstatt diese Zeit zum Gebet zu nutzen. Ich bin oft gefragt worden, ob wir uns seither wieder einen Fernseher angeschafft haben, und antwortete dann: Ja. Nach mehreren Jahren schenkte uns der Herr die Freiheit, wieder einen Fernseher im Haus zu haben und auch, wenn es angebracht schien, den Sendungen zuzuschauen.

Eine Fernsehserie, die unser sechsjähriger Sohn Greggy gern sah, war „Die Ausgestoßenen". Don Murray spielte in dieser Serie die Hauptrolle. An dem Abend, an welchem Don bei uns zum Essen war, kam Greggy in seiner Cowboykleidung an den Tisch. Er glühte vor Begeisterung darüber, daß Don bei uns zum Essen war. Wir haben sehr gelacht.

Ich schlug Don vor, die Gelegenheit auszunutzen, die sich gerade bot, da Nicky Cruz ebenfalls zur Zeit in der Stadt war. „Wäre es nicht gut, in sein Hotel zu fahren und das Drehbuch gemeinsam zu lesen?"

Don war hoch erfreut. Also fuhren wir nach Manhattan, und ungefähr gegen 22 Uhr begannen Nicky und ich das Manuskript zu lesen.

Ich begann auf der ersten Seite. Doch während ich las, wurde ich immer mutloser. Ich konnte mich selbst nicht wiedererkennen. Ich wollte aber nichts sagen, um Nicky nicht zu beeinflussen. Endlich legte er das Drehbuch beiseite.

„Nun?"

„Ich kann nur eins sagen, David: Das wird dich erledigen."

Don schaute mich an.

„Nicky, diese Äußerung galt ja mir", sagte ich. „Don, es tut mir leid."

„Es braucht Ihnen nicht leid zu tun", sagte Don. „Wir haben für das Manuskript bezahlt, es gehört uns und wir können damit machen, was wir wollen." Dann krempelte er seine Ärmel hoch. „Also, dann wollen wir mit der Arbeit beginnen."

Fortwährend mit uns die Einzelheiten vergleichend und besprechend, schrieb er das Manuskript auf der Stelle um. Nicky und ich hielten mit ihm die ganze Nacht und fast den ganzen nächsten Tag aus. Wir machten zwischendurch nur wenige kurze Pausen, um zu verschnaufen. „Es gibt eine Stelle, wo ich alles noch deutlicher ausgedrückt haben möchte, als es jetzt ist, Don", sagte ich, als wir mit unserer Marathonsitzung fast zuende waren. „Zum Schluß konzentriert sich der Film auf die Begebenheit in der St. Nicholas-Arena und meine Pre-

digt dort. Würden Sie mich diese Predigt für das Drehbuch
selbst schreiben lassen?"
Es muß eine recht schwierige Entscheidung für Don gewesen
sein, doch er stimmte zu.
Es war erstaunlich, wie der Herr mir alles wieder ins Gedächtnis zurückbrachte. Ich konnte mich wieder an ganz bestimmte Ausdrücke erinnern. Deutlich stand wieder vor mir, wie diese so feindselig gestimmten Jungens und Mädchen mit einem Male still wurden, als ich von der Kraft der Liebe zu ihnen sprach. Mir wurde wieder lebendig, in welcher Weise der Heilige Geist an ihnen zu wirken begann und wie vielen von ihnen die Tränen in den Augen standen. Ja, ich konnte mich sogar der scharrenden Füße und ihrer Unruhe wieder deutlich entsinnen.

Als sei Er es selbst gewesen, der die ursprüngliche Predigt gehalten hatte, so brachte mir der Heilige Geist jetzt die Botschaft ins Gedächtnis zurück. Als ich das Geschriebene Don reichte und er es gelesen hatte, war er sichtlich erleichtert.

„David, Sie haben es genau getroffen. Wir werden nicht ein einziges Wort ändern."

Auf diese Weise wurden unsere Gebete eines nach dem anderen erhört. Die Botschaft des Evangeliums war mit ihrer vollen Aussage im Film, und zwar an einer Schlüsselstelle — direkt vor dem Schluß. Ich war zufrieden, weil der Film nicht in Blut, Gewalt und Sex ausartete. Das Drehbuch ließ die Geschichte im Wesentlichen wie sie war, obwohl sie selbstverständlich nicht so ausführlich sein konnte wie im Buch. Alles zusammengenommen hatte ich ein gutes Gefühl im Blick auf die ganze Sache.

Eine recht amüsante Änderung wurde einige Tage später noch im Drehbuch vorgenommen. „Little Jo-Jo" wurde einer Geschlechtswandlung unterzogen. Der Junge wurde zu einem Mädchen gemacht.

Der „Little Jo-Jo" des Buches schien von Anfang an jemand zu sein, den die Leute gern umwandelten. Jo-Jo war eigentlich ein Teenager-Junge. Doch nachdem das Buch erschienen war, gab es überall im Lande Männer die behaupteten, sie seien der „Little Jo-Jo" aus dem Wilkerson-Buch. Ich sah Plakate, die bärtige alte Männer zeigten, in einer Hand eine Bibel, in der anderen KREUZ UND MESSERHELDEN. Außerdem konnte man darauf lesen: „Kommen Sie und hören Sie heute Abend ‚Little Jo-Jo'. Er kommt geradewegs aus den Seiten des Buches DAS KREUZ UND DIE MESSERHELDEN zu Ihnen." Andere Männer, die auch vorgaben, sie seien „Jo-Jo", zogen von Stadt zu Stadt und sammelten Gelder für Waisenhäuser in Mexiko und Guatemala.

Auf diese Weise war „Jo-Jo" auf geheimnisvolle Art schon um etwa vierzig Jahre gealtert. Nun änderte sich auch noch sein Geschlecht, und das geschah folgendermaßen:

Als Don Murray und Dick Ross mit verschiedenen Schauspielern Rollenproben für die einzelnen Figuren des Filmes machten, schien ein junger schwarzer Schauspieler die Rolle „Jo-Jos" am besten wiedergeben zu können. Es war ein ausgezeichneter Vortrag. Don, Dick und Pat waren begeistert. Doch als die Proben vorbei waren, zog Jo-Jo eine Kappe vom Kopf und langes volles Haar fiel herunter. Der Schauspieler war ein Mädchen.

„Hätten Sie etwas dagegen", fragte Don, quer über den Kontinent hinweg mit mir sprechend, „wenn die Rolle von einem Mädchen gespielt wird? Sie ist hervorragend!"

„Was ist mit dem Text der Predigt zum Schluß?"

„Nichts daran wurde verändert."

„Dann bin ich einverstanden."

Bis heute ist mir noch nicht klar, wie jemand aus dem Durcheinander, das an Aufnahmeorten herrscht, einen Film machen kann. Don Murray und seine Truppe fielen mit der Hast, den technischen Redewendungen und der ganzen komplizierten Ausrüstung Hollywoods buchstäblich in New York ein. Wie sie es machten, daß sie dort ein Stück drehten, hier eine Szene schossen und da eine Rückblendung aufnahmen, dies alles zusammenbrachten und dann eine fortlaufende Geschichte daraus entstand, geht über meinen Horizont.

Ich hatte den großen Wunsch, mich mit Pat Boone zu unterhalten. Ich hatte ihn noch nicht wiedergesehen, seit er vom Heiligen Geist erfüllt worden war. Wir trafen uns in der Gemeinde von Pastor Vicente Ortiz, in dessen Haus ich in meiner ersten Zeit in New York gelebt hatte. Die St. Nicholas-Arena war, seit DAS KREUZ UND DIE MESSERHELDEN geschrieben wurde, abgerissen worden. Deshalb wurde die Kirche von Pastor Ortiz für die Filmaufnahmen benutzt.

Pastor Ortiz ist der Mann, der mir die Augen darüber öffnete, was es heißt, als entschiedener Christ im Getto zu leben. Ich erinnere mich noch, daß ich ihn fragte, warum er denn hier wohnen bleibe, obwohl seine Frau sich fürchtete, bis an die Ecke zu gehen und Milch zu kaufen, und seine Tochter Angst hatte, in den Korridoren der Schule vergewaltigt zu werden.

„Warum wir hier bleiben?" sagte Vicente. „Weil Gott uns hierher gerufen hat." Das war alles, was er über diese Sache je äußerte. Mehr war wohl auch nicht nötig.

Vicente Ortiz war einer der ersten, an denen ich das Heldentum vieler Gettochristen kennenlernte. Diese Männer und Frauen haben inmitten von Gewalt und Enttäuschung eine ganz besondere Geisteshaltung entwickelt. Ihr Leben ist fest in der Gemeinde verankert. Zuerst war ich ein wenig verwirrt, weil diese Leute so laut sangen und gelegentlich sogar in den Gängen der Kirche tanzten. Doch dann wurde mir klar, daß dies alles der Ausdruck des Lobpreisens war, und Lobpreisen ist ihre Hauptwaffe gegen das Böse des Gettos. Nach sehr kurzer Zeit war ich davon überzeugt, daß der Herr wohl sehr zufrieden mit dieser Gemeinde war.

Pat Boone stand außerhalb Reverend Ortiz' Kirche, als ich ihn sah. Er sollte meine Rolle spielen und entsprechend war er gekleidet und aufgemacht. Ich konnte nicht anders, als leise lachen.

Pat hatte einmal Walter Hoving, den Präsident von Tiffany's, der einer unserer Freunde ist und unser Werk sehr unterstützt, sagen hören: „Ich mag David Wilkerson, denn er sieht so aus, als käme er gerade von einer Fastenzeit von einem Berggipfel: dünn und hager." Pat sah so aus, als ob er tüchtig gefastet hätte. Doch äußerlich so aufgemacht zu sein wie ich, genügte ihm nicht. Er beobachtete jede meiner Gesten und versuchte meine Angewohnheiten zu kopieren, damit im Film alles so echt wie möglich werden sollte. Es machte mich direkt nervös.

Pat ging mit mir zwei Tage durch die Welt der Gossen und Gettos. Ich führte ihn an alle von mir bevorzugten Straßenecken und machte ihn mit Süchtigen bekannt. Selbstverständlich trug er seine berühmten weißen Schuhe und sah prächtig nach Hollywood aus. Wir fuhren in die Bronx, mitten ins Herz von „Klein-Korea". Und es sprach sich schnell herum. — „Schon gehört! Die Katze selber ist hier: Pat Boone." Sie versammelten sich um uns. Zu meiner Überraschung benutzte Pat die Gelegenheit und predigte von Christus. Während er redete, hörte ich die Burschen sagen: „He, das ist dufte, Mann. Große Klasse!" Und nachdem sie herausgefunden hatten, daß Pat einen Film drehte, liefen sie uns alle nach in der Hoffnung, eine Rolle zu bekommen. Manche der Jungens rollten die Ärmel hoch, zeigten ihre zerstochenen Arme her und sagten: „Schau, ich spritze mehr, als alle anderen im Block."

Am zweiten Tag nahm ich Pat mit auf die Dachböden und in dunkle Kellerräume, wo Jugendliche sich mit schmutzigen Nadeln in ihre Adern stachen. Nach einigen Minuten schon sagte er, diese Erlebnisse hätten ihm ein ganz neues Blickfeld gegeben: „Für mich ist das jetzt mehr als bloßes Filmdrehen, David. Ich sehe es als die größte geistliche Herausforderung meines Lebens an."

Es war etwas so Aufrichtiges um ihn, daß in mir der Wunsch aufstieg, ganz offen mit ihm zu sein. Ich erzählte ihm davon, wie ich das erste Mal hörte, daß er meine Rolle spielen werde. Ich erinnere mich daran, daß ich zu Gwen sagte: „Was wird

Pat denn tun? Wird er durch Harlem laufen und den Süchtigen ‚April-Liebe' vorsingen? Es ist besser, wir fangen an zu beten."

Pat lachte und gab zu, daß ihm im Blick auf sich selbst dieselben Zweifel gekommen seien. „Betet weiter für die Sache, bitte", sagte er.

Dann waren wir wieder in Vincent Ortiz' Kirche. Pat verließ uns, um sein „Make up" herrichten zu lassen, denn in Kürze sollte der wichtigste Teil des Films gedreht werden, die Predigt. Gwen und ich setzten uns auf eine Bank im hinteren Teil der Kirche. Schon bald setzte sich Pats Frau Shirley zu uns, die extra für diesen Teil der Dreharbeiten von Hollywood herübergeflogen war.

Shirley war genau so nach Hollywoodart aufgemacht wie Pat. Aber sie war auch erfüllt von demselben Geist, der in Pat war.

„Ratet einmal, was wir getan haben?" sagte sie. „Wir haben beide drei Tage gefastet." Also war Pats hagere Erscheinung doch nicht nur „Make up". „Alles hängt von dieser kurzen ‚Acht-Minuten-Szene' ab. Es ist eine Predigt des Heiligen Geistes. Ich wünschte, du würdest zu Pat gehen und mit ihm reden, David", sagte sie. „Bete mit ihm."

Pat stand in einer Ecke und wartete darauf, für seine Rolle gerufen zu werden. Ich war erstaunt, in seinen Augen Tränen zu entdecken. „David", bat er, „willst du mit mir beten und mir die Hände auflegen." Es muß wohl sehr zu den Ungläubigen im Filmteam geredet haben, als sie sahen, wie Pat um Gebetshilfe bat.

„Bitte, bete darum, daß etwas Besonderes geschieht", fuhr Pat fort. „Denn ich bin ja eben **nicht** David Wilkerson und dies ist auch nicht die St. Nicholas-Arena. Und außerdem bin ich auch nicht der beste Schauspieler der Welt. Und doch, diese Szene muß so sein, daß sie allen durchs Herz geht. Ich weiß, daß dies nur der Herr tun kann."

Dann beteten wir. Ich legte meine Hände auf seine Schultern und bat den Heiligen Geist, ihn zu durchströmen. Dann trat

Pat in das Scheinwerferlicht und vor die Kameras und ich ging zurück und setzte mich wieder neben Gwen und Shirley.

Wir hörten, wie Don Murray um Ruhe bat. „Lichter an! Kameras . . ." rief er, „drehen!" Und da war auch plötzlich Pat, und er sprach die Worte, die ich vor so vielen Jahren gesagt hatte, fast genau so, wie sie mir damals gegeben worden waren. Das **war** die Botschaft des Heiligen Geistes. Der Heilige Geist ergriff mich so, daß es mich schüttelte. Ich wußte, daß etwas Besonderes dort im Scheinwerferlicht vorging. Pat **spielte keine Rolle mehr**, sondern der Heilige Geist hatte ihn erfüllt und er **predigte**. Shirley packte meinen Arm. Sie drückte immer fester und ich spürte, wie ihre Finger sich in meinen Arm gruben.

„Es ist Gott", flüsterte sie, „es ist Gott. Der Heilige Geist ist hier."

Die ganze Szene mußte in mehreren Abschnitten aufgenommen werden. Doch der Heilige Geist hatte Pat in einer solchen Weise ergriffen, daß er in der Lage war, wenn der neue Abschnitt jeweils begann, unter gleicher Inspiration fortzufahren.

Während einer Unterbrechung bis zum nächsten Abschnitt, in der die Techniker taten, was Techniker nun einmal bei Filmaufnahmen zu tun haben, kam einer der jungen Schauspieler zu mir.

„David", fragte er, „würde es Ihnen etwas ausmachen, mit mir zu beten?"

Ich war überrascht. Der junge Mann sagte weiter: „Ich glaube, ich sollte noch etwas sagen: Als ich diese Rolle übernahm, war es für mich nichts anderes, als andere Rollen vorher. Es ist mein Beruf, und ich tue diese Arbeit gern. Ich gehe in keine Kirche und habe nie ein Erlebnis mit Christus gehabt. Aber wissen Sie — ich fühle jetzt irgendwie, was auch diese Jungens, deren Rollen wir spielen, gefühlt haben müssen. Gleich wird die Szene kommen, wo ich mit den anderen nach vorn gehen muß, um mein Leben Gott zu übergeben. Und wenn ich das tue, dann möchte ich nicht mehr schauspielern. Ich fühle, es muß echt sein in meinem Leben."

Ich mußte mir sehr viel Mühe geben, um nicht zu beginnen, den Herrn mit lauter Stimme zu preisen. Natürlich betete ich mit ihm. Als wir zu Ende gebetet hatten, kämpfte der junge Schauspieler mit den Tränen.
Dann begann der Teil der Szene, in der er wieder mit auftreten mußte. Aufs neue wanderten meine Erinnerungen zurück nach St. Nicholas. Ich erlebte die Augenblicke, als würden sie jetzt erst geschehen. Und während ich zusah, wußte ich, hier versuchte nicht nur eine Gruppe Schauspieler, ein Geschehnis möglichst realistisch darzustellen, es war mehr — hier **geschah** wirklich etwas. Es war ein erstaunliches Erlebnis. Und jetzt, hier in diesem Augenblick, wurde mir ganz klar, daß dies ein ganz besonderer Film werden würde.
Gwen stieß mich leise an. Als ich mich zu ihr drehte, flüsterte sie: „Erinnerst du dich noch, daß wir gebetet haben, daß die Leute, die hier mitspielen, wirklich selbst gepackt **werden** sollen?"
„Natürlich erinnere ich mich, Gwen", gab ich zurück. „Wir danken Dir, Herr! Vielen, vielen Dank!"

Uns allen, die wir so viel für diese Filmsache gebetet und gesorgt hatten, wurde nun deutlich gemacht, daß unser größtes Anliegen schon anfing, in Erfüllung zu gehen: Das Evangelium wurde gepredigt und Menschen erlebten eine Veränderung ihres Lebens, noch ehe der Film fertig war.
Trotzdem ist mir nie der Gedanke gekommen, daß wir doch auch für den finanziellen Erfolg der Sache in der gleichen Weise hätten beten können. Auch später, als der Film fertig war und Pläne für die Erstaufführung gemacht wurden, kam mir dies nie in den Sinn.
Ich glaube, den Grund jetzt zu kennen, warum mir nie recht bewußt wurde, wie nötig auch etwas so Irdisches wie Geld für so ein Unternehmen, wie das Herstellen eines solchen Filmes, war. Meine Gedanken wurden nämlich von einem anderen Problem gefangen genommen, das mir so sehr am Herzen lag:
Jerry!

4

**Fürbitte
kann zur Schwerarbeit werden,
wenn wir für solche Menschen beten, die wir besonders lieben.**

Jerry kommt heim

Ich habe zwei Brüder: Jerry und Don. Don arbeitet mit mir zusammen als Leiter des New Yorker Zweigs von Teen Challenge. Wir sind noch immer so eng verbunden, wie wir es in unserer Kinderzeit waren. Doch hier in diesem Kapitel möchte ich von meinem anderen Bruder reden — von Jerry.

Jerry ist zwei Jahre jünger als ich. Ich glaube, diese zwei Jahre Unterschied haben ihm, als wir noch Kinder waren, immer ein wenig zu schaffen gemacht. Vater und Mutter versuchten zwar, uns immer gleich zu behandeln, doch wenn das Geld einmal knapp wurde, bekam doch meist ich die neue Kleidung und Jerry mußte das auftragen, was mir nicht mehr paßte. Dies ist nun einmal der normale Weg. Es ist nicht gut möglich, daß der Ältere die Kleidung des Jüngeren noch anziehen kann.

Jerry sah gut aus. Er war robust und kräftig. Vielleicht kam das von den vielen Eisportionen, die er aß, wenn er am Radio den Sportberichten lauschte. Er war zwar stämmig, wurde aber, da er viel Sport trieb, nicht dick. Er betrieb viele Sportarten und schnitt überall sehr gut ab, da er begeistert dabei war und auch viel Talent für Sport entwickelte. Immer, wenn Besucher ins Haus kamen, strichen sie Jerry über den Kopf und bemerkten auf die eine oder andere Weise, daß der Vater in ihm einen stattlichen Sohn habe.

Dann beschauten sie mich! — Da saß ich nun, mit meinen zu groß geratenen Ohren, der dicken Hornbrille, und auch als Kind war ich immer schon sehr mager. „Na, wir nehmen an, daß der kleine David einmal wie sein Vater wird — er wird wohl Pastor werden." Das war, was die meisten Leute von mir zu sagen hatten.

Von unserer frühen Kindheit an wurden Jerry und ich jeden Sommer in das Jugendlager „Lebenswasser" geschickt. Es hat mich immer gepackt, wenn der Lagerpastor über das Zweite Kommen des Herrn und über den Tag sprach, an dem die Posaune ertönen würde. Als ich elf und Jerry neun Jahre alt war, verbrachten wir wieder einmal ein Wochenende zusammen in „Lebenswasser". Das Thema, über das der Pastor sprach, war „Völlige Übergabe". Das war die Stunde, in der Gott mein Herz ergriff. Ich lief den mit Sägespänen bestreuten Gang hinunter und kniete vor dem Podium in dem dort aufgeschütteten Stroh nieder, um mein Leben dem Herrn zu übergeben.

Ich glaubte, daß die ganze Welt nunmehr anders sein würde. Jerry zum Beispiel, würde anders sein. Doch die Tatsache war, daß sich in meiner Welt nicht allzuviel veränderte. Mutter war so ruhig und gefaßt wie immer. Vaters Geschwür am Zwölffingerdarm bereitete ihm weiterhin Schmerzen und Furcht und beeinflußte von Zeit zu Zeit seine Laune. Und Jerry, der nicht mit mir den Sägespänegang hinuntergelaufen war, konzentrierte seine Interessen immer mehr auf den Sport und entfernte sich weiter und weiter von allem, was mit Gott zu tun hatte. Ich konnte dies überhaupt nicht verstehen, denn für mich wurden die Dinge des Reiches Gottes von Tag zu Tag wichtiger.

Der Riß zwischen Jerry und mir wurde auch durch unsere verschiedene Reaktion auf die Erziehungsmethoden unseres Vaters noch vergrößert. Mein Vater hielt es in der Erziehung mit den Weisheiten der alten Schule und nahm das Wort: „Wer die Rute schont, verdirbt das Kind", ziemlich buchstäblich. Er jedenfalls hatte nicht die Absicht, eines seiner Kinder zu verderben. Wenn immer wir einmal Schläge bekamen, war ich derjenige, der mit den Füßen strampelte, schrie und heulte, während Jerry seine Füße fest in den Boden stemmte und keinen Laut von sich gab. Vater nannte Jerrys Reaktion immer Dickköpfigkeit.

„Ich werde die Dickköpfigkeit aus dir herausprügeln, mein Sohn", sagte er jedesmal, und versuchte dies dann auch mit seinem Lederriemen. Jerrys Verhalten war aber immer dasselbe: Er ertrug die Strafe still und zeigte nicht, was in ihm vorging.

Während unserer Teenagerjahre wandte sich Jerry dem Sport noch mehr zu und Vaters geistliche Ermahnungen und Ratschläge erreichten ihn immer weniger. Die Mädchen schienen auf Jerry nur so zu fliegen, zeigten aber nie Interesse für mich. Nicht nur, daß ich nicht gut aussah und scheinbar immer dünner und kurzsichtiger wurde, sondern auch die Dinge, die mich bewegten, schienen die Mädchen nicht zu interessieren. Alle meine Phantasien und Träume hatten mit der Gemeinde zu tun. In meiner Vorstellungswelt entwarf ich Predigten, die die Leute entweder zum Lachen oder Weinen brachten. Als Vater hinter diese Gedanken kam, schalt er mich. „David", sagte er, „warum verlierst du dich so in deine Phantasie?"

Ich glaube nicht, daß ein bestimmtes Ereignis dafür verantwortlich war, daß die Abneigung zwischen Jerry und mir immer mehr wuchs. Doch eines Tages geschah etwas, das die Dinge nur noch schlimmer machte.

Als ich siebzehn war und Jerry fünfzehn, hatten wir beide eine Arbeit im gleichen Lebensmittelgeschäft. Ich war Kassierer und Jerry der Lager- und Laufjunge. Jerrys Vorwärtskommen lag mir wirklich am Herzen, deshalb fiel ich, als er einmal einen Fehler machte, buchstäblich über ihn her.

Ein Kunde gab Jerry als Anzahlung für eine Rechnung fünfzig Dollar. Doch Jerry verlor das Geld. Als ich dahinter kam, schimpfte ich mit ihm und nannte ihn vor allen Leuten im Laden (das Geschäft war voller Kunden) einen Tunichtgut. Jerry band seine Schürze ab und ging fort.

Mir wurde klar, daß ich ihn verletzt hatte, deshalb rannte ich auf der Straße hinter ihm her, um die Sache wieder in Ordnung zu bringen. Doch Jerry drehte sich noch nicht einmal um. Sein Schweigen war viel mehr als ein nur vorübergehender Ärger. Von diesem Tage an schien Jerry sich vor mir abzuschließen.

Ich nehme an, es ist für einen Mann nicht ungewöhnlich, wenn er so eng mit seinem Bruder verbunden ist, daß er nicht merkt, wenn in dessen Leben Veränderungen vor sich gehen. Jerry entfernte sich nicht nur von mir sondern von der gesamten Familie immer mehr, und ich merkte es nicht einmal, bis ich es an einem Sonntag begriff. Wir waren im Gottesdienst und Vater predigte. Aus irgend einem Grund schaute ich zur Seite und sah Jerrys Gesicht. Er hörte zu, aber mir wäre lieber gewesen, er hätte vor sich hingedöst, denn sein Gesicht drückte Widerwillen gegen das aus, was Vater sagte. Er zuckte zusammen und schüttelte immer wieder den Kopf. Er tat es nicht so **deutlich, daß andere aufmerksam geworden wären,** aber mir wurde klar, daß Jerry schon in einer anderen Welt lebte als wir.

Kurze Zeit später begann Jerry damit, seine Abneigung deutlicher zu zeigen. Ich fühlte Bitterkeit in ihm und eine Abneigung dagegen, daß er unter dem Druck der Tatsache zu leben hatte, daß er zur Familie eines Pastors gehörte. Er schien entschlossen zu sein, sich von Vater und Mutter nicht in eine Form pressen zu lassen.

Wir beide, Jerry und ich, lebten uns immer weiter auseinander. Ich wurde, wie mein Vater, Geistlicher und begann dann meine Arbeit unter Alkoholikern, Rauschgiftsüchtigen und Bandenmitgliedern in New York. Jerry wohnte in Pittsburgh, heiratete dort Evelyn, und zunächst schien es, als ob sie ganz gut zurecht kämen. Sie hatten eine schöne Wohnung in einer feinen Gegend, und Jerry hatte eine gute Stellung als Lagerleiter in einem Supermarkt in Pittsburgh. Doch ich war so beschäftigt mit meiner Seelenrettungsarbeit, daß ich darüber die Verbindung zu meinem Bruder vernachlässigte. Als dann eines

Tages meine Mutter in mein Büro kam und mir erzählte, Jerry habe begonnen zu trinken, war ich sehr überrascht, denn ich hatte bis dahin keine Ahnung davon gehabt.

Ich kann mich noch sehr gut an jenen Tag erinnern. Mutter kam ziemlich aufgeregt in mein Büro. Sie war gerade von einem Besuch bei Jerry und Evelyn zurückgekommen.

„David", sagte sie, „wir müssen für Jerry beten, er trinkt. Ich meine nicht, daß er vielleicht von Zeit zu Zeit bei Geselligkeiten auch einmal Alkohol trinkt, sondern es ist schlimmer. Vielleicht ist er jetzt schon Alkoholiker, wenn nicht, dann ist er aber auf dem Wege dazu."

„Ja, Mutter", antwortete ich, „dann wollen wir besonders für ihn beten." Und natürlich haben wir das getan. Doch zu meiner eigenen Schande muß ich gestehen, daß ich, als das Wochenende herankam, so viel zu tun hatte, daß ich Jerry darüber wieder vergaß. Die viele Arbeit verdrängte Jerrys Not einfach aus meinem Gedächtnis.

Während der nächsten drei Jahre wurde Jerrys Trunksucht so schlimm, daß er sie nicht mehr kontrollieren konnte. Er blieb immer häufiger von seinem Arbeitsplatz fern und trank stundenlang mit seinen Freunden. Endlich verließ Jerry seine Familie, weil er sich schämte, wie seine vier Kinder mit ansehen mußten, daß er immer mehr der Trunksucht verfiel. Es war ein trauriger Tag für Evelyn und die Kinder.

„Wenn ich irgendwo sitze und trinke", sagte Jerry zu Mutter, „dann kann ich einfach nicht an meine Familie denken. Der Alkohol frißt meine Zeit, meine Gedanken und meine gesamte Existenz."

An einem Sonnabend läutete gegen Mitternacht das Telefon. Mutter war es. Sie weinte. „David, Jerry hat mich gerade angerufen. Wir müssen sofort für ihn beten. Er sagte, er werde sich jetzt das Leben nehmen."

Sofort begannen wir, am Telefon miteinander zu beten. Wir baten, Jerry möge nach New York kommen, damit es uns möglich würde, ihm zu helfen. Sobald Mutter den Hörer aufgelegt hatte, ging ich ins Wohnzimmer, um weiter für Jerry zu beten.

Ich war fest entschlossen, diesmal wirklich ganz ernstlich für Jerry Fürbitte zu tun.

Doch ich konnte nicht beten. Es war, als sei der Himmel verschlossen. Mich klagte die Tatsache an, daß ich mich monatelang nicht um Jerry gekümmert hatte. Ich war so beschäftigt gewesen, daß ich weder Zeit fand ihn einmal anzurufen, noch einen Brief zu schreiben.

Während der nächsten zwei Stunden wurde ich von meinem Gewissen hart verklagt. Ein Bibelwort kam mir in den Sinn:

> „Wenn aber jemand seine Angehörigen, zumal wenn sie seine Hausgenossen sind, nicht versorgt, so hat er damit den Glauben verleugnet und ist schlimmer als ein Ungläubiger" (1. Timotheus 5, 8).

In dieser Nacht wurde mir zum ersten Mal in meinem Leben ganz klar, was Fürbitte eigentlich bedeutet. Ich lag in unserem Wohnzimmer auf dem Fußboden, schrie zu Gott und fragte nicht danach, wieviel Lärm ich machte. Ich war entschlossen, so lange an dieser Stelle auszuharren und den Herrn anzurufen, bis mir klar werden würde, daß mein Gebet zu Seinem Herzen gekommen war. Ich betete bis gegen drei Uhr morgens. Während dieser Zeit fiel mir ein, wie unser Vater noch auf seinem Sterbebett darum bat, daß nicht eines seiner Kinder außerhalb des Reiches Gottes bleiben möge. „Herr", flehte ich, „bitte, bringe Jerry nach New York, ehe er sich etwas antut. Bringe ihn her, damit wir uns um ihn kümmern können."

Endlich zog Friede in mein Herz ein und ich wußte, daß Gott mich erhört hatte. Mit einer Sicherheit, die wirklich als „Erkenntnis vom Heiligen Geist" bezeichnet werden kann, wußte ich, daß Jerry bald in diesem Raum hier sitzen würde.

Der Sonntag kam. Ich war so sicher, daß Jerry bald anrufen würde, daß ich nicht einmal zum Gottesdienst ging. Ich wollte unbedingt daheim sein, wenn Jerrys Anruf kam. Mutter kam auch bald. Ihre geschwollenen Augen verrieten die schlaflose Gebets- und Tränennacht, die sie hinter sich hatte. Ich machte ihr Mut. Jerry werde schon bald hier sein. Dann gingen Gwen, Mutter und die Kinder zum Gottesdienst.

Gegen elf Uhr klingelte das Telefon. Ich war gar nicht überrascht, als ich Jerrys Stimme erkannte. Er war am Port Authority-Gebäude in Manhattan. „Sage mir, David, wie ich am besten zu euch komme, ich möchte mit euch reden."

Ich gab ihm die nötigen Anweisungen und sagte noch, daß ich zur Staten Island-Seite der Schiffsanlegestelle kommen würde. Eine Stunde später stand ich am Wasser. Während ich auf die Fähre wartete, fragte ich mich, ob ich meinen Bruder wohl noch erkennen würde.

Drei Fähren kamen und fuhren wieder ab, dann kam er. Ich sah ihn am Bug stehen. Er war unrasiert und schien, seit ich ihn das letzte Mal gesehen hatte, um fünfzehn Jahre älter geworden zu sein. Sein ungekämmtes Haar hing ihm in die Augen. Während ich auf das Anlegen der Fähre wartete, dankte ich Gott, daß Vater dies nicht sehen mußte.

Dann kam Jerry vom Schiff. Wir wußten beide nicht, was wir sagen sollten und brummten uns etwas zu.

„Mann, ich habe dringend eine Rasur nötig", sagte Jerry.

„In Ordnung!"

Wir fuhren in die Stewart Avenue, wo wir wohnten. Während der Fahrt betete ich. „Jerry", sagte ich endlich, „was immer du vor hast, tue nichts, ehe du nicht mit Mutter darüber sprechen kannst."

Ich zeigte Jerry, wo das Badezimmer war, holte Handtücher und den elektrischen Rasierapparat. Der Anblick meines dem Alkohol verfallenen Bruders hatte mich so erschüttert, daß ich, während er duschte, wieder auf meine Knie fiel und betete. Ich betete laut, ohne mich darum zu kümmern, ob er es hörte oder nicht.

Dann öffnete sich die Tür des Badezimmers, Jerry ging über den Flur in Richtung Schlafzimmer. Einen Moment später hörte ich einen dumpfen Schlag. Es klang, als sei jemand gefallen. „Oh Gott", rief ich laut, sprang auf und rannte zur Tür. Jerry lag im Flur, doch er war in Ordnung. Er war einfach nur gestolpert und lag nun da und weinte. Jerry stand auf, wir gingen in das Schlafzimmer und beteten zusammen.

Dann hörte ich, wie die Haustür geöffnet wurde. Gwen, Mutter und die Kinder kamen.

„Mutter, wir haben Gesellschaft", rief ich ihr aus dem Schlafzimmer zu.

„Wer ist es denn, Sohn?" fragte sie. Man konnte ihrem Ton anhören, daß sie derzeit nicht in der Verfassung war, mit irgend jemand zu sprechen.

„Komm und sieh!"

Als sie über die Schwelle trat, entfuhr ihr ein Freudenschrei. Mutter und Jerry lagen sich in den Armen und wir anderen beteten.

Dann kamen wir wirklich ernstlich zur Sache. Die nächste Stunde war eine der schwersten meines Lebens, denn wir versuchten, bis zum Grund dessen vorzudringen, was geschehen war.

Jerry war ehrlich. „David, du magst denken es sei töricht, aber ich will es trotzdem erzählen. Ich arbeitete in einem Geschäft, in dem auch Bücher verkauft wurden. DAS KREUZ UND DIE MESSERHELDEN war ein Titel, nach dem die Leute immer wieder fragten. Die anderen Angestellten im Geschäft fragten sich im stillen, ob ich auch einer dieser Wilkersons sei. Ich fühlte mich deshalb ziemlich miserabel. Ich sah dich in verschiedenen Fernsehsendungen. Du warst ausgezogen, um die Welt zu retten, aber wie es mir ging, darum hast du dich nicht gekümmert."

Jerry erzählte auch, daß er 300 Dollar Schulden habe. Dies war ungefähr so viel Geld, wie Gwen und ich beiseite gelegt hatten, um uns einen neuen Teppich zu kaufen. Wir schauten uns an und wußten beide, wofür das Geld nun verwendet werden würde.

Am nächsten Tag kauften Jerry und ich eine Flugkarte nach Pittsburgh. Ich hatte mein Scheckbuch eingesteckt. Wir mieteten ein Auto und fuhren überall da hin, wo Jerry noch Geld schuldig war. Die rückständige Miete wurde ebenso bezahlt wie die noch offenen Rechnungen im Lebensmittelgeschäft und in einem Bekleidungshaus. Dann fuhren wir in den Norden der Stadt und mieteten dort ein anderes Zimmer. Das wichtigste aber war: eine Gemeinde zu finden. Wir gingen zu einer ASSEMBLIES OF GOD-Gemeinde in der Nähe von Jerrys neu gemietetem Zimmer. Ich stellte uns bei dem Pastor vor und sprach über unser Anliegen. Er verstand schnell worum es ging und sagte: „Jerry, ich bin immer für Sie zu sprechen. Rufen Sie mich einfach, wenn es nötig ist."

Dann mußten wir eine neue Arbeit finden. Wir fuhren zu dem Supermarkt, wo Jerry früher beschäftigt war und erfuhren von den Leuten dort, daß sie sich darüber freuten, Jerry wieder bei sich zu haben. Als alles erledigt war, sagte Jerry den nettesten Satz, den er je zu mir gesagt hat:

„David, du bist wirklich in Ordnung."

„Nun, Jerry", antwortete ich, „du bist auch in Ordnung. Aber bedenke, daß die nächsten Stunden für dich sehr wichtig sein werden. Du kannst jetzt entweder wirklich ganz von vorn beginnen und alles wird wieder gut, oder du kannst zurückgehen in eine Bar und alle guten Vorsätze und Anfänge zerstören."

Unglücklicherweise tat Jerry das letztere. Ich erfuhr später von dem ASSEMBLIES OF GOD-Pastor, daß Jerry schon wieder in der nächsten Bar saß, als ich noch nicht richtig abgereist war. Er kam nur ein einziges Mal zum Gottesdienst. Der Pastor berichtete weiter, daß er nicht wisse, wo Jerry jetzt sei. Wir schrieben an den Besitzer des Hauses, in dem wir ein Zimmer gemietet hatten, doch Jerry war ausgezogen ohne eine neue Anschrift zu hinterlassen.

Wir konnten also im Augenblick nichts weiter für Jerry tun. Wir konnten nur beten, und das taten wir mit aller Inbrunst. Vor allem Mutter gab die Hoffnung nie auf. „Gott hält Seine Hand über den Jungen", sagte sie, „wir müssen ihn nur durchbeten."

Auch im Teen Challenge-Zentrum verging kein Tag, ohne daß ernstlich für Jerry gebetet wurde. Wir konnten ihn momentan nicht erreichen, aber er konnte uns erreichen, wenn er wollte. Wir beteten: „Herr, laß den Tag bald kommen, an dem Jerry wieder Verbindung mit uns sucht."

Und endlich tat er es. Eines Tages stand er unter der Tür des Teen Challenge-Zentrums und bat darum, bei uns eine Alkoholentziehungskur machen zu dürfen. Wir nahmen ihn auf, doch zwei Wochen später ging er wieder fort. Mutter hatte kurze Zeit später noch einmal Gelegenheit, mit ihm zu sprechen. Sie entschloß sich, ihm einmal ganz deutlich zu sagen, wie die Dinge lagen.

„Jerry", sagte sie, „wir haben alles für dich getan, was wir konnten. Es gibt jetzt nur noch eins, was wir tun können: dich in die Hände Jesu legen. Komme zurück, wenn du wirklich dazu bereit bist, aber komme aus deinem eigenen Entschluß heraus und nicht, weil andere dich drängen."

Jerry ging fort.

Leute berichteten mir verschiedentlich, daß sie Jerry in der Bowery (ein Stadtteil von New York — Die Redaktion) gesehen hätten. Er sei ein richtiger Stromer geworden und lebe nur noch seiner Trunksucht. Wenn immer ich einmal durch Manhattan fahren mußte, lenkte ich meinen Wagen fast automatisch in die Bowery und hielt Ausschau nach Jerry. Einmal mußte ich vor einer Verkehrsampel anhalten. Dabei fielen mir eine Anzahl betrunkener Männer auf, die herumstanden. Sie lehnten in Hauseingängen und an den Wänden. Dann sah ich einen, der aussah wie Jerry. Er lehnte über einem Abfallhaufen und erbrach sich. Ich fuhr meinen Wagen auf den Fußweg und sprang heraus. Der Mann richtete sich gerade auf. Jerry war es jedenfalls nicht.

Unsere Gebete wurden immer drängender. Jeden Tag beteten wir für meinen Bruder. Jeden Abend, wenn wir die Kinder zu Bett brachten, beteten wir: „Lieber Herr Jesus, rette Jerry." Und wenn ich mich dann am späten Abend aufmachte zu meiner persönlichen Gebetszeit, verwendete ich immer eine Zeit in der Fürbitte für ihn. „Herr, Du hast das beharrliche Bitten der zudringlichen Witwe erhört, laß mich noch beharrlicher und zudringlicher sein als sie, und erhöre meine Bitte."

Dann kam Pat Boone nach New York, um an dem Film zu arbeiten. Als wir eines Tages zusammen in Harlem waren, fragte ich Pat: „Würde es deine Zeit erlauben, mit mir zusammen eine Evangelisation in der FROHE-BOTSCHAFT-Gemeinde durchzuführen?"

Pat war begeistert. Seine einzige Bedingung war: es sollten keine Anzeigen erscheinen, eingeladen werden sollte nur von Mund zu Mund. Ich stimmte zu, vergaß aber dummerweise, dies auch Pastor Berg von der FROHE-BOTSCHAFT-Gemeinde zu sagen, und der ließ eine kleine Anzeige in die DAILY NEWS einrücken.

Doch heute weiß ich, daß dieses „Versehen" vom Herrn geplant war. Denn diese Anzeige las mein Bruder Jerry.

Die FROHE-BOTSCHAFT-Kirche war überfüllt. Pat und Shirley Boone sowie Gwen und ich waren noch in einem der Kellerräume und machten uns fertig, nach oben zu gehen. Da kam mein Versammlungleiter, David Patterson, herein und sagte:

„Rate einmal, wer gekommen ist? Jerry!"
„Du machst Späße."
„Er sitzt in der letzten Reihe. Zweiter von links."
„Wie sieht er aus?"
„Fürchterlich!"

Shirley Boone stand neben uns. Ich erzählte ihr kurz von Jerry, und wie wir ihn zum Schluß in die Hände des Herrn gelegt hatten. Während ich noch erklärte, begann Shirley zu weinen.

„Ich will für Jerry beten", sagte sie. Sie hob ihre Hände und legte sie vor ihre Augen. Ich konnte sehen wie ihr die Tränen über das Gesicht liefen und auf das Kleid tropften. Sie betete eine lange Zeit im Geiste. Dann ergriff sie plötzlich meinen Ärmel. Ihr Gesicht strahlte vor Freude. „Mache dir keine Sorgen mehr, David. Gott hat dein Gebet erhört. Heute Abend wird Jerry nach Hause kommen."

Ein Gefühl der Erwartung begann in mir zu wachsen. Wir gingen nach oben. Während Pat sein Zeugnis gab, betete ich für Jerry. Dann war ich an der Reihe. Ich stand auf. Ich öffnete gerade meine Bibel, als ich sah, wie Jerry sich seitwärts lehnte, um an den Leuten vorbei zu mir schauen zu können. Ich wußte plötzlich, was ich zu tun hatte.

„Freunde, ich bitte um Ihre Geduld und Ihre Gebete, während ich etwas tun werde, was ich noch nie getan habe. Heute Abend will ich mich mit einer Einladung an eine bestimmte Einzelperson wenden." Ich zeigte mit dem Finger auf Jerry. „Entweder wird er wild werden und fortrennen, oder er wird diesen Weg zu mir kommen, um sein Leben mit Gott zu ordnen. Jerry", sagte ich, „als wir uns das letzte Mal sahen, sagte ich dir, du solltest aus eigenem Wunsch zurückkommen, wenn du wirklich dazu bereit seist. Kannst du dich noch erinnern? Nun, heute Abend bist du wiedergekommen, Jerry. Ich rufe dich jetzt im Namen des Herrn: Triff jetzt deine Entscheidung für Jesus."

Mittlerweile hatten sich alle umgedreht um zu sehen, mit wem ich sprach. Plötzlich sprang Jerry, so ungepflegt und ausgemergelt wie er war, auf, drängte sich an seinem Nachbar vorbei und stand im Gang. Für einen kurzen Augenblick schien er nicht sicher zu sein, welchen Weg er jetzt nehmen würde. Doch dann rannte er — und er rannte in meine Richtung. Buchstäblich — er rannte. Vor dem Podium angekommen, warf er sich auf die Knie, hob seine Hände empor und schrie: „Ich bin ein durch und durch verdorbener Sünder. Rette mich, Herr Jesus!"

Da kniete Pat Boone auch schon neben ihm und betete mit ihm ähnlich, wie ich so oft mit Menschen gebetet hatte, die zu Jesus kamen. Dann forderte er Jerry auf, ihm nachzubeten: „Herr Jesus, ich weiß, daß ich ein Sünder bin."

„Herr Jesus", kam es wie ein Echo von Jerry, „ich weiß, daß ich ein Sünder bin."

„Ich weiß, daß Du meine Sünden hinwegnehmen kannst."

„Ich weiß, daß Du meine Sünden hinwegnehmen kannst", wiederholte Jerry.

„Und vergib sie mir bitte gerade jetzt."
„Und vergib sie mir bitte gerade jetzt . . ." Wir konnten mittlerweile Jerrys Stimme kaum noch verstehen, als er Pats Worte wiederholte: „Von jetzt an möchte ich mich Dir ganz übergeben. Ich will von neuem beginnen und überlasse alles weitere Dir."
Jedermann in der Versammlung weinte, einschließlich Jerry, Pat, Shirley, Pastor Berg, Gwen und mir.
Stunden später, als die Versammlung vorüber war und wir schnell noch etwas aßen, sagte Jerry zu mir: „Ich weiß, David, du fragst dich jetzt, ob dies wieder nur eine meiner halbherzigen Absichten ist, mich zu ändern. Aber es ist nicht so, das fühle ich tief in meinem Inneren. In der Vergangenheit habe ich jedesmal fünf Prozent von mir zurückbehalten, aber nicht dieses Mal, David. Dieses Mal ist es eine ganze Übergabe."
Wir fuhren mit Jerry nach Rehrersburg in Pennsylvania, wo wir unsere Rehabilitationsfarm haben. In den folgenden Wochen hörten wir, daß Jerry nach getaner Feldarbeit immer lange Stunden noch wach blieb und in der Bibel las. Sein geistliches Leben entwickelte sich sehr schnell. Er kam in eine Haltung des Lobens und Preisens hinein. Und dies war genau das, worauf ich gehofft hatte.
Eines Tages bekam ich einen Brief von Jerry. Er schrieb: „Lieber David, Jesus dienen ist viel besser als Wiener Würstchen, Bohnen und Apfelmus." Wiener Würstchen, Bohnen und Apfelmus waren daheim immer seine Lieblingsspeisen gewesen. Überrascht stellte ich fest, daß ich vor Freude laut jubelte und den Herrn ebenfalls pries.

Sechs Monate später ging eine Gruppe von Teen Challenge nach Pittsburgh. Jerry war unter ihnen. Als er dort war, telefonierte er mit seiner Frau und fragte Evelyn, ob er sie und die Kinder sprechen könne. Kurze Zeit später schloß er seine Kinder, die er so viele Jahre nicht gesehen hatte, in die Arme.
Sein Junge Kenny, mittlerweile zwölf, stellte die Frage, an die die anderen alle nur dachten: „Sag, Vati, wann kommst du

wieder heim?" Auf diese Weise kam Jerry wieder zu seiner Familie.

Eines Tages bekam Jerry einen Anruf von Delmar Ross, dem Leiter der Teen Challenge-Arbeit in Cleveland: „Höre einmal, Jerry, ich brauche einen Mann, der für Teen Challenge in unserem Bezirk viele Reisedienste übernimmt. Würdest du einmal darüber nachdenken, ob dir diese Aufgabe zusagt?"

Einige Monate später hatte ich die Freude, mit meinem Bruder zusammen einen evangelistischen Gottesdienst durchzuführen. Es wurde ein großer Erfolg. Jerry machte mich, seine Frau Evelyn und seine Kinder mit einigen ehemaligen Alkoholikern bekannt, die er zum Herrn geführt hatte. Als wir nach dem Gottesdienst auf dem Parkplatz standen, schaute mich Jerrys Sohn Kenny an und sagte: „Vielen Dank, Onkel Dave, daß du dich vom Herrn gebrauchen ließest, Vati wieder nach Hause zu bringen."

Als Jerry ging, um die Parkplatzgebühr zu bezahlen, fragte ich Evelyn flüsternd: „Ist er wirklich anders geworden?"

„Er ist wirklich ganz anders, David."

Ja, besser als Wiener Würstchen, Bohnen und Apfelmus. Preis sei dem Herrn! Solch eine Bestätigung von Evelyn war mir ganz sicherlich viel lieber als Wiener Würstchen, Bohnen und Apfelmus. Jerry war zu Hause!

5

Auch Geld
ist eine Möglichkeit,
um Gottes Stimme zu hören

Hochgespannte Erwartungen

In der Zeit nach dem Erscheinen von DAS KREUZ UND DIE MESSERHELDEN hatten wir viele Dinge zu lernen: Wir erkannten, wie wichtig es war, Gott immer neu zu begegnen; wir verstanden, daß Gott oft einen anderen Zeitplan hat als wir; und wir lernten, Ihm auch in Geldangelegenheiten noch mehr zu vertrauen.

Zumindest aber war es so, daß Gwen und ich und unsere Mitarbeiter bei Teen Challenge **dachten**, wir hätten unsere Lektion im Blick auf Geld gelernt. Doch es dauerte nicht allzu lange, da fanden wir heraus, daß es noch nicht so war.

Der Film wurde von Anfang an ein Erfolg. Mit Ausnahme einiger weniger, stark intellektuell geprägter Zentren, wie zum Beispiel New York, waren die Vorführungen immer überfüllt. Und der Erfolg bestand nicht nur in den großen Zuschauerzahlen, sondern wir erlebten auch, wie unser allererstes Gebet im Blick auf den Film erhört wurde: „Herr, laß dies eine Sache werden, durch die Tausende von Menschen zu Dir finden." Tag für Tag bekamen wir Berichte, daß dies nach den Filmvorführungen geschah.

Doch außerhalb des Blickfeldes der Öffentlichkeit geschah bei uns in Teen Challenge noch etwas anderes. Wir bekamen fortwährend Anrufe von vielen Menschen, die die gut besuchten Filmvorführungen gesehen hatten. „Herzlichen Glückwunsch", sagte man uns immer wieder. „Jetzt werdet ihr ja wenigstens keine Geldsorgen mehr haben, denn die Lizenzen für den Film müssen doch reichlich fließen."

Na ja, die Schecks für die Lizenzen waren zwar noch nicht direkt eingetroffen — es dauert ja immer eine gewisse Zeit, bis Lizenzgelder eingehen. Trotzdem war in unseren Herzen ein Gefühl, daß unsere Geldsorgen jetzt wohl aufhören würden. Endlich hatten wir einen Schlauch gefunden, der mit einer verborgenen Dollarpumpe verbunden war und so fortwährende wirtschaftliche Versorgung garantierte. Wenn erst die Schecks für die Lizenzgelder anrollten, würde ich es nicht mehr nötig haben, um Geld zu beten. Welch eine Erleichterung! Ich konnte mich mit meinen Gebeten dann noch viel mehr auf die Probleme anderer konzentrieren. „Herr, vielen Dank. Es ist doch viel besser, für Menschen beten zu können, als um materielle Dinge beten zu müssen."

Ich brachte diese Ansicht auch in die Gebetsstunden mit, die wir mit unseren Mitarbeitern hatten. „Es wird sicherlich gut sein, immer genügend Geld in der Kasse zu haben. Wir werden nicht mehr länger um finanzielle Versorgung seufzen müssen", sagte ich zuversichtlich voraus.

Alle freuten sich mit mir. Das heißt: alle — außer Gwen. Das, was sie dazu sagte, brachte sie zwar ziemlich kleinlaut vor, aber es stellte sich bald heraus, daß es prophetische Worte gewesen waren.

„Es wird nie so geschehen, wie ihr erwartet", sagte Gwen. „Es ist nicht Gottes Absicht, uns ohne fortwährende Abhängigkeit von Ihm leben zu lassen."

Die Zeit verging. Wir sollten eigentlich schon einige Schecks von Hollywood erhalten haben, doch irgendwie gab es immer noch Verzögerungen. Und dann kamen innerhalb einer Woche zwei uns ziemlich erschütternde Telefonate.

Der erste Anruf kam von Dick Ross. Ross sagte, er habe noch eine Anzahl großer und unerwarteter Ausgaben, deshalb könnten sich die Lizenzzahlungen vielleicht noch verzögern.

Und dann war der Anwalt der BERNHARD-GEIS-GESELLSCHAFT am Telefon. Die Lizenzen von dort waren auch nur langsam eingegangen, und wir hatten nicht gedrängt. Nun teilte uns der Anwalt mit, daß die BERNHARD-GEIS-GESELLSCHAFT beim Gericht einen Antrag auf Eröffnung eines Konkursverfahrens gestellt hatte.

Nach den Anrufen war ich in Kampfstimmung. „Dies ist nicht korrekt", schimpfte ich, „ich werde Klage einreichen." Und dann ertappte ich mich selbst, daß ich gegen den Herrn murrte.

Ich wußte aus einer ganz simplen Tatsache heraus, daß die Ursache meines Ärgers keineswegs die Habsucht war. Denn alle Lizenzen für DAS KREUZ UND DIE MESSERHELDEN, und zwar vom Buch sowie vom Film gingen nicht an mich persönlich, sondern waren einer Stiftung überschrieben, die zur Unterstützung der Teen Challenge-Arbeit da war. Ich bekam von dieser Stiftung meine Unkosten erstattet, und gerade so viel Gehalt, daß es ausreichte, unsere Lebenshaltungskosten und die Ausgaben für unser bescheidenes Häuschen zu decken. Das war alles. Das andere Geld wurde für die Arbeit mit hungrigen Süchtigen und einsamen und in Not geratenen Jugendlichen gebraucht. Nein, persönliche Habsucht war es nicht, die meinen Ärger hervorrief. Ich hatte die **Gerechtigkeit** auf meiner Seite — und ich würde Klage einreichen.

Doch wir fanden schnell einige harte Tatsachen heraus. Unsere Anwälte warnten uns, daß es allein 15 000 Dollar kosten würde, um ein Gerichtsverfahren in Gang zu bringen. Doch dies war nur die Anfangssumme.

Doch etwas anderes war noch wichtiger: Als der erste Ärger verflogen war, fing der Herr freundlich aber nachdrücklich an, mich an einige wichtige Prinzipien des christlichen Lebens zu erinnern. Wir sollten nicht gegen andere gläubige Christen vor Gericht gehen. Wir sollten zwar so klug sein wie die Schlangen, doch auch so sanft wie die Tauben, und wir sollten als gute Haushalter unsere Herzen niemals von den Schätzen dieser Welt gefangennehmen lassen. Zum Schluß beschlossen die Sherrills und wir, daß wir zwar zur Regelung der Angelegenheit so weit gehen wollten, wie uns möglich schien, aber wir wollten keinen Streit herbeiführen. Wir wollten uns ernstlich an die biblischen Ermahnungen halten: Wenn ihr alles getan habt, vertraut . . . (siehe Epheser 6, 13). Wir wollten dann einfach beten, warten und sehen.

Das Ergebnis unserer Beratungen war, daß wir erkannten: Gwens prophetische Worte waren richtig gewesen. Wir blieben im Blick auf unsere Versorgung direkt von Gott abhängig. Während dieses Buch geschrieben wurde, waren immer noch Lizenzgelder, die uns zustehen, für andere Zwecke gebunden. Es kann sein, daß wir einen Teil dieser Gelder noch bekommen, doch auch dann werden diese Beträge nur tropfenweise eingehen. Höchstwahrscheinlich werden wir nie in den Besitz einer so großen Summe kommen, daß wir mit den Problemen zu kämpfen haben, die sich bei reichen Leuten gewöhnlich einstellen.

Ich denke heute oft, daß der Herr unsere Teen Challenge-Arbeit davor bewahrt hat, daß zu viel Geld als Ergebnis unserer eigenen Anstrengungen eingegangen ist. Der Herr hatte uns von Anfang an im Blick auf Geldangelegenheiten in seine Schule genommen. Wir sollten im Glauben leben. Vielleicht waren andere Leute wirklich dazu berufen, als gute Haushalter mit großen Geldsummen umzugehen. Doch für uns wäre damit ein Risiko verbunden gewesen: Wir waren dann nicht mehr so abhängig vom Heiligen Geist. Ganz am Ende von DAS KREUZ UND DIE MESSERHELDEN schrieben wir, daß bei uns immer der Heilige Geist die Leitung haben soll. Wenn Er wirklich der Herr in allem war, was uns anging, dann mußte Er auch der Herr unserer finanziellen Angelegenheiten bleiben.

Der Erfolg von Buch und Film brachte uns tatsächlich unerwartete finanzielle Verluste. Viele Leute hörten auf, uns zu unterstützen, weil sie der Überzeugung waren, unsere Bankkonten müßten überlaufen. Da wir durch diese Entwicklung wieder in die vermehrte Abhängigkeit zum Heiligen Geist gedrängt wurden, begann unser Leben der fortwährenden geistlichen Abenteuer aufs neue; manchmal war sogar ein guter Schuß Humor dabei.

Eines Tages standen wir vor einem beunruhigenden Problem: Wir hatten eine große Rechnung für Lebensmittel zu bezahlen. Als ich dies einem Freund gegenüber erwähnte (nebenbei bemerkt: er hatte selbst kein Geld), war dieser überrascht. Wie war es möglich, daß eine so gut fundierte Arbeit wie die unsere eine so große Lebensmittelrechnung schuldig bleiben mußte. Wenn dies bei einem Haufen von Anfängern geschehen würde, na gut — aber hier? Ich versuchte, ihm unsere Überzeugung zu erklären, daß es für uns falsch sei, ein großes Bankguthaben als Reserve anzusammeln. Wenn Geld hereinkommt, geben wir es aus — für Nahrung, Unterkunft und evangelistische Arbeit. Wir sehen Geld nicht als Reserve an, die man aufhebt, bis sie benötigt wird, sondern als fließendes Wasser, das die Arbeit tut, die Wasser nun einmal in einem Garten zu tun hat.

So kann es uns auch heute noch gehen, wie in unserer Anfangszeit, daß wir manchmal ziemlich armselig dastehen, ohne Verpflegung und so weiter, und daß wir uns mit solchen irdischen Dingen herumschlagen müssen, wie dem Bezahlen einer Lebensmittelrechnung.

Eines Tages also gerieten wir in genau so eine Situation. Seit Jahren waren wir Kunde bei dem Lebensmittelgroßhändler Stewarts in New York, der oft sehr großzügig war und uns lange Zeit zum Bezahlen einräumte. Doch diesmal wurde mir klar, daß wir schon zu lange mit Zahlungen in Verzug waren. Die Rechnung, die mir meine Sekretärin an jenem Morgen auf den Tisch legte, war höher als 1000 Dollar.

„O weh, wie konnte sie so hoch werden?" fragte ich.

„Ich glaube, wir sollten lieber für die Sache beten", antwortete sie.

Das taten wir dann in der gemeinsamen Gebetszeit auch. „Herr", sagten wir schlicht, „hier ist die Rechnung über mehr als 1000 Dollar. Wir würden wirklich dankbar sein, wenn Du die Angelegenheit regeln würdest."

Drei Tage später fanden wir unter unserer Post einen erstaunlichen Brief. Auf dem Poststempel lasen wir: Baltimore, Maryland. Im Umschlag fanden wir eine kurze, nicht unterschriebene Mitteilung, über die wir sehr lachen mußten. Wir lasen:

„Ich habe Ihr Buch gelesen und schätze Sie sehr. Würden Sie mich bitte in Ihr Gebet einschließen? Ich werde beim nächsten Pferderennen auf ein Pferd setzen. Beten Sie, daß mein Pferd gewinnt."

Na ja! — Zwei Tage später kam ein anderer Brief aus Baltimore. Diesmal dick und aufgebauscht. Im Umschlag fanden wir 238 Dollar und eine kurze, wiederum nicht unterschriebene Mitteilung: „Vielen Dank! Beten Sie noch eifriger!"

Und noch einige Tage später kam ein weiterer Umschlag an. Dieses Mal zählten wir 960 Dollar, und wieder eine Mitteilung — nicht unterschrieben natürlich. Dieses Mal konnten wir lesen: „Gott erhört bestimmt Gebet!"

Wir schüttelten uns alle vor Lachen. Doch wir standen immer noch vor einem Problem: Was sollten wir mit dem Geld machen? „Du wirst es doch nicht gebrauchen, David", sagte einer unserer Mitarbeiter. „Es ist Sündengeld!"

Also gut — aber was sollten wir nun mit dem Geld anfangen? Wenn wir gewußt hätten, woher es kam, würden wir es sicherlich zurückgesandt haben. Vielleicht konnten wir es auch an irgend eine wohltätige Vereinigung weiterreichen, dann konnten die mit dem Problem fertig werden, was sie mit dem Sündengeld tun sollten.

An diesem Tag baten wir in unserer Gebetszeit um eine biblische Antwort für unser amüsantes Dilemma, und ich glaube, wir fanden eine: Als David vor Saul fliehen mußte und nach Nob kam, bat er den Priester Abimelech, ihm fünf Brote zu geben für seine Leute. Doch ihm mußte mitgeteilt werden, daß gerade kein gewöhnliches Brot vorhanden sei. Also nahm er von dem Priester heilige Schaubrote, was eigentlich verboten war, und speiste damit seine Männer (siehe 1. Samuel 21, 1—6).

War dies die Botschaft für uns, und war sie deutlich genug? Machen wir einen Fehler, wenn wir zu den Dingen, die uns zu unserer irdischen Versorgung gegeben werden, die Worte „heilig" oder „unheilig" dazusetzen? Unsere Versorgung kommt vom Herrn, und es ist vielleicht gar nicht unsere Sache, Ihm zu erzählen, was wir annehmen werden und was nicht. Zum Schluß wurde uns klar, daß wir ja darum gebetet hatten, der Herr möge uns genug Geld senden, damit wir unsere Lebensmittelrechnung bezahlen konnten. Nun hatte Er uns mit einem wunderbaren Augenzwinkern das Geld geschenkt und uns gleichzeitig noch einen kleinen Nasenstüber dazu verpaßt, der uns vor Selbstgerechtigkeit bewahren sollte.

Wir haben in Teen Challenge eine Gewohnheit, die man vielleicht einmalig nennen könnte: Immer wenn wir eine Ermutigung brauchen, legen wir Gott eine Rechnung vor, die noch nicht bezahlt ist. Natürlich machen wir dies nicht mit jeder Rechnung, denn meist hat der Herr für unsere finanziellen Probleme schon gesorgt, wenn sie an uns herankommen. Doch ab und zu geht auch in unserer Arbeit einmal etwas daneben: vielleicht fällt einer unserer Jungens zurück in seine Heroinsucht; oder ein Freund sagt etwas, was uns weh tut; oder wir fühlen uns einmal sehr überarbeitet. In solchen Augenblicken brauchen wir eine Ermutigung, und da freuen wir uns, wenn der Herr unmittelbar mit uns redet und uns sagt, ob wir noch auf dem richtigen Weg sind, oder ob wir vielleicht anhalten und umgruppieren müssen.

In solchen Zeiten legen wir dem Herrn gern eine Rechnung vor. Wir nehmen dieses Papier dann mit in den Gebetsraum, bringen es zu Ihm und bitten Ihn, doch zu helfen, daß die Rechnung bezahlt werden kann. „Herr Jesus, wir haben hier diese noch nicht bezahlte Rechnung. Wenn Du ‚Ja' zu unserem Tun und Lassen sagen kannst, würdest Du dies bitte dadurch bestätigen, daß Du uns hilfst, diese Rechnung bald begleichen zu können." So einfach kommen wir dann zum Herrn.

Eines Tages empfanden wir, daß wir eine besondere Ermutigung nötig hatten. Außerdem hatten wir für unsere neue Zentralheizungsanlage eine Rechnung über 15 000 Dollar erhalten, und die wollten wir so schnell wie möglich bezahlen. Die beiden Dinge schienen also gut zusammenzupassen.

„Herr", baten wir während unserer Gebetszeit, „wir brauchen wieder einmal eine Ermutigung von Dir. Würde es Dir gefallen, durch diese Rechnung für die Zentralheizung mit uns zu reden. Wir bitten Dich, Herr, sorge doch dafür, daß wir den Rechnungsbetrag bis auf den letzten Dollar erhalten."

Zwei Tage später kam ein Brief von einem reichen Freund. Wir lasen: „Lieber Bruder David, bitte nimm diese beiliegende Spende an. Ich fühle, daß Ihr für eine Not gebetet habt."

Mein Herz schlug höher. „O Jungs", rief ich laut, „hier ist Gottes Antwort! Dank sei Dir, Herr!"

Nun, ich war wohl ein wenig voreilig gewesen. Als ich mir den Scheck besah, stellte ich fest, daß er auf 100 Dollar lautete.

„Herr", wir sind Dir auch dafür **genau so** dankbar", sagte ich. Und dabei ertappte ich mich selbst. Was meinte ich eigentlich mit **genau so**? „Herr, habe vielen, vielen Dank." Dann setzte ich mich hin und schrieb dem Spender einen besonders warmen Dankesbrief.

Zwei Tage später kam mein Bruder Don in mein Büro. Er war irgendwie erregt. „David, machen Banken manchmal Fehler?" fragte er.

„Wieso? Was soll die Frage?"

„Nun, wir haben einen Scheck bekommen, aus dem ich nicht ganz klug werde. Hier wird uns über eine Bank aus Kalifornien eine Summe gutgeschrieben, die wahrscheinlich über 14,90 Dollar oder vielleicht auch 149 Dollar lauten soll. Doch auf der Gutschrift stehen 14 900 Dollar. Eine ziemlich ungerade und seltsame Zahl."

Ich glaube, man konnte noch am anderen Ende des Häuserblocks hören, wie ich den Herrn pries. Ich war so neugierig, in welcher Zeit der Herr unser Gebet erhört hatte, daß ich ein Ferngespräch nach Kalifornien anmeldete, um mit dem Spender zu sprechen, den ich nicht kannte. Er war überrascht, daß ich ihn anrief.

„Ich wollte Ihnen nur sagen, was Ihre Spende für uns bedeutet", sagte ich. „Wir müssen nämlich gerade die Rechnung für eine neue Zentralheizung bezahlen, und die macht 15 000 Dollar.. " Dann erzählte ich, wie wir für das Geld gebetet hatten und wie zuerst 100 Dollar gekommen waren und nun wie aus heiterem Himmel der Scheck über 14 900 Dollar. „Sie können sich sicher vorstellen, wie unser Glaube wieder gestärkt worden ist", erklärte ich ihm. „Ich hätte aber doch gern gewußt, warum Sie uns gerade diese Summe spendeten."

Der Mann sagte, daß er es eigentlich selbst nicht genau wisse. Er habe über unsere Arbeit gelesen, und da sein Geschäft einiges Geld abwerfe, habe er beschlossen, uns 14 000 Dollar zu senden. Doch während er den Scheck ausschrieb, kam die Zahl 14 900 in seinen Sinn und wollte nicht weichen. So sei es gewesen. Nun, er wurde durch dieses Erlebnis genau so ermutigt wie wir. Während unserer ganzen Unterhaltung sagte er immer wieder: „Wie ist das nur möglich? Wie konnte dies nur so kommen!"

Wir nannten diese fortwährende Abhängigkeit vom Heiligen Geist: **Leben in hochgespannter Erwartung.** Es war unser besonderes Anliegen, allen Jugendlichen, die zu uns kamen, von dieser Lebensweise zu erzählen, denn wir hatten schon bald herausgefunden, daß durch klare Erhörungen unserer bestimmten Gebete der Glaube gewaltig gestärkt wurde.

Eines Tages kam ein junges Mädchen zu uns in die Clinton Avenue Nr. 416. Wir hatten sie vorher noch nie gesehen. Irgendwie sah sie so aus, als sei sie gar kein richtiger Hippie, sondern habe sich nur so kostümiert — alles an ihr schien übertrieben und gemacht zu sein. Sie trug buchstäblich übertrieben langes Haar, die Fingernägel waren schmutziger als bei anderen, und die Perlenketten, die sie trug, hingen ihr bis zu den Knien. Die junge Frau kam gerade zu uns, als wir eine Gebetsstunde hatten, und so luden wir sie ein, mit uns zu beten.

Gerade zu jener Zeit gab es bei uns im Teen Challenge-Zentrum ein besonderes Problem. Unsere Arbeit war so schnell gewachsen, daß wir allein in der Clinton Avenue schon vier

Gebäude in Gebrauch hatten. Dies brachte eine ganz spezielle Schwierigkeit mit sich, die mit unserer Einrichtung zu tun hatte. Viele unserer Waschmaschinen und Wäschetrockner, unserer Herde, Rasenmäher und Kraftfahrzeuge wurden von ehemaligen Drogensüchtigen bedient. Bedingt durch das Leben, aus dem sie kamen, waren sie es nicht gewöhnt, mit solchen Maschinen etwas sorgfältig umzugehen, und so gab es fortwährend Schaden.

Wir hatten also beschlossen, eine Anzahl neuer Einrichtungsgegenstände zu kaufen und beauftragten unsere Jugendlichen, überall zu prüfen, welche Maschinen ersetzt werden mußten, und was das ungefähr kosten würde. Und gerade an dem Tag, als die Ergebnisse dieser Überprüfung vorgelegt wurden, kam dieses junge, übertrieben aufgemachte Hippiemädchen zu uns. Sie hörte zu und verzog ihren Mund ein wenig spöttisch, während die Jugendlichen vorlasen:

„Herr, wir brauchen 216 Dollar für einen Wäschetrockner in den Mädchenschlafräumen."

„Herr, hier hat man uns mitgeteilt, daß der neue Motor für den Traktor auf der Farm 730 Dollar kosten soll. Wir bitten Dich darum."

Und so ging es weiter. Als wir fertig waren, war eine Summe von mehr als 5000 Dollar zusammengekommen, für die wir zu beten hatten.

Ich bemerkte, daß Fräulein Hippie kurz vor dem Ende unserer Gebetsstunde hinausging. Ich glaubte, sie habe genug und sei fort. Doch nach wenigen Minuten kam sie zurück und schaute uns ein wenig spöttisch an. Sie stand vor uns und erzählte, daß sie gerade mit ihrem Vater telefoniert habe, der sei der Chef eines erfolgreichen Unternehmens im Süden der USA. Sie hatte gesagt, daß wir dringend 5000 Dollar benötigten und ihn gebeten, den Scheck über diese Summe auf Teen Challenge auszuschreiben und hier nach New York, Clinton Avenue Nr. 416 zu senden. Und zwar, bitte Vati, noch heute!

„Er hat zugestimmt", sagte sie lachend. „Ihr seht also, es ist kein Gott, der euch einen neuen Wäschetrockner und einen

Rasenmäher und all das andere Zeug beschafft. Ihr bekommt es von mir."

„Wirklich?" Einer unserer ehemaligen Süchtigen war es, der, immer noch kniend, antwortete. „Wir sind dir selbstverständlich sehr dankbar", sagte er, „und deinem Vater natürlich auch. Aber wir wollen keineswegs das Wunder übersehen, welches soeben geschehen ist. **Du bist dieses Wunder,** indem du gerade im richtigen Augenblick hier hereingekommen bist. Gott sei Dank dafür."

Doch der Junge war noch nicht zu Ende. Er stand auf, ging zu Fräulein Hippie und sagte: „Ich kenne dich!" Als das junge Mädchen ihn überrascht ansah, erklärte er, er meinte damit, daß er eine Menge junger Mädchen **wie sie** kenne, die reich seien, aus Protest gegen ihre Eltern von daheim fortgingen und nach New York kämen, und zum Schluß doch alle in Schwierigkeiten gerieten.

Als der Junge dies sagte, begann sie zu weinen. Sie erzählte, sie sei als Prostituierte durch die Straßen New Yorks gegangen, habe Rauschgift genommen und sei verzweifelt und einsam.

„Dann", stellte unser Ex-Süchtiger fest, „bist du eigentlich heute gar nicht hierher gekommen um uns zu helfen, sondern weil du selbst Hilfe brauchst. Jesus hat dich herher gebracht, um dir wirklich zu begegnen. Kannst du dies einsehen?"

„Ja", antwortete sie. Wir anderen im Raum waren alle still, während die beiden jungen Leute sich unterhielten. In der nächsten halben Stunde sahen wir unserem Ex-Süchtigen zu, während er das Mädchen zur Begegnung und in die Gemeinschaft mit Jesus führte. Wie dankbar waren wir für die entzweigegangenen Maschinen. Wir hatten durch sie gleich zwei Wunder an einem Tag erlebt.

Meine Mutter hatte immer eine Anzahl Geldmünzen und Scheine unter ihrer Matratze. Dies war ein ganz besonderer Vorrat, den sie ihr **Lastengeld** nannte. Solche Leute, die der Herr unserer Mutter besonders aufs Herz legte, bekamen von ihr etwas aus diesem Fond. Während vieler Jahre habe ich beobachtet, daß diese Gewohnheit ein Schlüssel dafür ist, Geld zum Segen werden zu lassen.

Vier wichtige Eigenschaften waren charakteristisch für Mutters **Lastengeld**: Erstens: es war unter keinen Umständen ihr Zehnter. Sie und Vater haben während ihres ganzen Lebens ihren Zehnten immer zu der lokalen Gemeinde gegeben, der sie jeweils angehörten, so, wie dies richtig ist. Ihr **Lastengeld** war ein Extra und ging über den Zehnten hinaus. Irgendwie sparte sie es immer von ihrem Haushaltsgeld ab.

Zweitens: das Geld wurde nur zu einem ganz besonderen Zweck verwandt, es diente zur **Ermutigung**.

Drittens: das Geld war nur für Missionszwecke. Dies war allerdings ein Wort, welches Mutter im weitesten Sinne gebrauchte. Jeder, der die Gute Botschaft verbreitete war, so weit es Mutter betraf, ein Missionar. Wenn zum Beispiel ein Milchmann seinen Beruf dazu benutzte, anderen von Jesus zu erzählen, so war er für Mutter ein Missionar und hatte durchaus die Chance, ein überraschendes „Ermutigungsgeschenk vom Herrn" zu empfangen.

Und viertens: Mutter gab niemals etwas von ihrem **Lastengeld,** es sei denn, daß sie während ihrer Gebetszeit den bestimmten Auftrag dazu erhalten hatte. Ich fragte sie einmal, wie dies denn vor sich gehe. „Nun", sagte sie, und schaute mich ein wenig erstaunt an, weil ich nach einer so selbstverständlichen Sache fragte.

„Du fragst den Herrn einfach, welche Person du heute ermutigen sollst, und Er sagt es dir immer."

Als ich mit meinem Team vor einiger Zeit auf einer Evangelisationsreise war, erzählte ich meinen Mitarbeitern von dem **Lastengeld** meiner Mutter, und einer von ihnen machte daraufhin den Vorschlag:

„Wir könnten doch auch etwas von dem Geld, das wir für uns selbst verwenden wollten, an andere geben. Jeden Morgen könnten wir den Herrn bitten: ‚Bitte, zeige mir, wen Du heute ermutigen möchtest.'"

Innerhalb einer Woche hörten wir interessante Berichte.

Die Frau eines Mitarbeiters hatte eine Freundin besucht und dort einen Missionar getroffen. Während sie sich unterhielten, **wußte** sie auf einmal, daß sie vom Herrn beauftragt war, diesem Mann eine Spende zu geben. Als sich eine Gelegenheit bot, zog sie ihn auf die Seite und drückte ihm fünf Geldscheine in die Hand.

„Dies ist für Sie", sagte sie, „der Herr hat mir gesagt, ich soll Ihnen das geben."

Die Hand des Missionars zitterte, als er das Geld nahm. „Sie können nicht wissen, was dies hier für meinen Glauben bedeutet", sagte er. „Ich will offen sein, meine Frau und ich wußten nicht . . . nun, wir hätten heute Abend wahrscheinlich nichts zu essen gehabt."

Nahezu jeder aus unserer Gruppe hatte eine ähnliche Geschichte zu erzählen. Der Herr zeigte auf irgendeine Weise immer deutlich, wer das Geld erhalten sollte, und wir konnten alle von ermutigenden kleinen Wundern berichten.

Auch ich bin Mutters Beispiel gefolgt. Gwen und ich haben ein Extra-Bankkonto eingerichtet, welches wir „Mission" nennen. Dies ist, genau wie bei Mutter, ein sehr weiter Begriff. Es kann Heimatmission oder auch Außenmission bedeuten, oder auch einmal eine bestimmte Person, die für Gott arbeitet. Am ersten Tag, als wir dieses Konto einrichteten, bat ich den Herrn, mir den Namen einer Person zu zeigen, die ich ermutigen sollte. Er tat dies auf eine recht interessante Weise. Er sagte mir, ich solle das Missionarsverzeichnis herbeiholen, welches in unserer Gemeinde geführt wurde. Dann forderte Er mich auf, mit dem Finger die Liste entlang zu fahren. Plötzlich sprang mich ein Name förmlich an. Es handelte sich um einen Mann, von dem ich nie gehört hatte, er arbeitete in Arizona unter den Indianern. Ich stand unter dem starken Eindruck, ihm 200 Dollar zu schicken. Mit dem Scheck sandte ich ihm einige Zeilen:

„Bruder, Sie kennen mich nicht, aber ich fühle, daß der Herr mir gesagt hat, daß Sie irgendetwas brauchen. Deshalb sende ich diesen Scheck. Sehen Sie es als Gottes Weise an, durch die Er Ihnen sagt: ‚Ich kenne dich und weiß um deine Not.'"

Eine Zeit später bekam ich einen Brief, der voller Freudenausbrüche und Hallelujas war. „Es ist vielleicht schwer zu glauben", schrieb er, „aber wir haben genau für diese 200 Dollar gebetet, die wir als Anzahlung für einen Lastwagen zur Personenbeförderung brauchen. Wir waren so erstaunt, daß der Herr uns genau sandte, worum wir gebetet hatten, und wir sind nun sehr ermutigt in der Arbeit, die wir für Ihn tun. Vielen Dank, und Preis sei dem Herrn!"

Ich bin überzeugt davon, daß dies einer der Wege ist, durch die Gott für die finanziellen Bedürfnisse Seiner Gemeinde sorgt. Seine Weise zu helfen, so scheint es mir wenigstens, ist viel mehr die der Wunder, als die durch viele Instanzen aller möglichen Ämter und Behörden.

Überall wo ich Gelegenheit habe, ermutige ich die Leute, einen eigenen **Lastengeldfond** zu eröffnen. Kürzlich kam ein Freund zu mir, der Millionär ist, und hatte eine wahrscheinlich für reiche Leute typische Sorge: „Ich glaube nicht, David, daß ich mit meinem Geld die richtigen Dinge unterstütze. Kannst du mir einige Vorschläge machen."

„In Ordnung", sagte ich. „Ich werde damit anfangen, dir zu raten, das Geld nicht uns zu geben, es sei denn, der Herr sagt es dir ausdrücklich." Dann erzählte ich ihm von der Sache mit dem **Lastengeld.** „Richte doch ein Missionskonto ein. Vielleicht beginnst du mit 1000 Dollar. Wenn das Geld verbraucht ist, zahle neues ein. Und dann geh jeden Tag mit demselben Gebet zum Herrn: ‚Herr, lege mir heute jemand aufs Herz. Zeige mir bitte ganz klar eine Sache oder eine Person. Wo willst Du heute durch Geld zu jemand reden?'"

Einige Tage später trat dieser Freund wieder mit mir in Verbindung.

„David, weißt du, was ich herausgefunden habe? All die vielen Jahre habe ich nicht gewußt, was es heißt, **selbst gesegnet** zu werden indem ich gebe. Ich gab immer nur, weil ich dachte, es sei meine Pflicht. Ich habe bisher nicht gewußt, was es heißt, die Opfer im Gebet wirklich Gott zu heiligen."

Meine Frau Gwen hat ihre eigene ziemlich ungewöhnliche Art, mit dem Lastengeldfond umzugehen. Sie sagt, daß es unbedingt nötig ist, für die Sache der Mission zu opfern, doch die Missionare sollten nicht vergessen werden. Also sorgt sie für Kleidung. Auf irgend eine Weise findet sie heraus, wie die Kleidung für die Frauen der Missionare in Größe und Form und so weiter beschaffen sein muß, damit sie ihnen paßt, und dann sendet sie ganz überraschend ein hübsches neues Kostüm. Ich wünschte, Gwen hätte alle Briefe aufgehoben, die sie bekommen hat, und die von so viel Freude und Ermutigung sprachen, die mit der Kleidung gekommen waren.

Ein wenig von Gwens Idee habe ich auch übernommen und mit einem Herrenbekleidungsgeschäft eine Vereinbarung getroffen, daß ich dort wirklich gute Anzüge für 88 Dollar kaufen kann. Wenn immer ein Missionar bei uns vorbei kommt und der Herr legt mir seine Not aufs Herz, dann gebe ich ihm eine Karte mit der Anschrift dieses Geschäfts und fordere ihn auf, dorthin zu gehen und sich einen guten Anzug auszusuchen. „Es kommt vom Herrn", sage ich dann, „um dich daran zu erinnern, daß Er sich auch um solche Dinge wie Kleidung sorgt."

Wenn es hunderttausend Männer und Frauen gäbe die beten: „Herr, zeige mir heute, wo ich, abgesehen von meinem Zehnten, der Mission oder einem Missionar durch eine Gabe helfen und ihn erfreuen soll", welch ein Segensstrom könnte da fließen.

Auf diese Weise ist, seit DAS KREUZ UND DIE MESSERHELDEN erschien, Geld immer ein Segen für uns geblieben. Ich meine nicht, daß wir dadurch gesegnet wurden, daß wir je viel Geld gehabt hätten. Der Herr hat gut darauf geachtet, daß dies nicht geschah. Doch ich meine, daß Geld ein ausgezeichneter Weg ist, um Seine Stimme zu vernehmen. Aber wir sollten immer im Glauben leben, ganz gleich, wieviel Geld uns anvertraut wird. Wir sollten Jesus in all unsere Geldangelegenheiten immer mit einbeziehen, und sollten dies ganz besonders dort tun, wo es darum geht, daß Gott auf übernatürliche Weise für die finanziellen Bedürfnisse Seiner Gemeinde sorgt. Wenn wir auf all diese Dinge wirklich aufrichtig und von ganzem Herzen achten, dann wird Geld für uns zum großen Segen werden.

6

**Sind Sie
schon einmal mit Arbeit
überhäuft worden?**

Als ich
mit der Hetzjagd aufhörte

Fast all unsere Arbeiten, die wir zu der Zeit, als DAS KREUZ UND DIE MESSERHELDEN geschrieben wurde, schon begonnen hatten, haben sich recht gut entwickelt. Zumindest kann man sagen, daß es so aussieht. Denn wenn sich jemand unsere Zahlen beschaut — die können sich sehen lassen. Und viele Leute sagen mir immer wieder, daß der Beweis für den Erfolg einer Arbeit ja in den Statistiken steckt, die man vorweisen kann.

Da wäre zum Beispiel zu nennen, daß uns mittlerweile allein in der Clinton Avenue in New York fünf Gebäude gehören. Und wir benötigen alle fünf dringend. In einigen haben wir Unterkünfte, in anderen werden mit den Jugendlichen, die zu uns kommen, Entziehungskuren gemacht, wobei sich dann herausstellt, wer von ihnen es wirklich ernst meint mit dem Anfang eines neuen Lebens und wer nicht. Eines der Gebäude dient Verwaltungszwecken.

Dann ist da die Rehabilitationsfarm in Rehrersburg, Pennsylvania. Bald kam eine andere in Missouri hinzu, und dann noch eine weitere in Kalifornien und noch eine in Kanada.

Wir haben eine ziemlich ungewöhnliche Methode der Ausbreitung der Teen Challenge-Arbeit entwickelt. Wir wuchsen, indem wir neue unabhängige Arbeiten ermutigten. Ich war nicht einmal davon überzeugt, daß der Name Teen Challenge uns allein gehörte, und so ermutigte ich Leute, die ein ähnliches Werk tun wollten, die von uns entwickelten Richtlinien und auch unseren Namen für ihre eigene lokale Arbeit zu benutzen, wenn ihnen das half. Wir selbst wollten ihnen höchstens Ratschläge erteilen, für sie beten und ihnen helfen, Geldmittel zu erhalten. Aber für alles weitere sollten die lokalen geisterfüllten Gemeinden in den einzelnen Städten und Dörfern selbst verantwortlich sein.

So begann zum Beispiel ein ehemaliger Rauschgiftsüchtiger ein Teen Challenge-Zentrum in Puerto Rico, ein Futterhändler organisierte eines in Los Angeles, und viele lokale Kirchen und Gemeinden gründeten ebenfalls solche Zentren, so daß es jetzt in fast jedem Staat der USA welche gibt. Die Sache ließ sich großartig an, und ehe wir es richtig wußten, gab es schon 46 Teen Challenge-Zentren in den USA und Kanada, und wir machten uns bereit, auch in Überseeländern welche ins Leben zu rufen.

Die Arbeit in den Überseeländern begann sogar noch schneller zu wachsen als unser Werk in USA. 1969 kam ein junger Mann zu mir. Es war Howard Foltz. Er hatte das Teen Challenge-Zentrum im Gebiet von Dallas/Fort Worth (Texas) gegründet. Er hatte die Absicht, nach Europa zu gehen und dort die Arbeit aufzubauen. Er zog mit meinem Segen und meiner Unterstützung. Innerhalb von zwei Jahren hatte er mehr als 50 Teen Challenge-Zentren und Rehabilitationsfarmen aufgebaut, die von Norwegen bis Italien reichten.

Es gab also jetzt ein weltweites Werk, und die einzelnen Arbeiten hielten untereinander Verbindung. Es gab bei uns keine zentrale Kommandolinie. Wir waren keine Organisation sondern ein Organismus, der aus Menschen bestand, die alle die gleiche Last auf ihrem Herzen fühlten. Jeder einzelne Leiter der mittlerweile mehr als hundert Teen Challenge-Zentren in der ganzen Welt war ein einfacher Mann wie ich, und war genau so wie ich abhängig vom Herrn.

Natürlich kann man anhand der Zahlen nicht sehen, was wirklich in dieser Arbeit geschah. Das kann nur an dem umgewandelten Leben derer gesehen werden, denen wir helfen konnten. Die Art, wie wir Menschen erreichten, die Hilfe bedurften, blieb im Grunde genommen immer dieselbe. Wir sandten Arbeiter auf die Straßen und zu den Orten, wo Jungen und Mädchen Rauschgift schluckten oder sich mit Spritzen das Heroin in die Adern jagten. Wenn ein Jugendlicher Interesse zeigte, luden wir ihn in unser Zentrum ein, um mit ihm zu beten. Die meisten von denen, die sich bei uns entweder auf den Straßen oder in den Zentren bekehrten, blieben bei uns, um das Rehabilitationsprogramm durchzumachen. Sie bekamen bei Teen Challenge Unterkunft und Verpflegung. Wir arbeiteten mit ihnen intensiv, diszipliniert und streng am körperlichen, moralischen und geistlichen Aufbau ihrer Persönlichkeit. Wenn einer der Jugendlichen unser ganzes Programm mitgemacht hatte — und es gab viele, die nicht durchhielten, sondern vorher davonliefen —, dann war er so sehr umgewandelt und bereit, dem Herrn zu dienen, daß es eine achtzigprozentige Chance für ihn gab, nicht wieder in seine Sucht und das alte Leben zurückzufallen.

Nun, ich glaube, daß man zu all dem sagen kann: das war Erfolg! All diese Gebäude, die wir jetzt besaßen! All die vielen Einladungen, überall Vorträge zu halten! All die vielen Auftritte in berühmten Fernsehsendungen, bei Art Linkletter, Mike Douglas, Virginia Graham, Merv Griffin, der Abendschau und dem „Heute"-Programm. Wir waren im Kreise der sozialen Arbeiten sehr angesehen und hatten Zugang zu Gefängnissen, Krankenhäusern und Gerichten der Städte. Psychologen und viele Behördenvertreter kamen zu uns, um zu sehen, was wir taten und wie wir es taten. Ich bekam sogar eine Einladung, vor einer hochangesehenen medizinischen Gesellschaft zu sprechen und dort meine Erfahrungen mitzuteilen. Ich wußte mittlerweile auch, welche Art Sprache man in solchen Kreisen sprechen mußte und kam dort sehr gut an. Ich hatte das Gefühl, ein wichtiger Mann zu sein.

Da wir immer weiter wuchsen, brauchten wir auch immer mehr Geldmittel. Jedes neue Teen Challenge-Zentrum, das gegründet wurde, brauchte Geld. Also flog ich nach Chicago oder nach Memphis oder nach Oshkosh und so weiter, sprach vor einer Schar von einigen tausend Menschen, und durch meinen Appell kam genug Geld zusammen, um die Arbeit zu beginnen. Große Dinge waren das. Es schien keine Grenzen für das zu geben, was ich erreichen konnte. Natürlich gab ich mir Mühe, all diese viele Arbeit unter der Leitung des Heiligen Geistes zu tun. Und selbstverständlich hielt ich meine nächtliche Gebetszeit immer ein. Doch irgendwie schien es, als würde ich überall Aufregung mitbringen. Ich lebte in einem Sturm von Aktivität. Da mußten Baupläne bestätigt werden. Dort wollte man ein neues Zentrum starten und bat mich um Hilfe. Einladungen für Vorträge rissen nicht ab und immer wieder kamen Bitten von verzweifelten Eltern, etwas für ihre Kinder zu tun. Und ich versuchte, jedem Ruf und Wunsch nachzukommen!

Sicher, es gab immer wieder einmal Augenblicke, in denen mir klar wurde, daß ich in Unruhe und nicht mehr im Frieden des Herrn lebte. Als ich vor unserem Teen Challenge-Zentrum in New York dem Chinesen auf der Straße begegnete, hatte ich zu lernen, daß ich bei aller Kompliziertheit des Lebens meinen schlichten Glauben nicht verlieren durfte. Doch jetzt machte ich mir manchmal Gedanken, ob das genug war. Oder war es vielleicht möglich, daß mein so geschäftiges Leben selbst nicht so recht von der Art war, wie es der Herr wollte?

Die Erfahrung, die mich stoppte, war KIDS TOWN (die Kinderstadt).

Oft habe ich mich gefragt, was wohl im Menschen vorgeht, daß er immer wieder versucht, vollkommene Städte zu bauen. Abgesonderte Stätten der Zuflucht. Phantasieorte, wo alles ideal ist.

KIDS TOWN war meine Variation zu diesem Thema. Mich packte eine Idee, und der Herr ließ mich gehen und bremste mich nicht. **Ich hatte einen Traum, eine Wunschvorstellung, aber keinen Auftrag!** Und es dauerte eine ganze Zeit, bis ich den Unterschied zwischen diesen Dingen herausfand.

KIDS TOWN sollte eine Zufluchtsstätte für alle in Schwierigkeiten gekommenen jungen Leute werden, die ich traf. Sie sollte auf einem 150 Morgen großen Stück Land erstehen, gleich in der Nachbarschaft von DISNEY WELT in Orlando, Florida. Vorstudien, die angefertigt worden waren, zeigten, daß die Grundausstattung an Gebäuden, Wasser, Elektrizität und so weiter etwa acht Millionen Dollar kosten würde. **Das würde meinen Glauben wirklich auf die Probe stellen. Ein einfacher Junge vom Lande, der acht Millionen Dollar zusammenbringt. Man stelle sich dies einmal vor!**

Wir erwarben eine Option für dieses Stück Land und gaben 5000 Dollar aus, um in groben Umrissen eine Art Vorplan anfertigen zu lassen, der auf dem Papier zeigte, wo die Straßen verlaufen und die Gebäude entstehen sollten. Wenn meine treuen Mitarbeiter in New York vielleicht ein wenig zögernd waren, ihren Eifer, mit dem sie in den Straßen der Stadt arbeiteten, wieder einmal zu unterbrechen, und ihr Interesse wieder einmal einer neuen Portion von Bauplänen zuzuwenden, so verbargen sie doch ihre Gefühle recht gut. Vielleicht war es aber auch so, daß mich diese Idee so sehr gepackt hatte, daß meine geistlichen Ohren verschlossen waren und ich den richtigen Ton nicht mitbekam. KIDS TOWN sollte mit einem Schwung entstehen. Wir werden dem Herrn vertrauen und die Sache ist geschafft!

In jener Zeit wurde mir nicht einmal bewußt, daß ich mir KIDS TOWN so dringend wünschte, daß ich es nicht einmal wagte dafür zu beten. Seit damals ist mir diese Richtschnur sehr wichtig geworden: Tue ich etwas, **über das ich im Gebet immer schnell hinweggehe? Ist es so, besteht die Möglichkeit, daß ich gar nicht gern richtig zuhören will, was der Herr mir in dieser Sache zu sagen hat.** Ich gehe die Sache vielleicht in meiner eigenen Stärke an und nicht in der Kraft des Herrn. Ich weiß heute, daß ich im Blick auf KIDS TOWN genau dies getan habe.

Doch dann geschah eines Tages etwas Außergewöhnliches: Ich hatte mich wieder einmal von Gwen und den Kindern verabschiedet und war, ohne mich groß um meine Angst vor Luftreisen zu kümmern, an Bord eines Flugzeuges gestiegen, das mich nach Chicago bringen sollte. Dort warteten etwa 10 000 Menschen auf mich, denen ich vom neuesten Werk des Herrn erzählen wollte; von Seiner Zufluchtsstadt, die im schönen Florida gebaut werden sollte, gleich neben der DISNEY WELT. Nur — es wollte diesmal nicht auf diese Weise gehen.

Plötzlich, kurz bevor ich beginnen wollte, den vielen Menschen meine Ideen vorzutragen, redete der Herr mit mir — kurz aber eindringlich. Als ich da auf dem Podium saß, wurde mir plötzlich im Magen übel. Ich sah auf einmal, was ich wirklich geworden war: Ein Reisender in Sachen Werbung! Ich verteidigte Jesus Christus vor medizinischen Vereinigungen, vor Konferenzen von Psychiatern und Sozialarbeitern. In Seiner feinen und freundlichen Art legte der Herr mir die Worte ins Herz: **David, ich habe dich nicht dazu berufen ein Geldsammler zu sein.**

Ich begann zu zittern. Der Mann, der neben mir saß, beugte sich zu mir und fragte: „Ist Ihnen nicht gut?"

„Doch, es ist alles in Ordnung. Vielen Dank."

Wieder fielen Worte in mein Herz: **Du kannst nicht alle Leute organisieren wollen, David.**

Ich wußte, daß es so war. Auch wenn wir Land kauften und Einrichtungen bauten, in denen wir uns um Tausende kümmern konnten, würde es immer noch so sein, als versuchten wir, mit einer Kaffeetasse den Ozean leerzuschöpfen.

An diesem Abend faßte ich dort auf dem Podium einen Entschluß: „Herr Jesus, sobald ich heimkomme, werde ich ‚die Hände an die Hörner des Altars legen'." Dies war ein Grundsatz, den ich von meinem Großvater gelernt hatte. Er beruhte auf dem biblischen Bericht aus 1. Könige 1, wo Adonia versuchte, König David den Thron zu entreißen. Der Plan schlug fehl und Adonia fürchtete nun um sein Leben. Er floh in den Tempel, umfaßte im Heiligtum zwei der Hörner des Altars und erklärte, er werde von hier nicht fortgehen, ehe er nicht Vergebung für sein törichtes Handeln erlangt habe. Mein Großvater wußte, daß im Leben eines jeden Menschen Stunden kommen, wo wir versuchen, die Königsherrschaft Gottes an uns zu reißen und uns selbst auf den Thron zu setzen. Wenn dies einmal geschieht und wir dann endlich aufwachen und erkennen, was wir getan haben, dann sollten wir in unser eigenes Heiligtum gehen, „die Hände an die Hörner des Altars legen" (siehe 1. Könige 1, 50), und nicht von Gottes Angesicht weichen, bis unsere Gemeinschaft mit Ihm wieder völlig hergestellt ist.

Ich erkannte an diesem Abend in Chicago, daß ich versucht hatte, mich selbst in meinem Leben zum König zu machen, und ich wußte, daß ich nun dieserhalb etwas unternehmen mußte. An diesem Abend erzählte ich den Leuten nichts von KIDS TOWN, sondern predigte ihnen eine einfache Botschaft darüber, daß man den Frieden Gottes finden kann, indem man sich am Kreuze Jesu demütigt. Ich wußte, daß ich mir selbst predigte. Als ich die Predigt beendet hatte und mich hinsetzte, bemerkte ich, daß David Patterson, der Leiter unseres Evangelisationsteams, mich lange anschaute. Er war erstaunt.

„Es ist alles in Ordnung, David", flüsterte ich ihm zu, „ich weiß wer der König ist..."

„Preis dem Herrn!" gab er leise zurück.

Auf dem Heimweg geriet unser Flugzeug in heftige Luftturbulenz. Wieder einmal wurde mir bewußt, daß ich meine Angst vor dem Fliegen immer noch nicht überwunden hatte. Doch ich betete laut: „Herr Jesus, hilf, daß die Maschine nicht abstürzt, denn ich habe noch etwas mit Dir in Ordnung zu bringen."

David Patterson lächelte: „Ich glaube, der Herr wird dir die Zeit dazu noch geben, Bruder Dave", sagte er.

Und dann war ich endlich wieder daheim und in unserem Gebetsraum hinter der Garage. Ich lag auf meinen Knien und stellte mir vor, ins Heiligtum gekommen zu sein, um die Hörner des Altars zu ergreifen. „Herr Jesus, hier bin ich und hier werde ich bleiben, bis Du mir neu begegnest und mir wieder bestätigst, daß ich Dein Diener bin."

Ein tiefer Friede erfüllte mich, den wohl so ähnlich auch Adonia empfunden hat, als er erfuhr, daß ihm vergeben war. Nach einer Weile begann ich den Herrn zu fragen, was Seine Absichten im Blick auf mein Leben seien. In der Stille meines Gebetsraums bekam ich dann einige Antworten zu hören.

Zu allererst war es nötig, daß ich **lernte in meiner Berufung zu bleiben**. Das heißt, ich sollte die Arbeit tun, zu der mich der Herr berufen hatte und mich nicht anderen Dingen zuwenden. Gott erwartete von mir, daß ich mit Menschen arbeitete! Nicht, daß Institutionen etwas Minderwertiges oder Schlechtes waren. Sie waren gewiß sehr dringend nötig, und es gab sicherlich Männer, die dazu berufen waren, diese zu bauen. Doch mein Ruf war ein anderer. Keinesfalls sollten wir die Arbeit von Teen Challenge vernachlässigen oder gar aufgeben, denn sie war sehr nötig. Doch meine persönliche Hauptaufgabe war nicht die Arbeit mit der Institution.

Der zweite Punkt den der Herr mir in jener Nacht besonders zeigte, war der Unterschied zwischen **allgemeinen Führungen und ganz speziellen Anweisungen**. Es war nicht genug für mich, in meiner Arbeit für den Herrn in ziemlich unbestimmter Weise in eine gewisse Richtung geführt zu werden, immer für Ziele arbeitend, die irgendwo in der Ferne nicht genau zu erkennen waren. Was Er statt dessen von mir wollte war, ganz in Seiner Nähe zu bleiben und Seinen ganz klaren Tag-für-Tag-Aufträgen zu folgen. „Hier gehe zur Rechten, dort gehe zur Linken, tue dies und tue das!"

„Ich bin bereit, Herr", sagte ich, „und will jetzt sofort damit beginnen. Ich will jetzt jedes einzelne Vorhaben, an dem ich beteiligt bin, vor Dich bringen und bitte Dich es zu prüfen."

Ich begann mit KIDS TOWN und fragte den Herrn, ob es Sein Wille sei, daß wir diesen Plan weiter verfolgten. Ich war überrascht über die schnelle und eindeutige Antwort:

„Unter keinen Umständen."

Ich versuchte noch ein wenig zu argumentieren: „Was wird aber mit den 5000 Dollar, die wir schon für die Pläne ausgegeben haben, Herr? Das Geld ist dann verloren."

Wieder diese schnelle Antwort: „**Die Lektion, die du lernen sollst, ist weit mehr wert als 5000 Dollar. Außerdem hast du mich nie nach deinem eigentlichen Beweggrund für Kids Town gefragt. Soll Ich dir jetzt sagen, worum es dir wirklich ging? Du wolltest dir selbst ein Denkmal bauen."**

Ja—a—a! Ich erkannte sofort die Wahrheit dieser Worte. „Herr, hilf mir, daß ich niemals wieder von solchen Motiven gefangen werde."

Ungefähr gegen drei Uhr morgens begann ich müde zu werden. Ich wußte aus Erfahrung, daß dies die Weise des Herrn war mir zu sagen, ich solle jetzt zur Ruhe gehen. Als ich mich von meinen Knien erhob, wußte ich, daß mein Leben eine ganz neue Richtung bekommen hatte. Ich fühlte mich wie ein Vogel, den man aus dem Käfig gelassen hat. Ich ging singend ins Haus. Als ich am nächsten Morgen erwachte, war mein Herz immer noch frei. Als erstes erzählte ich Gwen die ganze Sache. Sie schlang ihre Arme um mich und rief: „Das hört sich wirklich gut an, David."

Kurz bevor die Kinder zur Schule gingen, erzählte ich ihnen von meinem Plan, KIDS TOWN fallen zu lassen. Ich würde also nicht für längere Zeit nach Florida reisen müssen. Gary stieß einen Freudenschrei aus. Er rannte durch die Hintertür, sprang über die Hecke und rief seinem Freund aus dem Nachbarhaus zu: „Vati wird daheim bleiben! Vati wird daheim bleiben!"

Als ich an diesem Tag ins Büro kam, rief ich meine Mitarbeiter zusammen und erzählte ihnen, was mir widerfahren war. „Was würdet ihr denken", fragte ich ein wenig bange — denn sie hatten ja alle treu mit mir für meine Pläne gearbeitet — „. . . was würdet ihr denken, wenn wir KIDS TOWN aufgeben?" Zu meinem Erstaunen begannen alle Anwesenden den Herrn zu preisen. Ein neuer Geist der Gelöstheit und des Friedens ergriff unser ganzes Team von diesem Tag an.

Doch der Heilige Geist hatte noch nicht mit mir zu Ende geredet. In der kommenden Nacht, als ich wieder im Gebet vor dem Herrn war, fragte ich Ihn, ob es noch andere Dinge gäbe, die ich aufgeben solle. Ich legte ihm jede Versammlung und jede Evangelisation vor, die ich geplant hatte. „Wie soll ich es damit halten, Herr?" fragte ich.

Die Antwort kam wieder genau so unglaublich schnell: **Sage sie ab.**

„Aber Herr, all die Leute rechnen mit mir."

Sage sie ab. Du hast zu viel selbst organisiert. Ich möchte, daß du lernst, deine eigenen Bemühungen aufzugeben.

Das war alles, was mir der Herr in dieser Nacht sagte. Lernen, meine eigenen Bemühungen aufzugeben? Was meinte Er damit? War es möglich, daß ich in eine Art geistliche Hetzjagd hineingekommen war?

Am nächsten Tag begann ich damit, allen, denen ich versprochen hatte zu kommen, abzusagen. Es war erstaunlich, wie fast alle, die ich anrief, mir sofort Verständnis entgegenbrachten. „Natürlich tut es uns sehr leid", sagten sie. „Aber der Herr wird es vielleicht möglich machen, daß du ein andermal zu uns kommen kannst..."

Jeden Tag, jede Stunde konnte ich jetzt den Herrn fragen: „Was ist es, Jesus, das Du möchtest, daß ich jetzt tun soll?"

Der Herr sagte mir, ich solle eine Zeit der Ruhe einlegen. Also begann ich wieder durch die Straßen zu gehen wie früher. Ich predigte nur, wenn der Herr es mir sagte und nicht, weil es in meinem Terminkalender stand und mir das Gefühl gab, man frage überall nach mir.

Bei all dem lebte ich in einer erstaunlichen Frische. Viele Tage wanderte ich durch Nebenstraßen, sprach mit Drogensüchtigen, suchte Kontakt mit Alkoholikern, traf Leute in Treppenhäusern und Schnellwäschereien. Am Abend solcher Tage war ich frischer als morgens, wenn ich begann. Ich wurde an eine Evangelisation erinnert, die ich einmal mit Kathryn Kuhlman zusammen gehalten hatte. Ich fragte sie, woher sie ihre Vitalität nahm. „Es ist der Geist, David", sagte Kathryn.

„Er ist es, der mich stärkt und immer neue Lebenskraft gibt. Wenn du unter der Salbung des Heiligen Geistes arbeitest, dann stehen dir Seine Fülle und Lebenskraft zur Verfügung."

So also tat ich meine Arbeit in dieser Zeit. Gwen fragte mich eines Tages tatsächlich, ob ich den ganzen Tag nur ausgeruht habe. „Du siehst so... ja... du siehst fast jünger aus als sonst." Und genau so fühlte ich mich auch. Nach dem Abendessen ging ich mit den Jungens noch Ballspielen. Ich konnte mich schon nicht mehr erinnern, wann ich dies das letzte Mal getan hatte.

Am nächsten Tag war ich dann wieder an der Lower East Side, um in diesem neuen Leben fortzufahren. Ich ließ mich vom Heiligen Geist leiten. Wenn Er mir sagte, ich solle mit dieser Person reden oder für jene Person beten, dann tat ich dies. Ich stellte fest, daß Er mich davon löste, mich nur auf unser eigenes Rehabilitationsprogramm zu verlassen. Er lehrte mich neue Möglichkeiten zu sehen. Früher war ich immer der Meinung gewesen, ich müsse jeden Süchtigen in unser eigenes Rehabilitationsprogramm bringen. Jetzt fragte ich zunächst immer den Herrn. Bei einigen sagte Er mir, ich solle sie in unser Teen Challenge-Zentrum nehmen. Aber bei den anderen, und das war bei weitem die Mehrzahl, forderte Er mich auf, sie der Fürsorge geisterfüllter lokaler Gebetskreise und Gemeinden zu übergeben. Es war der Anfang einer neuen Arbeitsmethode.

Nachdem ich einige Wochen auf diese Weise gearbeitet hatte, erlaubte mir der Herr hier und da wieder, zu etwas größeren Gruppen zu sprechen. Gelegentlich nahm ich auch wieder Einladungen für eine Evangelisation an. Der Herr lehrte mich deutlich, daß ich über jede Einladung zuerst sorgfältig beten sollte. Wenn Einladungen mich erreichten, schrieb ich jede auf eine acht mal zwölf Zentimeter große Karte und sammelte sie eine Zeitlang. Dann breitete ich sie in meiner Nachtgebetszeit vor dem Herrn auf dem Tisch aus. „Herr, willst Du, daß ich dahin gehe?" betete ich. „Oder dorthin?" Meist war Seine Antwort: nein. Doch gelegentlich sagte Er auch ganz klar: „Ja, ich will, daß du dorthin gehst."

So bekam ich eines Morgens vom Herrn auch die klare Weisung, eine Einladung aus Chicago anzunehmen. Mit dieser Einladung begann ein neuer Abschnitt meines Weges mit dem Herrn. Denn in Chicago zeigte Er mir, daß ich vor dem vielleicht schwierigsten Auftrag meines Lebens stand.

7

Erschrocken
standen wir vor einem
Problem:

Rauschgift
in der Mittelstandsgesellschaft

Der Herr hatte mich auf meinem eigenen Weg gestoppt, und ich war noch immer nicht ganz sicher, in welcher Richtung ich nach Seinem Willen jetzt weitergehen sollte. Was ich genau wußte war, daß der Herr mich von meiner bisherigen überorganisierten Lebensweise losgelöst hatte und auch mit den Plänen nicht einverstanden war, die mich in Gefahr brachten, meinem eigenen Ich damit zu dienen. Nimm keine Einladungen an und plane keine Evangelisationen, es sei denn, der Herr zeigt dir im Gebet ausdrücklich Sein Einverständnis, dies schien der Grundsatz zu sein, den Er mir klar machte.

Mehr und mehr machte sich auch an der Größe unseres Teams das Zurückschalten unserer Arbeitsmethode bemerkbar. Da wir weniger Versammlungen durchführten und auch nicht mehr so in Übereile waren wie vorher, konnten sich unsere Mitarbeiter mehr darauf konzentrieren, auch für ihr persönliches Leben die Stimme Gottes deutlicher zu vernehmen. Einige von ihnen gingen deshalb in andere Arbeiten. Einer von ihnen war mein Freund John Benton, der mir lange Zeit in meinen Evangelisationen geholfen hatte. John erzählte mir, daß Gott seiner

Frau und ihm schon seit Jahren immer wieder den Gedanken ins Herz legte: Beginnt mit einem Rehabilitationszentrum für rauschgiftsüchtige Mädchen. John hatte die Absicht, dies jetzt in die Tat umzusetzen. Dies war der Anfang des Walter-Hoving-Heims in Garrison, New York.

Während dieser ganzen Zeit schien es mir, daß der Herr mich in eine für mich noch nicht erkennbare Richtung drängte.

Eine erste Ahnung von diesem neuen Ziel bekam ich am Schluß eines Besuchs, den ich einem alten Freund abstattete, der in Chicago wohnte. Seit Jahren unterstützte Al meine Arbeit unter den jungen Süchtigen in den Slums von New York. Ich freute mich, ihn einmal wiedergesehen zu haben. Mein Besuch näherte sich dem Ende und ich wollte mich bald auf die Heimreise machen.

„Höre einmal, David", sagte Al plötzlich. „Ich frage mich, ob du, ehe du gehst ... ich meine ... könntest du ... weißt du, es handelt sich um unseren Sohn Jimmy. Er ist in der letzten Zeit so sehr verschlossen. Es ist wohl nichts Ernstliches. Er ist halt 15 Jahre alt."

Sicher! Ich freute mich auf eine Unterhaltung mit Jimmy. Also stieg ich die Stufen zu Jimmys im Obergeschoß gelegenen Zimmer hinauf. Ich hatte keine Ahnung, daß ich da oben einen ersten Blick auf meine zukünftige Arbeit tun würde.

Es war ein Abend im Frühjahr 1964. Seit etwa sechs Jahren hatte ich in meiner Arbeit immer wieder mit Rauschgiftproblemen zu tun und glaubte, ich wisse alles, was man über süchtige Teenager wissen kann. Diese Süchtigen kamen aus Familien der unteren Schichten. Diese Familien lebten in schlechten Wohnungen, hatten zu viele Kinder und zu wenig Geld, und deshalb gab es dort ein schlechtes Familienklima. Solche Jugendliche erreichten in den Schulen meist nicht das Klassenziel und kamen nicht bis zur letzten Klasse. Deshalb griffen sie dann zu Rauschgift, um der Welt zu entfliehen, in der sie lebten.

Ich klopfte und hinter der Tür rief jemand: „Herein!" Ich folgte der Aufforderung, stieg über Teile einer Hi-Fi-Anlage und ging vorsichtig einem Expander, einer zwölfsaitigen Gitarre und einer Anzahl Sportschuhen aus dem Wege. Es war gar nicht so einfach, denn die Luft war so sehr von Marihuanarauch erfüllt, daß mir die Augen tränten.

Jimmy saß auf seinem Bett. Er war groß und blond, und seine Augen blickten mich so feindlich an wie die vieler Jungen, die ich in Harlem an den Straßenecken gesprochen hatte. „Mein Vater hat Sie zu mir heraufgeschickt, wie?" waren seine ersten Worte.

Ich räumte eine Kaschmirjacke und einige Socken von einem Stuhl herunter und setzte mich. „Vielleicht hat er mich geschickt, weil du nicht mit ihm sprichst."

„Ich nicht mit ihm sprechen? . . . Er hört mir nicht zu, meinen Sie!"

Als sei ihm plötzlich klar geworden, daß er jetzt jemand hier hatte, der zuhören wollte, gab er seine Feindseligkeit auf und begann zu reden. Er erzählte mir, daß er mit dreizehn begonnen hatte zu trinken. „Aber Marihuana ist mir lieber, weil man da hinterher nicht brechen muß. Mit vierzehn begann ich Tabletten zu nehmen. Aufputschmittel (Amphitamine) am Morgen, und Beruhigungsmittel (Barbiturate) abends. Im Laufe des letzten Jahres hat sich die Tablettendosis verdreifacht."

Die neueste Masche unter seinen Freunden war LSD. Niemand, den er kannte, sei danach je durchgedreht, sagte er. Was darüber erzählt würde sei nur Propaganda um uns Angst zu machen. Zum Schluß war ich es, der die Unterhaltung abbrechen mußte, ich hätte sonst mein Flugzeug nicht erreicht.

Während wir zum Flughafen fuhren, sann ich darüber nach, wie ich meinem Freund Al auf die beste Weise beibringen konnte, was ich erfahren hatte. Es gibt vielleicht überhaupt keine vernünftige Weise, einem Vater beizubringen, daß sein fünfzehnjähriger Sohn Marihuana raucht und tablettensüchtig ist. Al wurde richtig ärgerlich. Er beschuldigte mich, ich sei in das Thema Drogen verrannt. Ich hätte schon so viel unter Stromern und dem Straßenpöbel gearbeitet, daß ich keinen normalen Jungen mehr von diesen Kerlen unterscheiden könnte.

Solche und ähnliche Unfreundlichkeiten bekam ich zu hören. Er setzte mich und meinen Koffer am Flughafen ab und brauste davon. Und obwohl ich Al nie wiedersah, war dies für mich kein Ende, sondern der Anfang einer neuen Phase meiner Arbeit. Einer Arbeit, die in Größe und Problematik alles übertraf, was ich mir vorgestellt hatte.

Jetzt, da meine Augen geöffnet worden waren, sah ich solche Jugendliche überall. Sogar bei unseren eigenen Jugendtreffen hin und her — ob in Los Angeles, Detroit, Hartford, Miami oder sonstwo — waren sie, gewöhnlich gruppenweise. Und jeder der mit den Symptomen von Rauschzuständen der verschiedensten Art vertraut war, konnte erkennen, daß sie irgendwelche Drogen genommen hatten.

Nach solchen Versammlungen sprach ich oft mit ihnen. Entweder saßen wir zusammen im Auto oder in einem teppichbeladenen Restaurant mit dezenter Beleuchtung, wobei ich froh war, daß diese Jugendlichen mich einluden und für die Rechnung aufkamen, da mir solche Restaurants sonst zu teuer erschienen. Und genau wie Jimmy waren sie bereit, ja sogar begierig, zu reden. Sie machten mich mit einer ganz neuen Welt von Chemikalien und künstlichen Drogen bekannt, viel umfangreicher als die beschränkte Auswahl über die Jugendliche in den Slums verfügten. In sechs Jahren lernte ich allein 32 verschiedene Arten von Pillen kennen, die überall im Lande mit denselben Spitznamen bezeichnet wurden. Da gab es „blue jackets", „bennies", „footballs", „Christmas trees" und so weiter. Ich sah Dinge die man rauchte, schnupfte, kaute, inhalierte oder spritzte. Von einigen dieser Drogen wurde behauptet, sie seien irgendwie bewußtseinserweiternd. Bei anderen war nicht zu erkennen, daß irgendein positiver Effekt auch nur erwartet wurde. Die verblüffendste Substanz von allen war etwas, das ich bei Jugendlichen aus Mittelstandskreisen von New Jersey kennenlernte. Sie nannten es „68 concocted" (Mischung 68). Es erzeugte etwas wie epileptische Anfälle, die drei Tage dauerten. Einige von den Jugendlichen, mit denen ich sprach, hatten es noch nicht ausprobiert, schienen aber begierig zu sein, damit zu experimentieren. Das war die Zeit, in der Timothy Leary (der Drogenprofessor) der Held all der jungen Leute zu sein schien, die in Oberschulen und Universitäten nicht zurecht kamen. Er forderte sie dazu auf, die Schulen zu verlassen und gammeln zu gehen. Studenten begannen in Laboratorien chemische Drogen für ihren eigenen Gebrauch zu brauen. Und die organisierte Kriminalität entdeckte schnell die große und reiche Reserve der Mittelstandsjugend. Kurz gesagt: Drogensucht mit all ihrer Bösartigkeit, bis hin zur Heroinnadel, machte sich unter der Jugend des Mittelstands breit.

Die Jugendlichen, mit denen ich sprach, waren alle wie Jimmy. Sie glaubten nicht, was warnend über Rauschgift gesagt wurde und wollten nicht, daß ihre Eltern erfuhren, was sie taten. Also versuchte ich die Eltern aufzuklären. Ich sprach mit Schulbehörden, Pastoren, Lehrern — und erlebte das gleiche wie bei Al in Chicago. Ich war einer, der nur überall Unruhe verbreitete. Wenige Erwachsene waren bereit, auch nur die Möglichkeit in Betracht zu ziehen, daß Drogen nicht nur ein Problem der Slums, sondern ein Problem der ganzen Nation sein sollten.

Doch ich mußte glauben, was mir meine eigenen Augen sagten. Und vorausschauend war mir noch etwas anderes ebenfalls klar. Ich sah, daß früher oder später eine ganze Anzahl dieser jetzt noch gut gekleideten, Sportwagen fahrenden und über Bankkontos verfügenden Jugendlichen bei uns in der Clinton Avenue Nr. 416 an die Tür klopfen würden. Ich hatte bis 1964 — und auch noch einige Jahre weiter — noch nicht einen einzigen Jugendlichen aus der Mittelklasse kennengelernt, der Heroin spritzte. Doch ich wußte von meiner Arbeit in den Slums, daß die Straße, die mit Marihuanarauchen beginnt, bei der Heroinspritze endet, und damit in der Katastrophe. Natürlich endet nicht jeder, der einmal eine Marihuanazigarette raucht damit, daß er sich Heroin in seine Adern spritzt — und keiner von denen, der mit Marihuana anfängt glaubt, daß er es je tun wird —, doch man kann immer wieder feststellen, daß es bei vielen so geht. Ich wußte, daß wir diese Jugendlichen — wir nannten sie „goodniks", weil sie so viele gute Dinge besaßen, die unsere Gesellschaft zu bieten hat — eines Tages in unseren Teen Challenge-Heimen haben würden.

Im Jahre 1967 war es so weit. Der Junge, Bill war sein Name, sah genau so aus wie alle anderen heruntergekommenen Süchtigen. Wir fanden ihn in einem Gebäude, in das wir jedesmal hineinschauten, wenn wir bei unserer wöchentlichen Tour in diesem Teil der Stadt nach Süchtigen Ausschau hielten. Es war eine ausgebrannte alte Mietskaserne in der Bronx. Dort hockte er, nur mit Hemd und Hose bekleidet, in einer Ecke. Ein Süchtiger behält seine Jacke nur so lange, bis er Gelegenheit bekommt, sie im Pfandhaus zu versetzen. Er hatte schon so lange nichts gegessen, daß er nicht in der Lage war, ohne Hilfe zu stehen. Als wir ihn aber einluden, mit uns zum Essen zu gehen, wies er uns ab. Ein Freund war gegangen, irgendwo Rauschgift aufzutreiben, und er wollte hier sein, wenn der Freund zurückkam. Doch es war nicht das, was mich überraschte. Ich hatte von einem hochgradig Heroinsüchtigen nichts anderes erwartet. Was mir einen Schock versetzte, war die Art **wie** er es sagte. Denn diese abgemagerte, schmutzige und mit Ausschlag bedeckte Figur vor mir sprach wie ein gebildeter junger Mann.

Ich wußte, daß es keinen Zweck hatte auf ihn einzureden. Ich gab ihm einfach eine Karte mit der Anschrift vom Teen Challenge-Zentrum und sagte ihm, daß Gott ihn liebe und daß er bei uns zu jeder Zeit etwas zu essen und ein Bett bekommen könne, wenn er es brauchte.

Zwei Wochen später traf Bill bei uns ein. Er war von Anfang an eine neue Erfahrung für uns. Gewöhnlich kommen die Süchtigen mit einem Wunsch zu uns: sie wollen von ihrer Sucht loskommen. Bill jedoch sprach recht wenig von seiner Sucht, obwohl sie für ihn ein großes und teures Problem war. Er redete statt dessen von Wunderkuren gegen Rauschgiftsucht, die man bald entdecken würde, und er erzählte von wichtigen und bekannten Doktoren, die Freunde seines Vaters seien.

Wenn er von seiner Familie erzählte, die er fast ein Jahr nicht mehr gesehen hatte, dann war es seines Vaters Einkommen und alle ihre Besitztümer, von denen er redete. Bei all dem mußte ich wieder an Jimmy in Chicago denken, der in seinem Schlafzimmer saß und auch umgeben war von all diesen Dingen.

Wir nahmen Verbindung mit Bills Eltern auf und machten eine zweite neue Erfahrung: wir erlebten die Reaktion von Eltern der Mittelklasse auf harte Drogensucht. Diese vornehmen und gewissenhaften Leute zeigten recht wenig Interesse an der gegenwärtigen Situation, so verzweifelt sie auch war. Sie versuchten vielmehr, die Vergangenheit für alles verantwortlich zu machen — die Schule, ein traumatisches Erlebnis, einen Sturz vom Fahrrad. Immer wieder redeten sie von Begebenheiten in Bills Kindheit und betonten, daß sie von ihrer Seite es an nichts hatten fehlen lassen: da war Musikunterricht und die Sommerferien und viele andere schöne Dinge. Sie schienen uns unbedingt klar machen zu wollen, daß sie keine Schuld hatten — obwohl wir ja gar nicht daran dachten, sie verantwortlich zu machen —, und erwähnten immer wieder einen älteren Bruder, der sich wirklich gut ins Leben gefunden hatte. „Bill hatte die falschen Freunde", war ihre letzte Erkenntnis. Obwohl wir eine strikte Regel hatten, daß niemand unser Zentrum verlassen durfte, ehe nicht die erste Phase der Entziehungskur ganz beendet war, versuchten sie uns fortwährend, aber ohne Erfolg, zu bedrängen, bei Bill eine Ausnahme zu machen.

In der Zwischenzeit fanden noch andere „Bills" ihren Weg zu uns in die Clinton Avenue. Vor Jahren noch, als ich an jenem Abend in Chicago die Stufen zu Jimmys Zimmer hinaufstieg, war das Durchschnittsalter der Süchtigen bei uns im Zentrum 24 Jahre. Sie kamen fast alle aus drei Stadtteilen von New York: aus Harlem in Manhattan, Bedford-Stuyvesant in Brooklyn und „Klein-Korea" in der Bronx; und die meisten waren Schwarze oder Puertoricaner.

Jetzt, sechs Jahre später, waren mehr als die Hälfte der Jugendlichen Weiße aus Mittelstandsfamilien, die in guten

Wohngegenden lebten. So viele von ihnen waren erst 14 und 15 Jahre alt, daß das Durchschnittsalter der Süchtigen in der Clinton Avenue jetzt nahe bei 18 Jahre lag.

Doch es gab einen noch größeren Unterschied als Rasse, Alter und Umweltbedingungen, und das war die Fähigkeit, Verantwortung für auftauchende Probleme zu übernehmen. So seltsame Ansichten der Jugendliche aus den Slums über allgemeine Lebensfragen auch haben mag, über eine Sache ist er sich sehr genau im klaren: niemand wird ihm irgendeinen Gefallen tun. Er hatte seine Erfahrungen gemacht durch Gefängnisaufenthalte, wo er von den Wärtern angeschrien wurde und in kaltem Schweiß gebadet, auf hartem Zementfußboden liegend, die Entziehungskur über sich ergehen lassen mußte; und er wußte auch um die unbarmherzige Suche nach neuem Rauschgift, wenn er erst wieder aus dem Gefängnis entlassen war. In solchen Zellen lernte er hoffnungslose alte Rückfallkriminelle kennen, an deren Schicksal er seine eigene Zukunft erkannte, wenn es ihm nicht gelang, den Kreis seines bisherigen Lebens zu durchbrechen. Würde irgendjemand ihm sagen, daß die Gesellschaft oder seine Eltern oder das Schulsystem für seine Schwierigkeiten verantwortlich seien, hätte er nur mit den Schultern gezuckt. Wie immer er in diese Schwierigkeiten gekommen war, es waren jetzt jedenfalls **seine** Probleme, und niemand würde sie für ihn aus dem Weg räumen.

Die Jugendlichen aus dem Mittelstand und ihre Eltern schienen da völlig anderer Ansicht zu sein. Von der Entschuldigung, ihr Junge sei wohl in der „falschen Gesellschaft" gewesen, hörten wir zum ersten Mal etwas, als wir Bills Eltern kennenlernten; aber seither haben wir dies von fast allen Mittelklasseeltern wieder gehört. Sie kamen zu uns ins Teen Challenge-Zentrum mit der Hoffnung, wir wüßten die richtige Antwort für die Probleme. Wußten wir sie nicht — nun gut, dann würde man woanders hingehen. Jede dieser Familien besaß einflußreiche Freunde, und sie alle glaubten, daß sie, wenn sie nur genug Geld dafür ausgaben und weit genug reisten und eine genügende Anzahl von Experten konsultierten, irgendwie und irgendwo ein System finden würden, das ihre Schwierigkeiten bewältigte.

Doch ich wußte nichts von Systemen. In den dreizehn langen Jahren, die wir schon mit Süchtigen arbeiteten, hatten wir noch kein Rezept gefunden, das diese von ihrer Sucht befreite, obwohl wir manche Nacht um so ein System gebetet hatten. Wir wußten nicht, **was** einen Süchtigen heilte, aber wir wußten **wer** es tat: Jesus Christus konnte Heroinsüchtige freimachen, das hatten wir immer und immer wieder erlebt.

Und gerade dies war es, was diese neue Art von Süchtigen am schwersten begreifen konnten. Sehen Sie: Bill hat es nicht begriffen. Er hat uns, nachdem er das erste Mal kam, wieder verlassen, kam noch mehrere Male wieder, ging aber dann endgültig. Vierzehn Monate nachdem er das erste Mal zu uns gekommen war, fand man ihn tot auf einem Dachboden in Harlem. Er hatte eine Überdosis Heroin gespritzt. Als man seine schmutzigen Kleider durchsuchte, fand man nur ein einziges Stück, woran man ihn identifizieren konnte: es war eine Karte von Teen Challenge. Mir blieb noch die schwierige Aufgabe, seine Eltern zu verständigen. Sie waren nicht bereit, ins Leichenschauhaus zu kommen.

„Sie haben ihn gekannt, Herr Pastor", sagte der Vater. „Helfen Sie uns doch bitte und übernehmen Sie alles. Wenn Unkosten entstehen, werden wir selbstverständlich..."

„In Ordnung, wir werden Sie informieren."

Nachdem der Wärter im Leichenschauhaus das Laken wieder über Bills Gesicht gezogen hatte, stand ich noch eine ganze Weile verwirrt dort. Wieso konnte dies einem solchen Jungen geschehen? Wie hatte es wohl begonnen? Was hatte er gebraucht? Was hätten wir tun können um ihm zu helfen?

An jenem Tag wußte ich auf all dies keine Antwort. Doch mir war klar, daß ich es hier mit einigen der schwierigsten Probleme unserer ganzen bisherigen Arbeit zu tun bekam. Der Drogenmißbrauch unter der Mittelklassejugend steckte noch im Anfang, doch ich wußte, daß er in wenigen Monaten Tagesgespräch sein würde. Viele herz- und gewissenlose Männer würden sich auf diese reichen Mittelklassejugendlichen stürzen, um durch Drogenverkauf auf die schnellste Weise so viel Geld wie möglich aus ihnen herauszuholen. Mit unseren bisherigen Methoden würden wir nicht in der Lage sein, mit dieser rasend schnell wachsenden Drogensucht Schritt zu halten. „**Du kannst nicht alles organisieren, David**", hatte der Herr zu mir gesagt. Jetzt begriff ich mehr als je, was Er gemeint hatte. Die alte Weise, mit der wir bisher gearbeitet hatten, war nicht flexibel genug. Es brauchte mehr als Gebäude und Betten und Geldmittel, mehr als Grundstücke und Mitarbeiter. All diese Dinge waren sicherlich nach wie vor sehr nötig, und ich würde nicht nachlassen in meiner Teen Challenge-Arbeit. Aber irgendwie gab es noch etwas Neues am Horizont, das konnte ich fühlen.

Wiederum ging ich auf meine Knie. Es schien so, als würde ich ohne diese Nachtgebetszeiten nicht vorwärtskommen. „Herr Jesus", sagte ich, „Du hast einen Plan, das weiß ich. Aber wie sieht er aus? Der Drogenhandel wächst so schnell, daß wir nicht Schritt halten können."

Ich dachte nach: In jeder Stadt dieses Landes war die kriminelle Unterwelt auch gerade jetzt in diesem Augenblick dabei, neue Rekruten anzuwerben. Die hartgesottenen Verbrecher machten Jugendliche rauschgiftsüchtig. Dann mußte dieser süchtiggewordene Jugendliche wieder versuchen, drei oder vier andere zum Drogengebrauch zu überreden, um sich dadurch das Geld für sein eigenes Rauschgift zu verdienen. Die Sucht wuchs beängstigend. Wenn ein Junge drei andere zum Drogengebrauch verführte, und jeder dieser drei wieder drei, **dann waren es nach acht Stufen schon mehr als 2000 süchtige Jugendliche.**

Ich fiel auf mein Gesicht. „Das ist zu viel, Herr — zu viel! Aber ich weiß: Du hast einen Plan. Zeige mir, was Du vorhast, Herr, bitte. Zeige es mir schnell!"

Als Er es mir dann tatsächlich zeigte, kam die Antwort aus einer so unerwarteten Richtung, daß ich sie fast überhört hätte.

Eines Tages ging ich durch die Straßen der Lower East Side in Manhattan. Es schien ein wenig ruhiger zu sein als sonst. Ich war mittlerweile Experte im Erkennen der Drogenverkäufer und erkannte auch die Jugendlichen im Drogenrausch sofort. Aber sie waren nicht hier. Mindestens war keiner von ihnen zu sehen. Zufällig geriet ich mitten in ein Schlagballspiel, das auf der Straße stattfand. Der kleine harte Gummiball wurde direkt zu mir geschlagen — und dieses eine Mal in meinem Leben fing ich ihn. Als Junge hatte ich oft mit meinem Bruder Jerry gespielt. Doch ich hatte jedes Spiel ruiniert, weil es mir nie gelang, den Ball zu fangen. Doch an diesem Vormittag war es mir gelungen. Ich schaute immer noch erstaunt auf meine Hand. Doch — da war der Ball. Ich hatte ihn gefangen.

Ich konnte darin nur ein Wunder sehen, das der Herr getan hatte, und ich fragte mich, was ich jetzt tun sollte. Ich begann also eine Unterhaltung. Immer noch mit dem Ball in der Hand sagte ich, es sähe so aus, als habe der Herr ihn mir gegeben, damit wir uns kennenlernten. Ich bin Pastor. Wir arbeiten drüben in Brooklyn mit Jungens die süchtig sind durch Speed oder Heroin oder auch Alkohol. Aber mir fällt auf, daß jetzt weniger Süchtige zu sehen sind als früher.

„Ich weiß nicht, wie es in Brooklyn ist, Mann", sagte der Junge mit dem Schläger. Er legte ihn über seine Schulter und kam zu mir herüber. „Aber hier ist die Parole ausgegeben worden: Speed ist tödlich."

Was meinte er damit? Wer gab eine Parole aus auf diese Weise? Ärzte, Behörden, Statistiken und Lehrer hatten dies doch auch schon seit Jahren gesagt. Ich beschloß, diese auf der Hand liegende Frage nicht direkt zu stellen.

„Und wie ist es mit Heroin?"

Die Jungens lachten. Wieder war es der Schlagmann, der antwortete. „Sie sind doch närrisch, Mann. Dieses Zeug ist doch nicht gut. Und außerdem möchte ich von den BRAUNEN MÜTZEN keine Prügel haben."

Nun, weiter wollte ich mit meinen Fragen jetzt nicht gehen. Die Jungens schienen auch keine Lust mehr zu weiterer Unterhaltung zu haben. Ich warf also den Ball zurück, wünschte ihnen einen schönen Tag und ging die mit Unrat übersäte Straße hinunter.

Erst einige Stunden später begriff ich richtig, was ich erfahren hatte. Diese Jungens spotteten über mich, weil ich angenommen hatte, sie würden vielleicht harte Drogen nehmen. Was ging da vor?

Sofort begann ich so etwas wie eine „Detektivgeschichten-Jagd". Ich hatte zwei Informationen erhalten. „Die Parole ist ausgegeben worden", jemand mußte dies getan haben, auf den diese Jungens hörten. Und irgendwie waren die BRAUNEN MÜTZEN beteiligt. Was konnte diese militante Gruppe mit Drogen zu tun haben?

Mit diesen beiden Informationen ausgestattet, ging ich wieder zurück in die mißtrauische und feindliche Lower East Side und nach „Klein-Korea" in der Bronx, und auch bis in die Außenbezirke von Harlem — so weit, wie ich mich eben allein hineintraute —, und überall stellte ich viele Fragen. Die Antworten, die ich erhielt, waren sehr interessant.

Erstens: Die militanten Puertoricaner und Neger in New York hatten sich energisch gegen das Rauschgift gewandt. Drogen machten nur neue Sklaven. Also wurden die Händler und sogar die Süchtigen angespuckt, verprügelt und fortgejagt.

Zweitens: Der Grund, weshalb dies funktionierte, war einfach. Die neue „Parole" kam nicht irgendwie von außerhalb ihres Gettos, sondern aus ihrer Mitte.

Drittens: Die BRAUNEN MÜTZEN halfen praktisch keinem der schon süchtig war, sondern ihre ganzen Bemühungen konzentrierten sich darauf, die weitere Ausbreitung der Sucht zu verhindern.

Und endlich: Diese Methode schien wirksam zu sein. Während die Sucht mit fast mathematischer Genauigkeit unter der Jugend der Mittelklasse um sich griff, sahen wir an unseren eigenen Statistiken bei Teen Challenge, daß immer weniger junge Menschen aus den Gettos süchtig wurden.

Mittlerweile war es wieder einmal zwei Uhr morgens und ich war immer noch in unserem Gebetsraum. „Ich sehe klar, Herr. Ich glaube, Deinen Willen zu erkennen. **Ich soll von den BRAUNEN MÜTZEN lernen.** Bewege die Jugendlichen dazu, **selbst** vor der Gefährlichkeit der Drogen zu warnen. Werde ein Apostel der Vorbeugung."

Doch dann kam das mutlos machende Gefühl, welches mir so bekannt war. Es war sehr leicht, diese Sache als Notwendigkeit zu erkennen, eine ganz andere Sache aber würde es sein, diese Absicht in die Tat umzusetzen. Wo waren die Jugendlichen, die diesen Gegenstoß anführen konnten? „Wo sind sie, Herr? Zeige mir, wie es gehen soll, und ich will mich dieser Sache als der nächsten Hauptaufgabe meines Lebens widmen."

Nur wenige Tage später erhielt ich eine Einladung, zu einem großen Jugendtreffen nach Phoenix, Arizona, zu kommen. Wie üblich, legte ich diese Einladung mit den anderen zusammen auf meinen Schreibtisch und betete darüber. Oft gab mir der Herr keine Weisung und ich lernte NEIN genau so bereitwillig zu akzeptieren wie JA. Doch diesmal wurde mir die Einladung aus Phoenix in besonderer Weise auf das Herz gelegt. Sie schien heller zu sein als die anderen um sie herum. Ich mußte mich immer wieder neu über diese Art der Führung wundern, doch bis jetzt habe ich sie noch nicht einmal falsch verstanden.

„Und dieses Mal, Herr? Möchtest Du, daß ich nach Phoenix fliege?"

„Dort ist jemand, den du treffen sollst", schien der Herr mir zu sagen.

Kurze Zeit später war ich also in Arizona und fragte mich, welche Begegnung der Herr für mich vorbereitet hatte.

Die Versammlung verlief wirklich erregend. Ein dramatischer Augenblick kam, als ein junger Baptistenprediger darum bat, für einige Zeit an das Mikrophon zu dürfen. Er erzählte den Versammelten, wie er vor einigen Jahren begonnen hatte, im Okkultismus zu forschen. Er kaufte sich Tarockkarten und Ouija-Bretter und interessierte sich für Zauberei. Es dauerte nicht lange, da wurde er selbst in diese Dinge hineingezogen. Dann gab er seinen Dienst als Pastor auf und begann buchstäblich den Teufel anzubeten. An diesem Abend, sagte er, wolle er bekennen, was er getan habe und andere warnen, in den Okkultismus hineinzustolpern. Man kann kaum beschreiben, was dieses Zeugnis bewirkte. Scharen von jungen Menschen kamen nach vorn, um sich vom Teufel und all seinen Werken loszusagen und ihr Leben Jesus Christus auszuliefern. Weitere Dutzende brachten ihre Schnapsflaschen und Pillen und Drogen und Spritzen, erklärten, daß diese Dinge zur Welt des Teufels gehörten, und warfen sie auf das Podium.

Alles in allem schien es mir eine der besten Versammlungen zu sein, an der ich je teilgenommen hatte. Es gab nur ein Problem: ich fühlte, daß ich der Person, die ich in Phoenix treffen sollte, immer noch nicht begegnet war. Doch da es nicht viel mehr gab, was ich noch hätte sagen oder tun können, entschloß ich mich, die Versammlung zu beenden. Doch gerade in diesem Augenblick erhob sich ein attraktives junges Mädchen von ihrem Stuhl, kam langsam den Gang herunter und stieg zu mir auf das Podium.

„Herr Wilkerson, dürfte ich einige Worte sagen?"

Nun, warum nicht? — Der Herr hatte mich ja aus einem besonderen Grund hierher gebracht, den ich immer noch nicht herausgefunden hatte ...

„Sicher."

Was dieses junge, noch nicht zwanzigjahrige Mädchen sagte, hat meinen ganzen Dienst verändert. Es war nichts Feindseliges oder Streitsüchtiges in ihrer netten Art, aber ihre Worte drangen wie Messer in mich ein, als sie nun zu sprechen begann.

„Herr Wilkerson, Sie haben über Drogensucht, Homosexualität, Alkoholismus und Teufelsanbetung gesprochen. Dies sind alles große und schwere Laster, und ich danke Gott für all die Jugendlichen, die heute von ihren Bindungen befreit wurden.

Doch, Herr Wilkerson, für **mich** hatten Sie nichts zu sagen. Und ich glaube, wenn Sie für mich nichts zu sagen hatten, dann hatten sie vielen hundert anderen hier auch nichts zu sagen. Wir rauchen kein Marihuana und spritzen uns kein Heroin in die Arme. Wir trinken keinen Alkohol und sind nicht homosexuell. Und wir hassen den Teufel und wollen nichts mit ihm zu tun haben. Wir haben auch unsere Probleme, sicherlich, und sie hindern uns manchmal, aufzustehen und uns zum Herrn zu bekennen. Aber unsere Probleme scheinen so unbedeutend gegenüber diesen schweren Lastern anderer, daß wir es nicht wagen, darüber zu reden. Wenn Sie die Wahrheit wissen wollen: wir fühlen uns wirklich wie vergessene Teenager."

Das junge Mädchen wandte sich zu mir um. Ich konnte sehen, daß Tränen in ihren Augen glänzten. „Es tut mir leid, Herr Wilkerson, daß ich dies hier gesagt habe. Aber ich dachte, Sie sollten wissen, wie viele von uns so empfinden." Damit ging sie zu ihrem Sitz zurück. Ich saß wie erstarrt. Das Mädchen war so aufrichtig gewesen. Gewiß, sie hatte nur für sich selbst geredet, aber ich spürte, daß sie einer großen Anzahl Jugendlicher aus dem Herzen gesprochen hatte.

Alles, was ich an diesem Abend noch tun konnte war, ihr für ihre Aufrichtigkeit zu danken und zu versprechen, daß ich ihre Worte sehr, sehr ernst nehmen würde. Dann beendete ich die Versammlung.

Doch als ich an diesem Abend in mein Motelzimmer zurückkam, konnte ich nicht schlafen. Ich fühlte, daß diese Botschaft eines vergessenen Teenagers der Grund war, weshalb ich hatte nach Phoenix kommen müssen. Dies waren die jungen Leute, die als Apostel der Vorbeugung arbeiten konnten. Sie konnten mit den anderen aus ihrer Mitte reden — Jugendliche, die zu Jugendlichen sprachen! Ihre Mission war ungeheuer wichtig. Sie würden in der Lage sein, auf die anderen ihrer Altersgruppe einen großen Einfluß auszuüben und ihnen die „Parole" zu sagen: „Es ist schädlich und verderblich, Rauschgift zu gebrauchen." Ich erinnerte mich an ein junges Mädchen, die mir erzählte, sie habe ihren Freunden vorgelogen, sie gebrauche Heroin, obwohl sie nicht einmal wußte, wie sie dies hätte tun sollen. Sie bekannte auch, warum sie das getan hatte: Die süchtigen Jugendlichen wurden von allen beachtet, es war die große Masche, und sie wollte auch beachtet sein. Nun, wir würden jetzt sorgfältig auf die Führung des Herrn achten und irgendwie dazu beitragen, daß sich diese Einstellung änderte.

Einige Tage später gab ich ein Interview in einer der bekanntesten Fernsehsendungen unseres Landes. Dort sprach ich wohl ein wenig zu oberflächlich über diese neue Idee.

„David", fragte mich der bekannte Reporter Art Linkletter, „nehmen wir einmal an, Sie hätten aus vielen Lösungsvorschlägen nur einen einzigen auszuwählen, den Sie dann anderen empfehlen könnten. Welche Lösung des Problems würden Sie vorschlagen?"

„Die jungen Leute müssen das Problem selbst lösen", sagte ich leichthin. „Hier müssen Teenager zu Teenager reden — ihresgleichen zu ihresgleichen. Die ‚vergessenen Teenager' sind es, die dies tun können, die immer sauber und ordentlich gewesen sind, die nie Rauschgift genommen haben und sich auch nicht auf andere erschütternde Laster einließen. Die Aufgabe, die ich jetzt von Gott erhalten habe ist, die Kräfte dieser jungen Leute zu mobilisieren."

Art äußerte sich nicht weiter zu meinen Erklärungen, außer daß er so etwas ähnliches wie: „Na dann viel Glück!" sagte. Doch als die Sendung vorbei war, fragte er mich nach etwas, was ich bis jetzt noch nicht gesehen hatte.

„Ich habe noch nicht festgestellt, daß Ihre ‚vergessenen Teenager' sich irgendwie bemerkbar machen, David. Wie kommen Sie dazu, zu glauben, daß diese jungen Leute plötzlich zu ‚Stimmen in der Wildnis' werden?"

Ich mußte zugeben, daß er recht hatte. Als ich noch einmal über den Auftrag, von dem ich glaubte, ihn vom Herrn erhalten zu haben, nachdachte, stellte ich fest: ich hatte einen Teil der Worte, die das junge Mädchen in Phoenix sagte, einfach übergangen. Was hatte sie noch gesagt? Es gab Probleme, die sie daran hinderten aufzustehen und für den Herrn zu zeugen. Hier schien der Kern der ganzen Sache zu liegen. Was immer für Probleme dies waren — jedenfalls benutzte der Satan sie, um irgendwelche wirksamen Aktivitäten dieser jungen Leute zu verhindern. Ich erkannte dies jetzt klar. Sie fühlten sich irgendwie schuldig wegen bestimmter Taten, Gedanken und Gefühle. Wie konnten sie wirklich zu echten Zeugen werden, ohne sich als Heuchler zu fühlen?

Meine erste Aufgabe war also, herauszufinden was dies für Teenagerprobleme waren, um mich dann mit derselben Dringlichkeit damit auseinanderzusetzen wie zum Beispiel mit Rauschgiftsucht. Mit einem leichten Schamgefühl erinnerte ich mich daran, daß meine eigene Tochter Bonnie einmal mit einem Problem zu ihrer Großmutter gegangen war anstatt zu mir zu kommen, „weil Vati so sehr mit großen Lastern anderer Leute beschäftigt ist".

„Herr", betete ich, als ich an Bonnie dachte, „ich bekenne, daß ich den Nöten und Problemen unserer nicht in so ein Lasterleben gefallenen jungen Leute nicht genug Aufmerksamkeit geschenkt habe. Aber was sind **ihre** Probleme, Herr? Zeige mir, wie wir sie herausfinden können, so daß wir in der Lage sind ihnen zu helfen, in Deinem Namen davon frei zu werden."

8

Es gab eine Gruppe junger Leute
mit großen Möglichkeiten und Fähigkeiten,
die wir mobilisieren wollten, nämlich:

Die vergessenen Teenager

Ich war ziemlich sicher, daß meine kleine „Zeit der Ruhe" jetzt vorbei war. Nicht, daß sich mein Leben etwa wieder in der Vielfalt der Verwaltungsaufgaben unserer Arbeit aufreiben und verlieren würde. Ich legte immer mehr und mehr die Verantwortung für die Verwaltung von Teen Challenge in die Hände meines Bruders, der eine wirkliche Administrationsgabe hat. Meine Aufgabe würde von jetzt an von anderer Art sein, das war mir klar. Ich hatte die Größe des furchtbaren Problems der Drogensucht unter der Mittelklassejugend begriffen. Mit unseren alten Methoden und Arbeitsweisen waren wir nicht fähig einer Situation zu begegnen, in der heute ein Jugendlicher süchtig wird und in kurzer Zeit zweitausend. Wir mußten neue Wege finden. Wir mußten aufmerksam zuhören, damit der Herr uns Seinen eigenen Plan zeigen konnte. Und während ich versuchte auf den Herrn zu hören, glaubte ich immer wieder das zu sehen, was ich schon zu Art Linkletter gesagt hatte. Die Jugendlichen selbst sind unsere wichtigste Kampftruppe in dieser Auseinandersetzung, wenn es uns gelingt, ihre Kräfte zu mobilisieren.

Art Linkletter hatte damals klar erkannt, worauf es entscheidend ankam: Wir mußten den Jugendlichen helfen, Mut zu fassen und wirkliche Zeugen für Jesus und gegen die Drogensucht zu werden. Um dies tun zu können, mußten wir zuerst herausfinden, welche Probleme die „vergessenen Teenager" bedrückten und wie sie davon loskommen konnten.

Ich begann diese Aufgabe damit, daß ich an den Anfang jeder Evangelisation folgende Erklärung stellte:

„Laßt mich eine Sache ganz laut und deutlich sagen: Ich möchte eine Million Hallelujas rufen für jeden sauberen und ordentlichen Jugendlichen, der heute Abend hier ist; und ich möchte Gott tausendmal danken für die unter euch, die stark genug sind zu sagen: ‚Ihr könnt euer Rauschgift behalten, ich brauche es nicht.'"

Ich war erstaunt über das Echo, welches diese Worte immer wieder fanden. Oft standen die Versammelten auf, um für solche von mir erwähnten jungen Leute Beifall zu klatschen. „Wir stehen am Anfang einer Veränderung", sagte ich.

Doch es genügte nicht, diese „vergessenen Teenager" zu loben. Irgendetwas bedrückte sie immer noch. Wenn es uns gelang, dieses Problem aus dem Wege zu räumen, würden diese Jugendlichen bereit sein, vor ihren Altersgenossen mutige Zeugen zu werden. Deshalb tat ich in den nächsten Monaten folgendes: In allen Versammlungen stellte ich zum Schluß eine kleine Frage und bat die Jugendlichen, diese auf einem Zettel aufrichtig zu beantworten, ohne daß sie dabei ihren Namen nennen mußten. Die Frage lautete:

Was ist dein größtes Problem?

Während wir mehr und mehr Antworten einsammelten, nahmen sich einige von uns in Teen Challenge die Zeit, die Antworten betend zu untersuchen. Was **war** das Problem unserer heutigen jungen Leute? Ich werde den Abend nie mehr vergessen, als ich mit Gwen wieder einmal in das kleine italienische Restaurant ging und mit ihr dort über das sprach, was wir herausgefunden hatten.

„Nun, David?" fragte Gwen.

„Wir haben etwa hunderttausend Antworten eingesammelt, und in allen finden sich fast immer wieder drei Hauptprobleme..."

„Na komm, halte dich nicht mit der Vorrede auf, mein Lieber."

„Am meisten bedrücken die Jugendlichen die Dinge, die sie falsch machen."

„Sünde", sagte Gwen.

„Ja, Sünde. — Dann bedrückt es sie, daß sie nicht besser mit anderen Menschen zurechtkommen, vor allem mit ihren Eltern. Sie möchten, daß dies besser wird."

„Du sollst deinen Nächsten lieben wie dich selbst", stellte Gwen fest.

„Daß es genau darum geht, habe ich noch gar nicht gesehen. — Das was sie noch besonders bedrückt, ist die Zukunft. Was wird die Menschheit alles noch erleben müssen. Was wird auf dieser Erde noch geschehen? Welche Folgerungen sollten wir aus den schrecklichen Neuigkeiten ziehen, die wir jeden Tag in den Zeitungen lesen können?"

„Sie denken über die Endzeit nach", meinte Gwen.

„Genau das ist es."

„Das ist aber auch das schwierigste aller Probleme, David", sagte Gwen.

„Ich weiß es, und das erschreckt mich. Denn ich kann viele der Fragen, die die Endzeit betreffen, auch nicht beantworten. Würdest du mit mir zusammen für diese Sache beten?"

Gwen streckte ihre Hand über den Tisch und ergriff meine. „Sicher", sagte sie.

Und gerade so, wie wir waren, noch ehe wir begannen, den kleinen Imbiß zu verzehren, den wir bestellt hatten, betete ich das Gebet, welches mir zu einem guten Anfang für den nächsten Abschnitt meiner Arbeit helfen sollte: „Herr", sagte ich, „ich möchte gar nicht erst versuchen, die Antworten auf diese Probleme in meinem eigenen Verstand zu finden. Ich möchte, daß diese Antworten von Dir kommen. Hilf mir bitte, die

Lösungen für die Probleme zu finden, die unsere ‚vergessenen Teenager' so schwer bedrücken."

Während der kommenden Wochen und Monate dachte ich besonders immer wieder betend über das erste der Probleme nach: Was konnte ihnen helfen, von ihren schlechten Gewohnheiten loszukommen?

Um welche Dinge handelte es sich denn, die die Jugendlichen bedrückten. Ich nahm mir wieder die Zusammenstellung der Antworten vor, die wir gemacht hatten, und betrachtete sie. An der Spitze der Liste standen sexuelle Probleme. Nicht die schwerwiegenderen, mit denen wir es sonst bei Teen Challenge so oft zu tun haben, wie zum Beispiel Homosexualität, Sadismus und ähnliches. Das größte sexuelle Problem der „vergessenen Teenager" war **Masturbation**. Ich nehme an, daß Masturbation jede Generation gequält hat. Und ich weiß, daß dieses Problem auch die Jugendlichen unserer Zeit bedrückt, besonders jene, die versuchen, nicht in sexuelle Ausschweifungen zu geraten, sondern einen sauberen Weg zu gehen. Diese jungen Leute scheinen die Antwort ihrer sexuellen Probleme in der Masturbation zu finden.

Gleich an nächster Stelle, fast genau so häufig erwähnt, stand Petting. Und am anderen Ende der Liste stand der Geschlechtsverkehr selbst. Die Jugendlichen redeten sehr aufrichtig und offen über diese Dinge. Geschlechtsverkehr war unter ihnen viel weiter verbreitet als ich angenommen hatte.

Das Problem Nummer zwei auf der Liste waren die Drogen. Sogar unter den Jugendlichen, die versuchten ein anständiges Leben zu führen und die niemals direkt süchtig geworden waren, gab es fortwährend Experimente mit Rauschgift. Sie versuchten es mit Marihuana, LSD, Speed, und in ganz seltenen Fällen auch einmal mit Heroin. Doch die weitaus am häufigsten und regelmäßigsten gebrauchte Droge war der Alkohol. Alkohol genoß ein gewisses gesellschaftliches Ansehen besonders unter den jungen Leuten, die nicht mit ihren Eltern brechen wollten. Ihre Eltern tranken — also tranken sie auch. Nicht selten erkannten die Jugendlichen, wenn sie in die Nähe ihres 20. Lebensjahres kamen, daß der Alkohol ihnen zum Problem geworden war.

Ich war überrascht, wie oft Zigaretten eine der Hauptnöte der „vergessenen Teenager" waren. Sie wußten, daß die Ärzte vor den gesundheitsschädlichen Folgen der Zigaretten warnten. Doch irgendwie hatten sie damit begonnen und waren nicht mehr in der Lage aufzuhören. Wir, die wir uns mit weit schrecklicheren Süchten auseinandergesetzt hatten, standen vielleicht in der Gefahr darüber hinweg zu sehen, wieviel Gewissensnot und Gebundenheit auch Zigaretten hervorrufen konnten. Doch als ich las, was die Jugendlichen selbst darüber schrieben, konnte ich nicht länger so denken. Tabak war ein Werkzeug, welches der Satan gebrauchte, um unsere Jugendlichen nicht wirklich frei sein zu lassen. So lange wie sie an irgend eine Droge gebunden waren, einschließlich Nikotin, fühlten sie sich wie Heuchler, wenn sie vor Marihuana, Speed oder Heroin warnen sollten.

„Herr", betete ich eines Morgens, als mir diese Dinge richtig klar geworden waren, „ich möchte erfahren, wie Du mit diesem Problem der schlechten Gewohnheiten fertig werden willst. Ich werde jetzt hier vor Dir im Gebet bleiben, bis Du mir gezeigt hast, bitte, was wir tun sollen."

Unmittelbar nachdem ich so gebetet hatte, fiel mir eine interessante Unterhaltung mit meiner Mutter ein. Seit Jahren hat Mutter eine Teestube in Greenwich Village, wo man sie liebevoll „Die Dorfheilige" nennt. In ihrer Arbeit hat sie viele Homosexuelle getroffen. „Ich habe einmal aufgeschrieben", erzählte Mutter in dieser Unterhaltung, die mir jetzt wieder einfiel, „wie viele der homosexuellen Jugendlichen wirklich frei werden wollten. Und weißt du, David, nur etwa zwei Prozent sagten ganz klar: ‚Ja, ich möchte los davon.' Deshalb können wir nur so wenigen helfen. Die meisten der Homosexuellen möchten gar nicht davon frei werden."

Diese Haltung stand ganz im Gegensatz zu der von Sonny Arguinzoni und der meines eigenen Bruders Jerry zum Beispiel. Diese beiden hatten einen Schlüssel gefunden, der auch für unsere „vergessenen Teenager" wirklich wertvoll werden konnte. Sonny und Jerry waren in ihrem Leben einmal wirklich zur **Verzweiflung** gekommen, und dies war der Schlüssel für ihre echte Umwandlung geworden. So lange, wie sie nicht wirklich anders werden wollten, hatte Gott keine echte Möglichkeit gehabt, in ihnen zu arbeiten. Sie setzten einfach nur einen Fuß in den Himmel und blieben mit dem anderen auf der Erde stehen, und diese zwiespältige Haltung machte es für sie unmöglich, frei vorwärts zu gehen. Als sie jedoch dann wirklich verzweifelt waren, gingen sie auch bereitwillig auf des Herrn Willen ein.

Auf diese Weise zeigte mir der Herr als erstes im Blick auf den Sieg über schlechte Gewohnheiten, daß es darum geht, daß jemand wirklich verzweifelt frei werden will, genau so, wie es bei Sonny und Jerry gewesen war. Ich würde jeden ohne Umschweife fragen müssen: „Möchtest du wirklich echt frei werden?" Wenn die Antwort darauf „nein" lautet, dann ist dieser Jugendliche jetzt wenigstens ehrlich mit sich selbst gewesen und gibt zu: „Ich möchte gar nicht aufhören zu masturbieren." — „Ich will meine Trinkgewohnheiten nicht aufgeben." — „Ich möchte mich nicht vom Rauchen trennen."

Doch wenn die Antwort ein wirklich ehrliches „ja" ist, dann ist der Herr bereit zu helfen. Und hier zeigte mir der Herr einen zweiten wichtigen Punkt: Wenn wir wirklich bereit sind, unsere schlechten Gewohnheiten aufzugeben, sollten wir nicht versuchen, selbst darüber Sieger zu werden.

Wie oft hatten Jugendliche mir erzählt, wie sie sich bemüht hatten, schlechte Gewohnheiten abzulegen. Sie hatten gebetet, gefastet, Versprechungen gemacht und sich selbst Züchtigungen auferlegt. Sie hatten Gelübde getan, einen neuen Anfang zu machen, und viele Wege erfunden, um sich selbst von den Dingen fernzuhalten, die ihnen Probleme machten. Und doch waren sie immer wieder zurückgefallen. Sie hatten genau so wenig eigene Kraft wie die Erwachsenen auch. „Meine Missetaten schlagen mir über dem Haupt zusammen", sagt König David (siehe Psalm 38, 5). Die jungen Leute sind auch nicht stärker als

David. Aus sich selbst heraus vermögen sie nichts gegen die Sünde, so wie wir alle.

Auf diese Weise also hatte ich diese sehr radikal klingende zweite Lektion zu lernen: Wenn du von deinen schlechten Gewohnheiten loskommen willst, versuche nicht selbst darüber Sieger zu bleiben; fasse keine weiteren guten Vorsätze mehr, denn diese guten Vorsätze sind nichts anderes als ein weiterer Versuch, in eigener Kraft Sieger zu bleiben. Statt dessen — und dies war der letzte wichtige Punkt, den der Herr mir zeigte — **erwarte ein Wunder!** Vertraue einfach Jesus, daß Er dich frei macht. Dies also sind die drei Grundsätze zum Freiwerden, die mir der Herr in jener Nacht zeigte:

— Gib zu, daß du verzweifelt bist und wirklich frei werden willst.
— Versuche nicht, durch eigenes Bemühen Sieger zu werden.
— Erwarte ein Wunder!

Jetzt begann ich, diese Grundsätze unseren „vergessenen Teenagern" mitzuteilen, und ich erlebte immer und immer wieder, daß dadurch wirklich Sieg geschenkt wurde. Es machte wirklich Freude, den dritten Grundsatz — **erwarte ein Wunder** — wirksam werden zu sehen. Wir entdeckten, daß es gewöhnlich zwei Möglichkeiten gab, durch die dieses Wunder eintrat. Entweder der Herr nimmt auf übernatürliche Weise die schlechte Gewohnheit selbst hinweg und befreit davon, wie Er es bei dem Jungen getan hatte, der aufhörte zu rauchen. Oder aber Er ändert die Umstände und Verhältnisse.

Da war zum Beispiel das junge Mädchen, welches mir erzählte, sie habe ein Verhältnis mit einem jungen Mann, der wegen Rauschgifthandels im Gefängnis saß. „Mein Vater", sagte sie, „hat mir verboten, den Jungen je wiederzusehen. Ich möchte meinem Vater gehorchen. Aber sehen Sie, wir beide haben sexuellen Verkehr miteinander und ich kann mich einfach nicht von dem Jungen lösen. Ich habe mich vor den Spiegel gestellt und zu mir selbst gesagt: ‚Ich hasse ihn! Ich hasse ihn!

Ich hasse ihn!' Doch in dem Augenblick, da ich mich umdrehe, sage ich wieder: ‚Ich liebe ihn.'"

Wir schauten gemeinsam auf die drei Grundsätze, die zum Sieg verhelfen. „Es scheint mir", sagte ich, „daß zwei der drei Dinge in deinem Leben vorhanden sind. Du sagst, du bist verzweifelt; und du sagst auch, daß du nicht in der Lage bist, von selbst von dem Jungen loszukommen. Was nun noch zu tun bleibt ist: du mußt Jesus vertrauen, daß Er etwas für dich tun wird. Erwarte ein Wunder. Willst du das?"

„Ja, ganz bestimmt."

„Schreibe mir, ja! Erzähle mir, was geschehen ist."

Drei Monate später bekam ich einen Brief von dem jungen Mädchen. Zwei Wochen nachdem wir miteinander gesprochen hatten, geschah eine seltsame Sache: Der Vater des Jungen wurde nach Nordkanada versetzt. Der Sohn, Ron, wurde auf Ehrenwort hin aus dem Gefängnis freigelassen und durfte mit seinen Eltern umziehen. Er verabschiedete sich bei seiner jungen Freundin und versprach ihr, sie sobald wie möglich zu sich zu holen. Als jedoch die Zeit kam, wo er das Versprechen wahr machen wollte, gab es Schwierigkeiten. Er durfte wegen seiner Freilassung auf Ehrenwort den Ort, in dem sein Vater jetzt wohnte, nicht verlassen. Es hieß für ihn entweder dort bleiben oder wieder ins Gefängnis gehen.

„Sehen Sie, Herr Wilkerson", schrieb das Mädchen, „der Herr hat die Verhältnisse wirklich verändert. Ron konnte nicht mehr über die Grenze zurück. In den ersten Wochen habe ich ihn sehr vermißt. Doch dann entdeckte ich voll Erstaunen, daß meine Gefühle für ihn immer schwächer wurden und jetzt kann ich offen berichten, meine Liebe zu ihm ist tot."

Immer wieder erlebten wir, wie der Herr auf solche oder ähnliche Weise im Leben der jungen Leute arbeitete und sie veränderte. Es war erregend, dies zu sehen.

So also hatte mir der Herr gezeigt, was ich den „vergessenen Teenagern" sagen sollte im Blick auf ihr erstes großes Problem: die schlechten Gewohnheiten — die Sünden. Und immer wieder erlebten wir, daß diese drei Grundsätze ihnen wirklich halfen frei zu werden, wenn sie darauf eingingen. Wir bekamen darüber Berichte von Hunderten und nach und nach von Tausenden von Jugendlichen. Den jungen Leuten zu helfen, von ihren Sünden loszukommen, war die erste große Erfahrung die ich machte, als ich begann sie aufzurufen, wirklich Zeugen für Jesus zu werden.

Die zweite Aufgabe mußte sein, den Jugendlichen zu helfen, daß sie in ein besseres Verhältnis zu ihren Mitmenschen kamen. Die Jugendlichen wußten, daß es im Blick auf die richtige Einstellung zu ihrem Nächsten in ihrem Leben nicht gut stand, und daß die daraus in ihrem Herzen erwachsende Bitterkeit und Überheblichkeit sie hinderte, wahrhaft frei und froh zu sein. Doch was konnten wir tun, um hier zu helfen?

Da es die bei weitem größten Reibungsflächen immer mit den Eltern gab, entschloß ich mich, meine Aufmerksamkeit gerade auf diesen Punkt zu konzentrieren. Ich gebe zu, daß ich selbst erstaunt darüber war, welches Ausmaß diese ablehnende Haltung schon angenommen hatte. Während einer Evangelisation erklärte ein Junge, er hasse seinen Vater. Ich war überrascht darüber. Konnte dieses harte Wort stimmen? Ich entschloß mich zu hören, was andere Jugendliche über dieselbe Sache zu sagen hatten. „Wie viele von euch", fragte ich, indem ich mich an alle Jugendlichen unter meinen Zuhörern wandte, „würden sagen, daß sie ihre Eltern **hassen?**"

Ich konnte kaum glauben, was ich sah. Nahezu 40 Prozent der Jugendlichen erhoben ihre Hand. Vielleicht hatten sie nicht richtig verstanden was ich meinte. „Versteht mich bitte richtig. Ich meine nicht, ob es Bitterkeit und Ärger zwischen euch und euren Eltern gibt. Ich meine wirklich: **Haßt** ihr eure Eltern?" Nur zwei oder drei nahmen nach dieser Frage ihre Hand wieder herunter. Während ich noch versuchte, nach dem eben Erlebten die Fassung wiederzugewinnen, kam einer der Jungens nach vorn zum Mikrophon. „Ich glaube, ich spreche für viele von uns", sagte er. „Haß ist vielleicht ein etwas zu starker Ausdruck, aber ich glaube, es ist doch so. Es ist doch Haß, wenn man sich innerlich die ganze Zeit empört. Und genau das ist es, wozu mich mein Vater immer wieder bringt. Schon wenn er ins Zimmer kommt, fängt es bei mir an zu kochen. Ist das kein Haß?" Er machte eine Pause, weil es ihm sichtlich schwer fiel weiterzusprechen. „Aber, Herr Wilkerson", fuhr er fort, „ich möchte, daß sich das alles ändert. Ich möchte meine Angehörigen lieben. Vielleicht gibt es doch einen Weg..."

Das war vielleicht ein Schock für mich und zeigte mir manches. Hier mußte ich tiefer graben. Während der nächsten Monate stellte ich die gleiche Frage immer und immer wieder: „Warum habt ihr so viele Schwierigkeiten mit euren Eltern?" All die vielen Antworten, die ich bekam, summierten sich etwa zu folgenden Punkten:

— Meine Eltern sind Heuchler; sie reden etwas ganz anderes als das, was sie wirklich leben.

— Meine Eltern geben sich überhaupt keine Mühe, mich zu verstehen.

— Mein Vater denkt nur an seine Arbeit und seine Geschäfte.

— Vater und Mutter streiten sich fortwährend.

— Mein Vater schwindelt und betrügt und glaubt, daß es keiner merkt.

— Meine Eltern trinken zu viel.

— Mein Vater hat meine Mutter vor drei Jahren verlassen, und seitdem hasse ich alles, was mit ihm zusammenhängt.

— Meine Eltern sind nicht zu bewegen, einmal ihre Ansichten zu überprüfen oder gar zu ändern.

— Meine Eltern haben fortwährend etwas an meiner Kleidung auszusetzen.

Es schien keinen Zweifel daran zu geben, daß diese tiefen negativen Gefühle, die sie selbst Haß nannten, die „vergessenen Teenager" bedrückten. Wenn wir erwarteten, daß aus diesen jungen Leuten je eine Schar machtvoller Zeugen würden, mußten wir ihnen helfen, mit diesem Stein des Anstoßes fertig zu werden. Also ging ich wieder einmal in meinen Gebetsraum und fragte den Herrn, wie unser Team dabei helfen könnte. Und langsam wurden mir einige entscheidend wichtige Grundsätze klar:

Als erstes erkannte ich: wenn wir ein Wunder erwarten können, um von unseren schlechten Gewohnheiten frei zu werden, so können wir ebenso mit übernatürlicher Hilfe rechnen, damit der Haß aus unserem Leben verschwindet. Hatte die Bibel nicht solch eine neue und bessere Gemeinschaft verheißen: „Er wird das Herz der Väter den Söhnen und das Herz der Söhne ihren Vätern wieder zuwenden..." (Maleachi 3, 24).

Oft beginnt während einer unserer Evangelisationen der erste Schritt dieses Wunders. Ein Jugendlicher macht sich auf und kommt den langen Weg durch den Gang herunter und übergibt dann sein Leben dem Herrn. Und in diesem Augenblick beginnt etwas Neues in ihm zu arbeiten. Er ist bereit, wieder zu lieben, wo er gehaßt hat.

Doch wie geht es weiter? Nach jeder Versammlung nehmen wir uns noch Zeit, mit den Jugendlichen, die einen neuen Anfang gemacht haben, besonders zu sprechen. Wir sagen ihnen, daß zwar in **ihrem** Leben jetzt etwas anders geworden ist, aber daß die Dinge daheim noch genau so sind wie vorher. Sie können nicht erwarten, daß ihre Eltern den ersten Schritt tun, sondern sie selbst müssen etwas unternehmen, damit daheim das Eis auftaut, denn sie sind es, die Christus jetzt in die Familie hineinbringen können.

Oft geschieht es, wenn junge Leute diesem Rat folgen, daß ermutigende und herzbewegende Dinge geschehen. Ein Junge erzählte mir eine Geschichte, die wirklich mein Herz packte. Er hatte, sagte er mir, seit mehr als zwei Jahren nicht mehr mit seiner Mutter gesprochen. Doch nachdem in seinem Herzen ein Wunder geschehen war, konnte er seine Mutter einfach nicht mehr hassen. Er rannte heim und wollte ihr sagen, daß er sie liebte. Dann fuhr er fort:

„Mutter saß im Wohnzimmer auf dem Sofa, betrachtete das Fernsehprogramm und strickte. Sie sah alt und müde aus. Ich wollte zu ihr sprechen, doch da war wieder die Wand zwischen uns. Ich begann, im Wohnzimmer hin und her zu gehen. Ich glaubte, Mutter dachte, ich sei ärgerlich, denn sie sah mich immer wieder an ohne den Kopf zu heben. Dann setzte ich mich sehr nervös neben sie auf den Rand des Sofas. Ich wollte nichts anderes als zu ihr sagen: ‚Es tut mir leid.' Aber ich brachte es einfach nicht fertig. Endlich — ich glaube, der Herr half mir — wußte ich, was ich tun mußte. Ich legte die Hand auf ihre Schulter und sagte ganz einfach: ‚Mutter, du bist schon in Ordnung.' Sie hätten sehen sollen, wie meine Mutter aufsprang und mich umarmte. ‚Das ist das Schönste, was ich je gehört habe!' rief sie. Herr Wilkerson, ich muß Ihnen mitteilen, daß alles gar nicht so schlimm ist wie ich immer dachte. Ich habe eine gute Mutter und alles wird richtig werden."

Doch die Ergebnisse waren nicht immer so ermutigend. Wir haben auch erlebt, daß es oft nicht genug ist, wenn wir die Jugendlichen ermutigen, nun voller Liebe und Geduld wieder neu ihren Eltern zu begegnen. Der Wandel kommt manchmal zu plötzlich, als daß die Eltern ihn so akzeptieren würden. Ein anderer Junge erzählte mir einmal, was er erlebte, als er heimkam. Und so wie es in seinem Fall ging, geschah es leider sehr, sehr oft. Auch er wollte seiner Mutter sagen, daß ihm sein Verhalten leid tue, und daß es sein Wunsch sei, daß alles anders werde. Als er heimkam, gelang es ihm auch, dies herauszubringen. Doch seine Mutter schaute nicht einmal von dem Topf auf, den sie gerade säuberte. „Geh, du hast wohl wieder einmal getrunken", war alles, was sie sagte.

Wenn wir jetzt einen Jugendlichen beraten, dann versuchen wir, ihn auf einen Rückschlag von daheim vorzubereiten. Wir sagen ihm, daß es Zeit braucht, bis alte Wunden heilen. Wir raten ihm, das, was er sagen möchte, zunächst einmal auszuleben, ehe er davon spricht. Hilf bei der Hausarbeit, schlagen wir ihm vor. Räume den Müll weg und säubere dein Zimmer. Sei freundlich zu deinen Angehörigen und nett. Deine Taten werden auch dann schon reden, wenn Worte noch nichts vermögen.

Dann kommt der nächste Schritt in dem Heilungsprozeß. Oft — sehr, sehr oft sogar — ist die Veränderung, die in dem Jugendlichen vorgegangen ist, ansteckend. Seine Eltern beginnen ebenfalls, sich zu ändern. Und es ist genau hier, daß sich Schwierigkeiten ergeben können, die, wenn wir nicht darauf vorbereitet sind, alles wieder zerstören. Denn irgendwie haben wir unseren jungen Leuten niemals eine elementare Grundwahrheit beigebracht: Eltern sind auch Menschen. Sie haben ebenfalls ihre Stärken und ihre Schwächen. Auch Kinder müssen es ertragen lernen, wenn ihre Eltern Fehler machen. Sie müssen erkennen, daß auch ihre Eltern nicht perfekt und vollkommen sind. Eltern und Kinder müssen sich im Zusammenleben gegenseitig genug Raum lassen und nicht zu hohe Anforderungen aneinander stellen. Wenn dies geschieht, und wenn Christus in der Familie lebendig sein kann, dann wird das Wunder, das Christus tut, sich herrlich entfalten können und ausreifen.

Wir haben übrigens gefunden, daß dieser im Eltern-Kinder-Verhältnis so wichtige Grundsatz auch sehr hilfreich sein kann, wenn es darum geht, andere gestörte oder gar zerbrochene Verhältnisse wieder zu heilen, wie zum Beispiel zwischen Bruder und Bruder, zwischen einem Jugendlichen und seinen Freunden, oder zwischen Jugendlichen und Lehrern. Wo dieser Grundsatz nicht übersehen wird, kann man oft erleben, daß Jugendliche aus ihrer bewußt gemachten Abkapselung herauskommen, die sie doch nur selbst bedrückt, und sich zu wirklichen dynamischen christlichen Persönlichkeiten entwickeln, was sie ja auch werden sollen.

Das waren also zwei der drei großen Probleme unserer „vergessenen Teenager":

— Wie kann ich von meinen schlechten Gewohnheiten frei werden?
— Wie komme ich zu einem besseren Verhältnis mit anderen Menschen?

Das dritte große Problem der Jugendlichen war: **Was steht der Menschheit bevor?** Ich war erstaunt, wie jung viele noch waren, die diese Frage als ihr Problem Nr. 1 ansahen. Viele von ihnen waren noch nicht 15 Jahre alt. Die Sorge um die Zukunft hing über ihnen wie Wolken und verursachte in ihnen ein allgemein bedrückendes Gefühl. Oft verloren sie einfach den Mut. Ich werde nie einen Besuch vergessen, den ich bei einem Freund in Wheaton, Illinois, machte. Ich lernte bei dieser Gelegenheit seinen 13 Jahre alten Sohn Bobby kennen. Ich würde sagen, Bobby war einer dieser „vergessenen Teenager" — ein anständiger und feiner junger Christ. Ich fragte mich, was er als sein Problem Nr. 1 bezeichnen würde. Als ich mit der Frage herausrückte, erzählte er mir, er habe Angst vor der Zukunft.

„Herr Wilkerson", sagte er, „ich werde einfach davonlaufen."

„Oh?"

„Jawohl! Ich werde nicht mehr zur Schule gehen. Es hat keinen Sinn, noch an einer Welt Anteil zu nehmen, die dabei ist, sich selbst in die Luft zu sprengen. Die Dinge sind nicht mehr zu bändigen, Herr Wilkerson. Es gibt Kräfte, die zu groß sind als daß man sie noch kontrollieren könnte, und man hat sie losgelassen. Die Schulen helfen uns nicht, diese Probleme zu erkennen. Schulen sind große Kästen, in denen man unseren Verstand vernebeln will. Deshalb mache ich nicht mehr mit."

Was konnte ich sagen? Bobby schien die Probleme unserer Welt klar zu sehen. Zuerst erklärte ich, daß ich ihm nur zustimmen könne im Blick auf das, was er über diese Welt sagte, doch sei dies nicht genug. Bobby und Tausende andere wie er lasen und hörten jeden Tag über Umweltkatastrophen, Bakterienkrieg, atomare Zerstörung und Überbevölkerung. Ich hatte wirklich nicht viel zu sagen, was ihm helfen konnte, unter der Drohung von einem Dutzend Damoklesschwertern noch ein dynamisches Leben zu führen.

Doch dann erkannte ich, daß das, was ich Bobby sagte nicht stimmte. Denn so weit es mich betraf, hatte ich ja eine Antwort auf diese Fragen. Ich sah die gegenwärtigen Katastrophen mit anderen Augen. Jeden Tag, wenn ich die Zeitung öffnete und von neuen Krisen im Nahen Osten las, oder von Erdbeben in Peru, oder von gewaltigen Scheidungsziffern, dann wußte ich, daß ich von Dingen las, die schon vor Jahrtausenden vorausgesagt worden waren. Und all diese Dinge waren für mich entscheidend wichtig, denn ich sah sie als Zeichen dafür, daß Jesus bald wiederkommen würde. In kurzer Zeit, so fühlte ich, würde meine kostbarste Hoffnung wahr werden: Ich würde nach Jesu Wiederkunft bei Ihm sein. Es war nicht recht von mir, dies Bobby nicht zu sagen. Denn dadurch, daß ich die täglichen Neuigkeiten im Lichte des Wortes Gottes betrachtete, wurde ich in meinem eigenen Leben immer wieder neu ermutigt. Und das wollte ich verschweigen?

Doch im gleichen Augenblick als ich begann, die Dinge von dieser Seite her zu sehen, wurde mir klar, daß ich in einer sehr schwierigen Position war. Wie konnte ich mit einem dreizehnjährigen Jungen über ein so schwieriges Thema reden wie die Endzeit? Schien es mir doch, es gäbe fast genau so viele verschiedene Meinungen über das Zweite Kommen Jesu wie es Christen gibt. In dem Augenblick, wo ich anfing Kindern wie Bobby die Endzeit zu erklären, würde ich ganz sicher irgend jemand auf die theologischen Zehen treten. Außerdem: wie sollte ich über Jesu Wiederkunft reden ohne die abgenutzten spezialisierten Schlagworte zu gebrauchen wie Vormillennium, Nachmillennium, Erste Erscheinung, Zweite Erscheinung, Trübsalszeit, Harmagedon ... Nein — das würde nichts werden.

Doch dann sah ich wieder Bobbys fragendes Gesicht vor mir. Konnte ich ihn einfach in seinen Ängsten lassen? Es bestand wirklich Gefahr für ihn, wenn ich das tat, denn ohne biblische Erkenntnis konnte Bobby leicht an die gefährlichen Verfälschungen der Wahrheit Gottes geraten: Spiritismus, Wahrsagen, Hellsehen, falsche Propheten oder all die anderen Dinge, durch die versucht wurde, all die beängstigenden Ereignisse unserer Zeit zu erklären oder gar zu meistern. Also entschied ich mich, Bobby einen Brief zu schreiben und mit Worten, die ein Dreizehnjähriger verstehen konnte zu erklären, was es mit dem Zweiten Kommen Jesu auf sich hat und warum es so wichtig ist.

Ich wußte, daß ich nur von einer der vielen theologischen Ansichten schreiben konnte, aber mindestens ist es eine der klassischen, die von vielen geisterfüllten Gemeinden geteilt wird.

Dies also ist mein Brief an Bobby über das Zweite Kommen Christi:

Lieber Bobby!

Als ich Dich vor einigen Wochen kennenlernte, hat mich die Unterhaltung mit Dir wirklich nachdenklich gemacht. Erinnerst Du Dich noch daran? Du sagtest, wenn Du Dich umschaust siehst Du, daß die Menschheit dabei ist, sich selbst umzubringen. Du sagtest auch, daß Du, obwohl Du ein Christ bist, von der Schule weggehen würdest. Es habe keinen Sinn, unter den gegenwärtigen Umständen weiterzumachen, und außerdem sei die Schule nur ein Kasten, in dem man den Verstand vernebelt; in der Schule sei es nicht erlaubt, über das Ende der Welt zu reden.

Bobby, ich schreibe Dir diesen Brief in der Hoffnung, daß Du als Christ Dir Deinen Verstand nicht vernebeln läßt, und daß das, was ich Dir sagen will, Dich ermutigt auszuhalten und zu kämpfen. Denn es gibt so viel für Dich zu tun, und es ist nur noch so wenig Zeit.

Sieh Bobby, das ist die Sache: Du und ich wir sehen, daß diese Welt mit höchster Wahrscheinlichkeit bald am Ende sein wird. Dich macht diese Erkenntnis hoffnungslos, aber mir schenkt sie Hoffnung. Ich sehe nämlich, daß es nötig ist, daß diese Welt zu Ende geht, damit eine neue, weitaus schönere und bessere geboren werden kann. Du weißt wie oft etwas scheinbar erst sterben muß — ein Samenkorn zum Beispiel —, damit eine neue Geburt vor sich gehen kann. Die Bibel sagt uns, daß dies auch im Blick auf die Erde selbst zutrifft.

Du hast mir gesagt, daß Du total entmutigt bist durch das, was Du hier vor sich gehen siehst. Ich hoffe, mein Freund, dies wird aus einem ganz entscheidenden Grund bald nicht mehr länger so sein.

Nicht jeder wird diese neue Erde, die kommt, kennenlernen. Die Bevölkerung der Welt wird bald geteilt in die, welche mit Jesus leben werden und die anderen, die in die Hölle gehen müssen. Erscheint Dir dies hart? Ehe Du Dir eine Meinung bildest, lasse mich Dir erst einige Minuten erklären, wie ich das verstehe, was die Bibel über die Tage sagt, die vor uns liegen. Dann werden wir wieder zu Dir und Deiner persönlichen Aufgabe in diesem großen Drama zurückkommen.

Laß uns noch kurz etwas zur Bibel sagen. Wenn Leute daran gehen, unser Thema zu erforschen, dann flechten sie in ihre Reden gewöhnlich lange und manchmal schwer zu verstehende Bibelabschnitte ein. Dies ist verständlich, denn viele von uns haben ihr ganzes Leben und ihre Hoffnung auf der Bibel aufgebaut, und deshalb ist es nötig, sehr genau mit ihr umzugehen. Die Schwierigkeit daran ist nur, daß für jemand wie Dich, der gerade erst beginnt, über das Ende der Welt nachzudenken, diese Bibelstellen so verwirrend sein können, daß er es einfach wieder aufgibt.

Doch in diesem Brief hier werde ich es anders halten. Ich schreibe Dir hier über das, was man die Endzeit nennt — das Ende der Welt wie Du und ich es bald kommen sehen — in moderner Alltagssprache. Ich werde an einigen wichtigen Punkten einige wenige Bibelabschnitte zitieren müssen, doch meist werde ich nur die Bibelstelle angeben, in der Du nachlesen kannst, was ich Dir sage. Ich schlage vor, daß Du diesen Brief zuerst ein- oder zweimal ganz durchliest, ohne die Bibel zur Hand zu nehmen und nachzuschlagen, was ich hier schreibe. Wenn Du dann mit den großen Linien ein wenig vertrauter geworden bist, nimm die Bibel und lies die von mir angegebenen Stellen nach, um selbst zu sehen, was Gottes Wort über die Tage, in denen wir leben, zu sagen hat.

So, möchtest Du, daß wir jetzt beginnen?

Laß uns mit dem entscheidenden Unterschied beginnen, der zwischen Deiner Ansicht besteht, die Du neulich geäußert hast, und dem, was die Bibel über die Endzeit sagt. Du siehst nur, daß unsere Welt in irgendeiner schrecklichen Katastrophe zugrunde gehen wird. Der Christ, der an die Wiederkunft Jesu glaubt, stimmt dem zu, aber nur zum Teil. Er lebt ebenfalls in dieser Zeit heute und erkennt dieselben Warnungszeichen, doch für ihn gibt es ein wunderbares Ereignis das stattfinden wird, ehe die Welt ins Unheil stürzt. Noch vor dem schrecklichen Verderben wird Jesus Christus wiederkommen.

Wenn Jesus diesmal wiederkommt, dann wird das ganz anders sein als damals in Bethlehem, als Er in der Krippe lag. Diesmal kommt Er in Herrlichkeit und Macht (siehe Lukas 21, Vers 27). Er wird ganz plötzlich kommen, im Bruchteil eines Augenblicks, der nicht länger dauert als ein Augenzwinkern, und ein Ruf zum Sammeln wird ergehen, der wie der Schall einer Trompete sein wird (siehe 1. Korinther 15, 52).

Wenn Jesus wiederkommt, wird als erstes eine große Trennung vor sich gehen. Bitte lies sorgfältig alles was darüber gesagt wird, denn es ist wichtig, um zu verstehen, warum Du jetzt nicht einfach aufgeben kannst.

Genau beschaut wird es zwei Trennungen geben. Die erste Trennung geht unter denen vor sich, die schon gestorben sind. Denn alle Toten müssen wieder auferstehen. Aber die, die das Gute erwählt haben, werden auferstehen, wenn Jesus wiederkommt, um mit Ihm zu leben. Und die, die in Sünde gelebt haben, werden auferweckt um verdammt zu werden. So hart dies auch klingt, es ist die Wahrheit (siehe Johannes 5, 28—29). Die Menschen können sich nicht einfach vor der Verantwortung drücken indem sie Selbstmord begehen, wie Hitler zum Beispiel. Auch er muß einmal vor Christus stehen, der ihn richten wird.

Was aber ist nun mit denen unter uns, die noch leben, wenn Jesus wiederkommt? Auch hier wird es eine Trennung geben, Bobby. Einige Menschen werden herausgenommen und haben von nun an ein ganz besonders herrliches Los, aber die anderen, die zurückbleiben müssen, gehen durch die schlimmste Trübsal, die die Welt je gesehen hat. Die Bibel sagt klar: „Da werden zwei auf dem Felde sein: der eine wird angenommen, der andere zurückgelassen; zwei werden an der Handmühle mahlen: die eine wird angenommen, die andere zurückgelassen" (Matthäus 24, 40—41).

Wie sieht nun dieses ganz besonders herrliche Los aus, und wer sind die Glücklichen, die dafür ausgewählt sind? Nun, es geschieht etwas überaus Erstaunliches: Die Christen — die echten, glaubenden Christen, in deren Herzen Jesus lebt —, diese Christen werden plötzlich in die Wolken hinaufgerückt, um dort den Herrn zu treffen (siehe 1. Thessalonicher 4, 17).

Das klingt ziemlich fantastisch? Es klingt nicht nur so, es ist wirklich fantastisch! Aber überlege einmal, Bobby, was für ein Chaos das hier auf der Erde geben wird. Viele Autos sind plötzlich ohne Fahrer. Eine Anzahl Fluglotsen werden verschwunden sein, und viele Piloten sind plötzlich ohne Copilot, weil dieser bei Jesus ist. Es gibt noch einen anderen Grund, weshalb dies so fantastisch sein wird: Alle, die zu Jesus gehen, erleben von jetzt an ein Glück, von dem sie hier auf der Erde nur eine ganz schwache Ahnung gehabt haben. Eines der Worte, welches man für dieses Erlebnis gebraucht ist „Entrückung". Wir sind bei Jesus und sind völlig in der Liebe. Außerdem erhalten wir einen neuen Körper, der unsterblich ist (siehe 1. Korinther 15, 53).

Doch jetzt wollen wir wieder an das anknüpfen, was ich vorhin sagte: Ist es nicht recht seltsam, daß eine ganze Anzahl Menschen in diesem herrlichen entrückten Zustand bei Jesus sein dürfen, während all die anderen hier auf der Erde durch die furchtbare Trübsal gehen müssen? Und diese Trübsalszeit wird schrecklich, glaube es mir. Doch Gott ist keinesfalls ungerecht gewesen, denn Er hat alle Menschen oft gewarnt. Er hat klar gesagt, daß Er wiederkommen wird. Viele Bücher sind über die Zeichen der Wiederkunft Jesu geschrieben worden, doch wenn Du Dir einige merken willst um Deine Freunde zu warnen (übrigens, siehst Du jetzt, warum keiner von uns Christen in dieser Zeit aufgeben kann?), dann will ich Dir hier die wichtigsten aufschreiben. Jesus nennt viele dieser Zeichen „den Anfang der Trübsale" (siehe Markus 13, 9). Wir sind also alle gewarnt worden, ehe Jesus wiederkommt:

— Die Juden werden aus ihrer Zerstreuung nach Palästina zurückkehren (siehe Hesekiel 36, 24).

— Es werden Krisenzeiten sein, überall Gewalttätigkeiten und die Ordnung wird zusammenbrechen (siehe 2. Timotheus 3, Vers 1—4).

— Es wird eine weltweite geistliche Erweckung unter der Jugend geben (siehe Joel 3, 1).

— Überall wird man von Frieden und Sicherheit reden und so die Menschen in falscher Sicherheit wiegen (siehe 1. Thessalonicher 5, 3).

— Es wird ein „Wir-machen-weiter-wie-immer-Geist" herrschen, ähnlich dem, der zur Zeit Noahs in den Menschen war (siehe Matthäus 24, 37—39).

— Es wird Erdbeben, Hungersnöte und Seuchen geben (siehe Matthäus 24, 7).

— Im Nahen Osten werden die Krisen nicht aufhören (siehe Hesekiel 38, 8—9).

— Die Menschen im allgemeinen werden das Zweite Kommen Jesu nicht erwarten, sondern werden ungläubig im Blick darauf sein (siehe 2. Petrus 3, 4).

— Aber unter den Gläubigen wird, angeregt durch den Heiligen Geist, die Hoffnung wachsen, daß Jesus sehr bald wiederkommt (siehe Lukas 21, 28).

— Durch Homosexualität angeregte Massenmorde werden sich häufen, ähnlich wie bei den gesetzlosen Sodomitern (siehe 1. Mose 19, 4 und Lukas 17, 28—30).

Auch in vergangenen Zeiten haben schon viele angenommen, daß das Ende nahe sei. Wieso können wir überzeugt sein, daß wir heute richtig sind, wo jene irrten? In der Vergangenheit trafen manchmal einige dieser Zeichen zusammen, aber niemals alle. Als Jesus von der Zeit und den Zeichen Seines Kommens sprach, sagte Er: „Wahrlich ich sage euch: Dieses Geschlecht wird nicht vergehen, bis dies alles geschieht" (siehe Matthäus 24, 34). Ich sehe es so, Bobby: „Dieses Geschlecht" meint die Generation, in der alle erwähnten Zeichen zusammentreffen und in die gleiche Richtung deuten. Schau Dir nochmals die Aufzählung an. Wie nahe sind wir dann heute dieser Zeit? Ist es nicht wirklich sehr, sehr wahrscheinlich, daß das Ende ganz nahe ist und nur noch wenig Zeit, bis die große Trennung stattfindet, wo dann einige bei Jesus sein werden und alle anderen in die große Trübsalszeit müssen?

Wir wollen noch ein wenig über die Trübsalszeit reden. Dies ist eine Periode, in der die schlimmsten Befürchtungen und Alpträume der Menschheit alle wahr werden. Bis zum Anfang der Trübsalszeit war der Heilige Geist auf Erden noch wirksam und hielt das größte Übel zurück (siehe 2. Thessalonicher 2,7). Wenn Er aber einmal dieses das Böse aufhaltende Werk nicht mehr tut (obwohl Er auf andere Weise immer noch am Wirken ist und das jüdische Volk zu Jesus führt, wie wir gleich noch sehen werden), und wenn auch die Christen, die der Gesellschaft noch einen gewissen Halt gaben, nicht mehr hier sind, dann wird es schlimmer werden als man beschreiben kann.

Das Böse wird regieren. Die sündigen Lüste der Menschen werden in ungeahnter Weise überhand nehmen. Sie werden ihren Leidenschaften und Bosheiten leben. „Denn da werden die Menschen selbstsüchtig und geldgierig sein, prahlerisch und hochmütig, schmähsüchtig, den Eltern ungehorsam, undankbar, gottlos, ohne Liebe und Treue, verleumderisch, unmäßig, zügellos, allem Guten feind, verräterisch, leichtfertig und dünkelhaft, mehr dem Genuß als der Liebe zu Gott ergeben; sie werden wohl noch den äußeren Schein der Gottseligkeit wahren, aber deren innere Kraft nicht erkennen lassen (2. Timotheus 3, 2—5).

Es wird auch eine furchtbare Zeit des Schreckens sein, mit fortwährenden Hungersnöten, Epidemien und Erdbeben, die mit zu den Anfangszeichen Seines Kommens zählen (siehe Matthäus 24, 7). Und darüber hinaus wird es zu der letzten großen Krise kommen, die bei Harmagedon den Gipfel erreicht.

Denn ein Staatenblock aus zehn Nationen (siehe Daniel 7, 23 bis 25), der kurz vor Jesu Wiederkunft erstehen wird, bekommt einen Superdiktator als Führer, der sich einen Ruf als großer Friedensmacher erwirbt (siehe Daniel 11, 21—25). Er wird Israel bedrängen und vielleicht sogar sein Hauptquartier in Jerusalem errichten (siehe Daniel 11, 45). Dort wird er die Juden fürchterlich unterdrücken und verfolgen und sich selbst als Gott einsetzen (siehe **Daniel 9, 27**).

Während dieser Zeit ist in Asien eine gigantische Armee aufgestellt worden. Es ist die größte, die es je gegeben hat, 200 Millionen Mann stark (siehe Offenbarung 9, 16). Diese Armee marschiert durch Pakistan zum Nahen Osten. Der Euphrat wird austrocknen, so daß sie, ohne durch diesen Fluß aufgehalten zu werden, weitermarschieren kann (siehe **Offenbarung 16, Vers 12**). Diese riesigen Heere werden in Israel einfallen und die letzte Schlacht, Harmagedon, wird an einem Ort beginnen, den man das Tal Josaphat nennt (siehe Joel 4, 2). Diesen Ort gibt es wirklich, Bobby, ich bin dort gewesen.

Wenn Israel zur Schlacht von Harmagedon marschiert, wird Gott eingreifen und Feuer vom Himmel fallen lassen (siehe Hesekiel 38, 22). Vielleicht wird hier ein beschränkter Atomkrieg stattfinden. Jedenfalls wird es nur ein kurzer Krieg sein, etwa so wie der Sechs-Tage-Krieg zwischen Israel und den Arabern. Das Gemetzel wird so groß sein, daß Israel allein viele Monate braucht, um die Toten zu begraben (siehe Hesekiel 39, Vers 12). Doch trotz dieses furchtbaren Krieges wird Israel als Nation bestehen bleiben. Ein Überrest von 144 000 Israeliten wird sogar in der Trübsalszeit am Leben sein. Diese wird der Heilige Geist zu einer Begegnung mit Jesus führen und dann wird die ganze israelische Nation Ihn als ihren Messias anerkennen (siehe Offenbarung 7, 4—17).

Das Ende der Geschichte der alten Menschheit wird dann bald gekommen sein, Bobby. Der Bruch zwischen Gott und den Menschen, der mit Adam begann, verheilt. Zu diesem Zeitpunkt wird Jesus auch sichtbar auf der Erde erscheinen. Um dieses Erscheinen von Seinem Kommen bei der „Entrückung" zu unterscheiden, nennt man diesen Zeitpunkt gewöhnlich den „Tag des Herrn".

Jesus wird dann mit denen, die Er zu sich genommen hat, auf der Erde regieren; und so fürchterlich auch die Zeit der Trübsal war, so herrlich und großartig und friedevoll wird jetzt die Zeit der Herrschaft Christi sein. Die Trübsalszeit dauert sieben Jahre, aber die Regierungszeit Christi auf der Erde wird dann tausend Jahre betragen. Satan wird in dieser Zeit total verbannt sein (siehe Offenbarung 20, 2 und 3). Es wird eine Zeit der vollkommenen Erkenntnis sein (siehe Jesaja 11, 9). Die Menschen werden so alt werden, daß ihnen hundert Jahre als kurze Lebensdauer erscheint (siehe Jesaja 65, 20). Der Wolf wird neben dem Lamm liegen (siehe Jesaja 11, 6). Krankheiten und Tod und Tränen werden verbannt. „Und Gott wird alle Tränen aus ihren Augen abwischen, und der Tod wird nicht mehr sein, und keine Trauer, kein Klagegeschrei und kein Schmerz wird mehr sein; denn das Erste ist vergangen" (siehe Offenbarung 21, 4).

Und dann wird nach diesen tausend Jahren des Friedensregiments Jesu die ewige Herrschaft Gottes anbrechen (siehe Offenbarung 21, 3).

Nun, Bobby, habe ich Dir einen ganz groben Überblick darüber gegeben, wie ich die Dinge der Endzeit verstehe; und glaube mir, ich habe nur die allerwichtigsten Ereignisse erwähnt. Einige der Punkte, die ich erwähnt habe, kann man natürlich auch ein wenig anders sehen und auslegen. Da wir ja unsere Erkenntnis darüber aus einigen hundert in der Bibel verstreuten Stellen nehmen, die teilweise auch nicht leicht zu verstehen sind, ist dies verständlich. Doch im großen und ganzen kann ich sagen, daß der Überblick, den ich Dir gegeben habe, sich ziemlich deckt mit einer der großen traditionellen Auslegungen.

Ich hoffe, daß Du mittlerweile begriffen hast, warum ein junger Christ wie Du nicht vor der Auseinandersetzung davonlaufen sollte. Denn es hängt von Dir und anderen wie Dir ab, daß noch so viele Menschen wie möglich von Jesus hören und dann, wenn die große Trennung kommt, auf der Seite derer stehen können, die Freude und Glück empfangen. Es gibt so viel was Du tun kannst, Bobby, um Deiner eigenen Generation und auch der meinen zu helfen.

Was Du tun kannst? Hilf mir und anderen, den Menschen klar zu machen, daß sie bereit sein müssen. Die Bibel sagt uns drei Dinge, die wir tun sollten, wenn wir bereit sein wollen für Jesu Wiederkunft:

Erstens sollten wir **wachsam** sein. „Seid also wachsam, denn ihr wißt nicht, an welchem Tage euer Herr kommt" (Matthäus 24, 42).

Weiter sollten wir **Ausschau** halten nach Seinem Kommen. „Indem wir dabei auf unser seliges Hoffnungsgut und auf das Erscheinen der Herrlichkeit des großen Gottes und unsers Retters Christus Jesus warten" (Titus 2, 13).

Und dann sollten wir Sein Kommen **erwarten**. Denn Jesus wird für alle die kommen, die wirklich auf Seine Ankunft warten. „Jesus wird zum zweitenmal denen, die auf ihn warten, zum Heil erscheinen" (Hebräer 9, 28).

Das sind die Schlüsselworte: **Wache, halte Ausschau, erwarte.** Wenn wir uns daran halten, werden wir sicherlich bereit sein, Bobby. Und dann können wir auch schon in der Freude leben. Denn jede neue Krise, die kommt, ist für uns doch nur ein weiterer Schritt in diese neue Zeit, wenn wir zu denen zählen, die ihr Leben einmal Jesus übergeben haben. O Bobby, es ist so ungeheuer wichtig, noch so vielen Menschen wie irgend möglich diese gute Nachricht zu erzählen.

Dies also war mein Brief an Bobby. Später dann habe ich diese Gedanken noch Tausenden anderen Jugendlichen mitgeteilt. Überall habe ich junge Leute gefunden, die freudig bereit waren, auf diese einfache Darlegung der Wahrheit einzugehen. Dadurch verschwand ihre Hoffnungslosigkeit und Frustration und sie wurden ebenso, wie viele Erwachsene, von einem göttlichen Eifer ergriffen: Wir wollen hingehen und allen von der Wahrheit der Wiederkunft Jesu sagen und sie warnen.

Wann genau wird nun die Wiederkunft Jesu sein? Jesus sagt, daß nicht einmal Er die Stunde wußte (siehe Markus 13, 32). Es ist nicht unsere Aufgabe, den genauen Zeitpunkt herauszufinden. Doch wir sollten immer bereit sein und auf die Zeichen Seiner Wiederkunft achten. Sie sind heute überall zu sehen. Und wenn sie alle in dieselbe Richtung weisen, dann ...

Kürzlich war ich an der Westküste und stand neben einer Gruppe langhaariger, barfüßiger und netter Jesus People, die von einem feindseligen Reporter interviewt wurden. Er fragte sie über ihre Lebensweise aus. Er sah in ihnen nichts anderes als frühere Hippies, die, obwohl sie jetzt in einem sogenannten „Jesus-Haus" lebten, für ihn immer noch Hippies waren.

„Ich möchte gern eines wissen", sagte der Reporter. „Was wird in fünfzehn Jahren, von jetzt an gerechnet, sein, wenn ihr etwas älter geworden seid und dann die Verantwortung für alle Angelegenheiten übernehmen müßt."

Die Jugendlichen lächelten. „Wissen Sie", sagte einer von ihnen, „das ist keine echte Frage für uns. Wir glauben nämlich nicht, daß wir in fünfzehn Jahren noch hier sein werden."

„Was meint ihr damit?"

„Wir leben in der Endzeit."

„Ist dies gut oder schlecht?"

„Das kommt darauf an, ob Ihr Leben Jesus gehört oder nicht", war die Antwort. „Es ist gleichzeitig eine traurige und auch freudige Geschichte. Für jeden, der ein Eigentum Jesu ist und Seine Wiederkunft erwartet, ist es eine sehr, sehr freudige Sache; für die Menschen aber, die Jesus nicht kennen, eine wirklich sehr traurige."

Das war die Botschaft, die ich von jetzt an den jungen Leuten brachte, die sich Sorgen über ihre Zukunft machten. Alles was heute geschieht, ist ein Teil dieser traurigen aber zugleich freudigen Geschichte. Wenn wir zu Jesus gehören und auf Seine Wiederkunft warten, dann ist es für uns ganz bestimmt eine frohe Sache. Das Wichtigste, was wir aus diesem Grunde in unserer Zeit heute tun können ist, zu predigen, zu zeugen und zu arbeiten, damit noch so viele Menschen wie möglich auf die richtige Seite der Trennungslinie gebracht werden.

Auf diese Weise hatten wir also von den drei Hauptproblemen der Jugendlichen in unserer Zeit erfahren. Erstens, daß sie sich Sorgen machten über die Sauberkeit ihres Lebens. Zweitens, daß es ihnen darum ging, zu einem besseren Verhältnis mit anderen Menschen zu kommen. Und endlich — mir scheint, daß dies letzte das wichtigste der drei Probleme ist —, daß sie besorgt waren über die Zukunft der Welt.

Als wir — meine Mitarbeiter und ich — begannen, uns mit diesen Problemen auseinanderzusetzen und versuchten, den „vergessenen Teenagern" die Antworten zu bringen, erlebten wir, daß wirklich die Dinge geschahen, die wir uns erhofft hatten. Wir haben miterlebt, wie diese Jugendlichen aufstanden und sagten: „Ich nehme keine Drogen weil ich sie nicht brauche, ich glaube nicht, daß auch nur irgend etwas dabei vernünftig und gut ist. Ich habe keine sexuellen Ausschweifungen nötig und mir tut jeder leid, der Sex braucht, um beliebt und angeblich ‚up to date' zu sein."

Doch das Erstaunlichste ist, daß diese Jugendlichen, nachdem sie ihre Freiheit im Heiligen Geist erst richtig erlebten, nicht nur **gegen** etwas Stellung bezogen; ich habe erstaunt und erfreut beobachtet, wie sie nun auch **für** etwas einstehen — nämlich **für Jesus**. Und es ist erstaunlich, wie nicht nur bei uns in den USA sondern in der ganzen Welt Jugendliche sich Gott zur Verfügung stellen und sich als solche Zeugen gebrauchen lassen.

So hat uns der Herr zu unserer ersten Aufgabe nun eine weitere hinzugegeben, und was wir in dieser erleben, ermutigt uns immer wieder. Man könnte nun meinen, daß der Herr, nachdem Er uns einen so wichtigen Auftrag gegeben hatte, auch dafür sorgen würde, daß der Wilkersonfamilie persönliche Probleme erspart blieben, die die Arbeit verzögern oder gar gefährden könnten. Doch dies war keineswegs der Fall.

9

**Vielleicht
kennen auch Sie dieses Problem?
Da ist ...**

Die Furcht,
die ich nicht besiegen konnte

Während der ganzen Zeit bemühte ich mich sehr zu verhindern, daß wir eine große Institution würden. Mein Bruder Don übernahm immer mehr die organisatorische Arbeit von Teen Challenge in New York, während Gwen und ich uns auf die „vergessenen Teenager" konzentrierten. Ich befand mich jetzt in einem „Ermutigungs-Dienst". Ich ermutigte überall im Lande die jungen Leute, zu entdecken, was sie mit Jesus tun konnten. Doch diese Aufgabe selbst brachte ein Problem mit sich, das eine Zeitlang in der Lage zu sein schien, diese Arbeit fast zum Erliegen zu bringen.

Für meine neue Aufgabe waren viele Flugreisen nötig. Ich brachte es tatsächlich auf rund 150 000 Kilometer pro Jahr, die ich zu reisen hatte, und zwar nicht nur in den USA und Kanada, sondern auch nach Europa, Afrika und Südamerika.

Sicherlich hätte ich Freude an diesen Reisen gehabt, wenn mir nicht das Fliegen verhaßt wäre. Halt — das ist nicht ganz der richtige Ausdruck. Ich habe **Angst** vor dem Fliegen. Ich kann mich nicht daran gewöhnen. Fortwährend schaue ich aus dem Fenster um zu sehen, ob nicht die Tragflächen abfallen. Wenn

Funken und Rauch aus den Düsen kommen, kann mich niemand davon überzeugen, daß dies nur normal ist. Der Anblick des Pilotenraums mit seinen vielen Armaturen versetzt mich schon in Schrecken, denn ich bin sicher, daß kein Mensch in der Lage ist, all diese vielen Instrumente zu kontrollieren. Doch was ich am meisten fürchte ist: Luftturbulenz. Wenn ein Flugzeug erst anfängt auf und ab zu hüpfen, verkralle ich meine Hände so fest in den Sessel, daß meine Knöchel weiß werden, mein Magen zieht sich zusammen und ich weiß sicher, es gibt jetzt nichts, was meine Furcht vertreiben kann.

Ich glaube, ich habe alles nur mögliche versucht, auf geistlichem und natürlichem Gebiet. Ich habe gebetet, gefastet, mich von dieser Angst losgesagt und habe für mich beten lassen um davon frei zu werden. Im Flugzeug selbst wende ich mich an meinen Nachbarn — der Arme —, sobald die Maschine beginnt, sich der Turbulenz wegen einmal zu schütteln, und fange an zu predigen. Vielleicht, so hoffe ich dabei, wird eine gute Predigt nach alter bewährter Weise meine Gedanken von der hüpfenden Maschine ablenken.

Als all diese Versuche, meine Angst zu unterdrücken, nichts halfen, versuchte ich es mit der Stiefelknecht-Methode: ich wollte die Furcht durch eigene Anstrengungen überwinden. Zugegeben, das war keine sehr vernünftige Idee, aber ich war verzweifelt. Einmal, zum Beispiel, machte mir ein Freund den Vorschlag, Flugunterricht zu nehmen, so daß ich selbst verstehen lernen würde, wie eine Maschine fliegt und auf diese Weise meine Angst sich verliert. Dies schien mir recht vernünftig. Der Statistik nach war doch Fliegen viel sicherer als alle anderen Verkehrsarten. Ich konnte auf diese Weise selbst herausfinden warum.

Als nun unser Team die nächste Reise zu machen hatte und ich ein wenig Zeit fand, ging ich zum lokalen Flugplatz um Unterricht zu nehmen. Als wir das erste Mal in der Luft waren, forderte mich der Fluglehrer auf, meinen Kopf zwischen die Knie zu stecken und meine Empfindungen zu beschreiben. „Was fühlen Sie?" fragte er.

„Todesangst!" Der Lehrer antwortete nicht. „Wenn Sie wissen wollen, was ich jetzt tue: ich bete."

Der Lehrer schwieg noch immer. Nach einer Weile sagte er: „Ich wollte Ihnen nur zeigen wie es ist, wenn man in eine Wolkenbank gerät. Es ist ein Gefühl als würde man fallen. — Würden Sie mir bitte sagen, warum Sie fliegen lernen wollen?"

„Weil ich beim Fliegen immer so schreckliche Angst bekomme. Ich hoffte, sie dadurch zu verlieren." Wir kehrten geradewegs zum Flugplatz zurück und dieser Fluglehrer weigerte sich, wieder mit mir zu fliegen.

Bei der fünften Unterrichtsstunde mit einem anderen Lehrer forderte dieser mich auf: „Ziehen Sie den Knüppel zurück und lassen Sie die Maschine geradewegs hochsteigen, bis sie überzieht."

Mir gefiel der Gedanke, denn jetzt würde ich endlich begreifen, was ein Flugzeug alles konnte. Also zog ich den Steuerknüppel so weit zurück wie es ging und die kleine Maschine hob die Nase und stieg und stieg und stieg, bis sie plötzlich zu zittern begann und auf ihrem eigenen Schwanz zurückrutschte. Ich verlor die Nerven.

Auch dieser Lehrer weigerte sich, wieder mit mir zu fliegen. Aber mit dem Mute der Verzweiflung (und indem ich jeweils zu anderen Fluglehrern ging, die einander nicht kannten) gelang es mir schließlich, den Unterricht erfolgreich zu beenden. Ich mußte jetzt nur noch eine medizinische Untersuchung über mich ergehen lassen um dann den Flugschein zu erhalten. Ich erinnere mich noch, daß wir uns gerade in Phoenix, Arizona, befanden. Ich ging zu dem Arzt, den mir der Fluglehrer empfohlen hatte, füllte einen Antrag aus und gab diesen der Sprechstundenhilfe. Als ich an der Reihe war, rief sie mich herein. Der Arzt saß in einem Rollstuhl.

„Ich sehe, Sie sind ein Geistlicher", sagte er, während er meinen Antrag studierte. „Erzählen Sie mir, warum Sie den Flugschein haben möchten. Haben Sie die Absicht, als Missionar nach Afrika zu gehen oder etwas ähnliches?"

Als ich ihm die Wahrheit erzählt hatte, schaute er mich fest an und sagte: „Ich werde Ihnen kein Tauglichkeitszeugnis ausstellen. Schauen Sie mich an. Ich habe Medizin studiert, weil ich selbst einmal als Missionar nach Afrika gehen wollte, und ich dachte deshalb, es sei besser, auch fliegen zu lernen. Eines Tages ist dann mein Flugzeug in einen Baum gestürzt. Ich bin nicht bereit, Ihnen die Tauglichkeit nur zu dem Zweck zu bescheinigen, damit Sie dann mit Ihrem Leben spielen, nur um Ihre Furcht los zu werden. Außerdem sind auch Ihre Augen nicht gut genug."

Ich bekam also nie einen Flugschein, und mit den Jahren wurde meine Angst vor dem Fliegen nur noch schlimmer. Unsere Pläne brachten es mit sich, daß wir fast an jedem Wochenende irgendwo eine Evangelisation durchführten. Wenn wir vielleicht zum Freitag per Flugzeug New York verlassen sollten, war ich ab Donnerstag fast nicht mehr zu gebrauchen. Ich blieb bis spät in die Nacht wach, betete und hörte immer wieder den Wetterbericht an. Am nächsten Tag mußte ich dann mit müden Augen und furchtgepackt ein Flugzeug besteigen, um in eine weit entfernte Stadt zu kommen. Und am nächsten Wochenende stand mir dieselbe Tortur wieder bevor.

Es änderte sich auch nichts, als wir tatsächlich einmal in eine echte Krisensituation gerieten. Gwen und ich waren an Bord einer Maschine gegangen, um nach Tulsa zu fliegen. Es war wenige Minuten, nachdem wir in Los Angeles gestartet waren, wir hatten etwa 6000 Meter Höhe erreicht, als ich plötzlich einen pfeifenden Ton hörte. Die Maschine begann zu wackeln und mir war, als würden wir rapide an Höhe verlieren. Ich packte Gwens Arm. „Das Flugzeug stürzt!"

„Ach wo", sagte Gwen ruhig, „es ist nur wieder deine alte Angst."

Doch Gwen hatte Unrecht. Der Kapitän meldete sich am Lautsprecher und forderte uns auf, nicht nervös zu werden. Wir hätten ein kleines Problem: Der Heckmotor habe Feuer gefangen. „Aber haben Sie keine Angst", sagte er, „wir haben sehr gute Aussichten, den nächsten Flughafen mit einer Notlandung zu erreichen."

Als wir wieder über Los Angeles waren, stand alles auf dem Flughafen für unsere Notlandung bereit. Die Feuerlöschwagen waren aufgefahren und Krankenwagen ebenfalls. Doch es ging alles gut. Als wir das Flugzeug verlassen hatten, drehte ich mich um und sah, daß das ganze Heck der Maschine vom Feuer schwarz geworden war.

Als wir in den Warteraum zurückkamen, fiel ich einfach in einen Sessel: „Ich weiß nicht, wie ich je noch fliegen soll, Gwen?"

„Vielleicht sollst Du nicht mehr, Liebling?"

Aber wie sollte das gehen? Ich hatte doch diesen Auftrag vom Herrn . . .

Zwei Wochen später war es wieder so weit. Diesmal flogen wir nach Tampa. In etwa 8000 Meter Höhe begann der Pilot von „ein wenig ärgerlichem Wetter vor uns" zu reden. Mit dem „ein wenig ärgerlichen Wetter" meinte er einen ausgewachsenen Hurrikan. Der Pilot fuhr fort, uns mit Einzelheiten zu füttern. Der Hurrikan sei über dem Gebiet von Tampa, doch es sähe so aus, als sei die Einflugschneise nicht gefährdet und wir würden zweifellos sicher landen können. Er entschied also, die Landung zu versuchen.

Die Maschine ging immer tiefer und wurde dann doch gepackt. Sie fing an zu schütteln und zu knacken. Die Stewardessen blieben fest angeschnallt sitzen. Wir krachten buchstäblich auf das Flugfeld. Die Bremsen kreischten und es roch nach verbranntem Gummi, nachdem wir die Rollbahn berührt hatten. Die Landeklappen waren so weit wie möglich ausgefahren und die Düsen dröhnten im Gegenschub, bis wir endlich auf Taxigeschwindigkeit heruntergebremst hatten. Dann ließ sich der Pilot wieder mit einem seiner Kommentare hören: „Es tut mir leid, meine Herrschaften, aber es geht ein wenig wild zu hier unten."

Fliegen war schon schlimm genug. Doch dann entdeckte ich, daß ich es nicht mehr nur mit einer, sondern mit zwei Ängsten zu tun hatte, die irgendwie miteinander verbunden waren. Ich war sicher, daß meine Angst vor dem Fliegen ein Magengeschwür verursacht hatte. Mein Magen schmerzte fortwährend. Ich mußte immer wieder an die letzte Krankheit meines Vaters denken. Ich erinnerte mich an sein Schreien und an die heulende Ambulanz, die ihn ins Krankenhaus brachte, wo er schon fast verblutet war, ehe Blutübertragungen das Unheil noch einmal stoppten. Und obwohl es dann immer wieder Zeiten gab, während denen es meinem Vater besser ging, starb er doch endlich an seinen Geschwüren.

Ich nahm mir fest vor, meine Familie niemals in eine Zeit der fortwährenden Furcht vor diesen Schmerzanfällen hineinzubringen. Also trank ich Milch und schluckte irgend etwas, das mir der Arzt gab. Ich hielt auch streng Diät ein, doch als ich eines Tages in unserem Haus die Stufen herunterkam, wurde ich ohnmächtig. Ich wurde ins Krankenhaus gebracht wie damals Vater, und kam auf die Intensivstation. Die Röntgenaufnahmen zeigten ein Zwölffingerdarmgeschwür, genau an der gleichen Stelle, wo mein Vater es gehabt hatte.

Der Arzt war überzeugt, wir würden bei richtiger Behandlung und genauer Einhaltung der Diätvorschriften ohne Operation auskommen. Ich war froh darüber. Doch ich wußte jetzt, irgendwie mußte ich mit meiner Angst vor dem Fliegen fertig werden, und zwar nicht nur um meiner selbst willen, sondern auch, weil andere dadurch belastet wurden. Da stand ich nun. Ich war in der Lage, von vielen Wundern zu berichten, die der Herr getan hatte, konnte auf die vielen Heroinsüchtigen verweisen, die frei geworden waren, und selbst bekam ich keinen Sieg über meine eigene Furcht. Im Gegenteil, es wurde alles immer schlimmer. Meine Mitarbeiter mußten unter meiner Laune leiden. Vor allem konnte ich es nicht ertragen, wenn sie über Flugangst redeten. Einmal hörte ich einen meiner alten Freunde meines Teams sagen: „Wir wollen nicht vergessen, bei diesem Flug besonders für den Chef zu beten."

Ich wurde ärgerlich. „Mach Dir nur keine Sorgen um mich", sagte ich gereizt, „sondern kümmere Dich um Deine eigenen Probleme."

Und mit der Zeit begann ich auch gegen Gott zu murren, weil Er mich nicht frei machte. „Ist es denn zu viel, wenn ich Dich darum bitte?" fragte ich Ihn im Gebet, in einer auflehnenden Haltung, die, so hoffe ich, durch meine körperlichen Beschwerden etwas entschuldbarer wird.

Eines Tages, während eines Fluges nach Chicago, als ich durch meine üblichen Schmerzen und Ängste ging, entdeckte ich, daß ein alter Freund von mir mit in der Maschine saß: Pastor Dr. C. M. Ward. „Stört es Sie, wenn ich mich zu Ihnen setze?" fragte ich. Ich hatte irgendwie das Gefühl, als könnte ich mir ein wenig Mut und Vertrauen von diesem bewährten Nachfolger Christi borgen.

„O nein, ich freue mich", sagte Dr. Ward. Wir unterhielten uns eine Zeitlang, und dann begann er in aller Ruhe zu lesen. Der Flug war ziemlich unruhig, doch das störte ihn überhaupt nicht. Nach einiger Zeit fand ich den Mut, mit ihm über die Ängste zu reden, mit denen ich zu kämpfen hatte.

„Wir werden hier in so einer verrückten Weise durch die Luft geschaukelt, aber ich scheine der einzige zu sein, dem dies Schwierigkeiten macht, alle anderen Passagiere lassen sich ihre Getränke schmecken oder schlafen. Doch ich stehe so unter Druck, daß mein Magen schon wieder zu schmerzen beginnt."

Dr. Ward schaute mich fest an. „Sie sehen aber gar nicht so aus, als hätten Sie Schwierigkeiten", meinte er.

Doch ich fuhr fort, so lange ich den Mut dazu hatte. „Was ist Ihr Geheimnis, daß Sie so ruhig sind. Ich habe gefastet und gebetet, aber — an diesem einen Punkt versagt mein Glaube einfach. Es ist doch wohl wahrhaftig kein großes Zeugnis, dies zugeben zu müssen?"

C. M. Ward war zu sehr Gentleman, um diese Frage zu beantworten. Aber er fragte mich, ob ich Angst vor dem Sterben hätte. Ich dachte eine Weile darüber nach. „Nein", sagte ich dann, „vor dem Tod habe ich keine Angst. Ich kann mich an manche Vorfälle in den Straßen New Yorks erinnern, wo Jugendliche drohten mich zu töten, und ich hatte keine Furcht davor. Ich habe irgendwie Angst vor dem Fallen. Es scheint irgendein Urinstinkt in mir zu sein, den ich nicht erklären kann."

„Da haben wir es", sagte Dr. Ward. „Sie haben eine strukturelle Schwäche."

„Eine was?"

Dr. Ward legte sein Buch beiseite und drehte sich zu mir. „Ist Ihnen jemals aufgefallen, daß ich auf einem Podium nie zwischen zwei anderen Menschen sitze? Ich will Ihnen den Grund sagen: Ich leide an einer schlimmen Art Klaustrophobie. Schon wenn rechts und links von mir Menschen ziemlich nahe sitzen, ergreift mich eine Art Panik. Ich habe dafür gebetet und gefastet, genau wie Sie, aber es hat sich nichts geändert. Vielleicht ist unser Problem ähnlich gelagert wie bei Paulus sein ‚Dorn im Fleisch' (siehe 2. Korinther 12, 7). Es gibt gewisse Schwächen, von denen wir nicht befreit werden, sondern die zu unserem Wesen gehören, und die nenne ich ‚strukturelle Schwächen'."

Das war ein neuer Gedanke für mich, daß wir vielleicht gewisse „strukturelle Schwächen" haben konnten, die zu unserem Wesen gehörten und mit denen wir zu leben hatten. Gewiß, der Gedanke war hilfreich, doch er befreite mich nicht von den Schmerzen in meinem Magen. Ich wußte noch nicht, daß Gott durch Dr. Wards Hinweis in meinen Geist ein Samenkorn gelegt hatte, welches zu einer Lösung heranreifen sollte, die mich dann selbst überraschte.

Doch diese Lösung kam nicht sofort. Es brauchte noch eine weitere Krise, um mich von meinem herkömmlichen Denken zu lösen, so daß ich zu hören begann, was Gott mir sagen wollte.

Eines Tages waren wir auf Vancouver Island in British Columbia. Es gab zwei Möglichkeiten zurückzukommen, einmal mit dem Fährschiff oder mit dem Flugzeug. „Ich denke, wir nehmen auf dem Heimweg das Schiff", sagte ich.

„Oh, oh", meinte Dallas Holm, unser Solosänger, „das ist eine schlechte Neuigkeit, ich werde so schnell seekrank."

„Außerdem", meinte unser Organisator, Dave Patterson, „müssen wir mit dem Schiff zwei Stunden rechnen, während uns der Flug nur eine halbe Stunde kostet."

Also flogen wir. Die Maschine, in die wir stiegen, war nicht sehr groß, ein kleiner „Pfützenhüpfer". Doch gleich nachdem wir in der Luft waren wußte ich, daß wir einen Fehler gemacht hatten — denn wir flogen in einen fürchterlichen Sturm hinein. Der Pilot versuchte, die richtige Höhe zu finden, um den Sturm zu überfliegen. Es ging hinauf und dann wieder hinunter, noch tiefer hinunter und wieder hinauf. Es war, als würde man ein Wildpferd reiten. Ich fühlte, wie das Flugzeug mit den Wolken zusammenstieß. Blitze zuckten um uns und mir war, als würde mein Magen entzwei gerissen.

Doch um die Sache noch schlimmer zu machen: da saß ein Mann mir schräg gegenüber, der aß eine Banane nach der anderen. Merkte er denn nicht, in welcher Gefahr wir uns befanden? Und ein Holzfäller vor uns stopfte ein belegtes Brot nach dem anderen in seinen Mund. War ihm nicht klar, daß es besser gewesen wäre, jetzt zu beten?

Und dann waren plötzlich auch diese so ruhigen Passagiere in Schwierigkeiten. Denn ohne Warnung fiel unser kleines Flugzeug wie ein Fahrstuhl etwa 300 Meter. Die Stewardeß lief gerade mit einem Tablett voller Coca-Cola-Flaschen durch den Gang. Die Gläser und Flaschen segelten gemeinsam mit den Bananen und Broten durch die Kabine. Frauen schrien, Kinder kreischten. Die Stewardeß erhob sich wieder und begann sich zu entschuldigen. Doch dann erreichten wir wie durch ein Wunder, was mit allen in der Bibel beschriebenen vergleichbar ist, noch Seattle. Gleich darauf mußten wir eine andere Maschine besteigen und hatten einen weiteren rauhen Flug. Als wir dann endlich daheim ankamen, schien sich mein Magen vor Schmerz umdrehen zu wollen.

„Brüder", sagte ich zu Dave und Dallas, „das war genug. Es sei denn, es gibt einmal **absolut keine andere Möglichkeit,** sonst wird man mich nie wieder in die Luft bekommen."

Ich brauchte nicht weiter zu diskutieren. „In Ordnung, Chef", sagte Dave Patterson, „wir werden dich nicht wieder zum Fliegen überreden, diesmal war es schlimm genug."

Es war so schlimm, daß sich mein Geschwür wieder meldete. Ich ging zum Arzt, und als der mich untersucht hatte, begann er von einer Operation zu reden. Es ging alles sehr schnell. Ehe ich richtig wußte, was geschah, wurde ich schon in den Operationssaal gefahren. Als ich aus der Narkose erwachte, stellte ich fest, daß ich in anderen Zungen betete. Als ich dann in der Intensivstation lag, gab mir der Herr ein Bibelwort ins Herz:

„Es hat euch noch keine andere als menschliche Versuchung betroffen; und Gott ist treu: er wird nicht zulassen, daß ihr über euer Vermögen hinaus versucht werdet, sondern wird zugleich mit der Versuchung auch einen solchen Ausgang schaffen, daß ihr sie bestehen könnt" (1. Korinther 10, 13).

Was war dies doch für eine tröstliche Verheißung. Gott sprach so deutlich zu mir. Wenn wir mit Prüfungen zu tun haben, die wir selbst nicht überwinden können, dann bereitet Er einen Ausweg vor, so daß wir in der Lage sind, sie zu tragen. Als ich dort in meinem Bett lag, wußte ich auf einmal, welchen Ausweg der Herr für mich vorgesehen hatte; er war so ungewöhnlich wie einfach. Bisher hatte ich nicht anders denken können als alle Leute in unserer Zeit dachten: Wenn man reist, nimmt man das Flugzeug. (Dies ist bei den weiten Entfernungen in Amerika verständlich — Die Red.) Aber wie töricht war das doch. Von jetzt an würde ich mit dem Autobus reisen und würde mich nicht darum kümmern, ob die anderen über mich lachten.

Mit dem Bus?! Sofort begann mein Verstand dagegen zu argumentieren. Wir waren hier in New York an der einen Küste, und viele unserer Arbeiten fanden an der anderen Küste statt. Wir würden unsere meiste Zeit auf der Straße zubringen.

Ziehe um nach Dallas. Diese Worte schienen mir buchstäblich in den Sinn geprägt zu werden. Kamen sie vom Herrn? **Deine**

Mitarbeiter werden bei dir bleiben. Ich habe dich nicht für einen bestimmten Ort berufen, David, sondern zu einem Dienst an den Menschen. Ich möchte, daß du nach Dallas umziehst.

Als Gwen ein wenig später kam, um nach mir zu sehen, erzählte ich ihr: „Rate einmal, Liebling! — Wir werden umziehen, nach Dallas. Ich werde von jetzt an immer mit dem Bus zu meinen Diensten fahren."

Gwen lachte nur. „Weißt du", sagte sie, „wenn du eine Bestätigung brauchst, kann ich dir sagen, daß ich schon erwartet habe, daß etwas Großes geschehen wird. Ich habe sogar die Kinder schon darauf vorbereitet. ‚Rechnet damit, daß Vati eine Entscheidung trifft, die unser aller Leben mit beeinflußt', habe ich ihnen gesagt. Das also ist es. Wir ziehen nach Dallas und du wirst künftig mit dem Bus reisen. Alles was ich dazu sagen kann ist: ‚Preis dem Herrn!'"

Sobald ich dazu in der Lage war, fuhren Gwen und ich nach Dallas um uns umzusehen. Ich hatte immer noch leise Zweifel, ob wir wirklich dabei waren die richtige Entscheidung zu treffen. Also wagte ich einen neuen Schritt. Ich wollte diesmal kein „Schaffell vor dem Herrn auslegen", sondern wollte den Herrn bitten, mir ein „Zeichen zum Guten" zu geben. Ich nahm dies aus dem 86. Psalm, wo David sagt: „Tu ein Zeichen an mir zum Guten, daß meine Feinde es sehn und sich schämen müssen, weil du, o Herr, mein Helfer und Tröster gewesen!" (siehe Psalm 86, Vers 17).

Und der Herr tat genau dies. Ich bat Ihn um ein Zeichen, an dem ich erkennen würde, daß wir in die richtige Richtung gingen; Er führte uns zu einem besonderen Bauunternehmer. Ich hatte seinen Namen aus den Kleinanzeigen. „Komm und sprich mit uns", hatte ich in dem Inserat gelesen. Und genau das tat ich. Als ich in sein Büro kam, saß er hinter seinem Schreibtisch und wühlte in Papieren. Ich händigte ihm meine Visitenkarte aus und wurde sofort ein wenig verlegen, weil er so viel Begeisterung zeigte. „Sie glauben gar nicht, Herr Wilkerson, wie viele Jahre ich schon darauf warte, Sie kennenzulernen. Sagen Sie mir, was ich für Sie tun kann."

Am selben Nachmittag noch saßen wir mit seinen Architekten zusammen und machten einen Grundriß für unser Verwaltungsgebäude. „Wann wollen Sie mit dem Bau beginnen?" fragte der Bauunternehmer.
„Nun, ich werde zuerst das Geld sammeln müssen. Ich brauche Geld für einen Bus und auch für die Gebäude."
Der Unternehmer half mir auch hier, indem er mich bei einer Bank empfahl. Noch am gleichen Nachmittag hatte man mir einen Kredit von 75 000 Dollar eingeräumt. Ich war also in der Lage einen Bus zu kaufen und zu bauen, ohne auch nur einen Pfennig anzahlen zu müssen. Der Herr hatte mir nicht nur ein, sondern gleich zwei Zeichen zum Guten gegeben.

Wenn ich jetzt auf das ganze Unternehmen zurückschaue, muß ich dankbar feststellen, daß wirklich nur Gutes dabei herausgekommen ist. Indem wir unsere Arbeitsweise umstellten, sind wir in der Lage, immer sechs Tage unterwegs Dienst zu tun und dann zehn Tage daheim zu sein. Dies gibt uns viel mehr Möglichkeiten, als wir vorher hatten. Wir sind in der Lage, irgendwo unterwegs zu stoppen und Versammlungen zu haben. Wir können kommen und gehen wenn wir wollen ohne auf Flugpläne angewiesen zu sein, und das erste Mal in meinem Leben bekomme ich auch etwas von Amerika zu sehen. Außerdem bringen wir unsere Literatur immer gleich mit uns, und ein weiterer sehr wichtiger Punkt ist: wir sparen mehr als 50 Prozent Reisekosten.
Ganz offen: die Angst vor dem Fliegen ist mir geblieben, aber ich fliege ja nicht mehr, was also soll's?! Gewiß, von Zeit zu Zeit muß ich ein Flugzeug besteigen, wenn es nach Europa geht. Ich weiß, wenn ich beim Start meine verkrampften Hände und die weißen Fingerknöchel beobachte, daß ich mich immer noch fürchte. Aber solch einen Flug muß ich ja nicht oft machen.
Viele von uns haben solche strukturelle Schwächen, mit denen wir leben müssen. Paulus sagt, sie sind da, um uns demütig zu halten. Wenn wir bereit sind, trotzdem vorwärts zu gehen, und unsere Unfähigkeit zugeben, diese Dinge zu überwinden, dann

wird der Herr — wenn wir Ihn darum bitten — einen Ausweg schenken, der uns befähigt, zu tragen was uns auferlegt ist.

Doch es gab noch ein weiteres persönliches Problem, mit dem die Wilkersonfamilie zu tun bekam, und dies war viel verheerender als die Furcht vor dem Fliegen. Ich möchte mit Ihnen am Schluß dieses Buches auch noch darüber reden, weil ich glaube, daß es eine sehr, sehr wichtige Sache ist.

10

**Vielleicht
kommt für jeden Mann und für jede Frau einmal eine Zeit,
wo sie sich sagen müssen:**

Ich will aus meiner Ehe immer das Beste machen, auch in Not und Furcht

Christen lassen sich nie scheiden! Christliche Ehen werden im Himmel geschlossen, und die kleinen Differenzen, die ein gläubiger Mann und eine gläubige Frau gelegentlich auch haben, sind immer recht leicht wieder zu heilen.

Diese und ähnliche Redensarten habe ich immer wieder gehört; und immer wieder habe ich selbst miterlebt, daß sich ein Abgrund zwischen dem auftut, was die Leute sagen und was sie tun. Ich fürchte, es gibt eine ganze Reihe echter Christen, die sich tatsächlich scheiden ließen, und es gibt noch viel mehr christliche Familien, deren Leben voller Probleme ist, nur — sie reden nicht darüber. Es gibt irgendwie eine Regel des Schweigens: Über Familienschwierigkeiten redet man als Christ nicht.

Gwen und ich möchten hier eine Ausnahme von dieser Regel machen. Während sich unsere Teen Challenge-Arbeit immer mehr ausbreitete, erlebten Gwen und ich Schwierigkeiten in unserer Ehe, die wir vorher nie erwartet hätten. Wir haben über diese ganze Sache ernstlich gebetet und beschlossen, hier ganz offen zu sein, weil wir glauben, daß wir durch die großen Prüfungen, die wir in unserer Ehe durchgestanden haben, auch anderen Ehepaaren etwas sagen können, die vielleicht in ähnlichen Schwierigkeiten sind.

Die Schwierigkeiten in unserer Ehe begannen mit einem physischen Problem, welches dann aber auch unser Gefühlsleben beeinflußte. Ich glaube nicht, daß es einen besseren Weg gibt darüber zu berichten, als daß wir ganz am Anfang beginnen, als wir noch auf Staten Island in New York wohnten ...

Krebs ist etwas, worüber man fortwährend hört, ohne daß man glaubt, die eigene Familie könne je davon betroffen werden. Dies ist besonders dann wahr, wenn man noch jung ist und mit allem Eifer versucht, Gottes Willen zu tun. Er wird schon dafür sorgen, daß uns so ein Übel nicht zustößt. Aber immerhin — da war der Klumpen in Gwens Leib.

Wir beschlossen also, zum Hausarzt zu gehen und ihn zu konsultieren. Er beruhigte uns: „Ich glaube es ist nichts weiter als eine Eierstockentzündung", sagte er. „Das geschieht bei Frauen oft und ist nichts, worüber man sich große Sorgen machen müßte. Aber wir wollen die Sache natürlich weiter beobachten."

Wir verließen seine Praxis befriedigt. Doch dann begannen die Schmerzen, und sie müssen ziemlich stark gewesen sein, denn mehr als einmal sah ich, wie Gwen die Hand auf ihren Leib legte, wenn sie sich unbeobachtet glaubte. Sie sagte nie ein Wort darüber. Gwen ist das Gegenteil von einem Hypochonder (eingebildeter Kranker), sie möchte nie, daß die Leute wissen, wie schlecht es ihr geht. Während der Anfangszeit dieses Problems — ehe unsere Gefühle davon beeinflußt wurden —, brachte Gwens Zustand uns nur noch enger zusammen. Ich litt mit ihr. Ich versuchte, sie auf alle mögliche Weise zu trösten, die mir möglich war; zum Beispiel versuchte ich, so oft es ging, einen kleinen Extraurlaub zu arrangieren.

Bei einer solchen Gelegenheit, als wir auf dem Weg nach Pittsburgh waren, um ihre Mutter zu besuchen, gestand sie mir dann, daß sie wohl schlimmer krank sei, als wir annahmen. „Ich kann es fast nicht mehr aushalten, Liebling", sagte sie. „Mitten in der Nacht wache ich auf und beiße mir auf die Zunge, um nicht vor Schmerz schreien zu müssen."

Als wir nach Pittsburgh kamen, ließen wir uns von einem Spezialisten einen Termin für eine gründliche Untersuchung geben. Er untersuchte Gwen sorgfältig und nahm mich dann mit in einen anderen Raum, wo er mir fast befehlsmäßig auftrug: „Sehen Sie zu, daß Ihre junge Frau so schnell wie möglich ins Krankenhaus kommt." Er begann einige Papiere auszufüllen. „Ich möchte, daß Ihr New Yorker Arzt mich anruft. Aber machen Sie schnell, vielleicht ist noch Zeit."

Hier nun begann ich eine ganze Reihe von Fehlern zu machen. Sünden — würde ich wohl heute dazu sagen, obwohl ich damals die ganze Zeit davon überzeugt war korrekt zu handeln. Gwen und ich waren immer ganz offen zueinander gewesen. Doch jetzt begann ich, ihr etwas vorzumachen.

„Damit wir beide beruhigt sind", sagte ich zu ihr, und versuchte dabei, einen recht ungezwungenen Eindruck zu machen, „wird es vielleicht besser sein, wir fahren wieder heim. Ich habe eigentlich auch genug vom Urlaub. Vielleicht solltest du sogar für einige Tage ins Krankenhaus gehen, damit endlich richtig herausgefunden wird, woher diese Schmerzen kommen."

Gwen sah mich an und lächelte. Sie spielte das Spiel mit. „Das ist wahr, ich glaube, ich könnte ein paar Tage völliger Ruhe auch recht gut vertragen. Ich bin in letzter Zeit immer so müde. Es ist, als ob meine Stärke aus mir heraussickert und ich meine Lebenskraft verlieren würde", sagte sie.

Zwei Tage später waren wir im Allgemeinen Krankenhaus von Staten Island. Gwen bekam einen Bariumeinlauf gemacht und wurde geröntgt. Am nächsten Vormittag war ich in meinem Büro in New York und hatte ein Gespräch mit einem Süchtigen. Meine Sekretärin betrat den Raum, unterbrach uns und flüsterte mir zu: „Ihr Arzt ist am Apparat. Er möchte Sie sofort sprechen. Er sagt, es sei sehr eilig."

Mein Blutkreislauf stockte fast, ich wurde ganz blaß und fühlte eine Leere im Kopf. Der Süchtige sah mich erschrocken an: „Ist Ihnen nicht gut?" fragte er.

„Doch, ich bin schon in Ordnung, vielen Dank. Doch ich werde jemand anders rufen müssen, der sich weiter mit Ihnen unterhält, wenn Ihnen das recht ist. Meine Frau hat . . ." Ich konnte mich immer noch nicht dazu überwinden, das Wort zu gebrauchen. Ich nahm den Telefonhörer und hörte die Stimme des Arztes, der mich bat, sofort zu ihm zu kommen. Schnell steckte ich einige Dinge ein, die ich benötigte, verabschiedete mich und rannte auf den Hof, wo mein Motorroller stand. Ich bin sicher, ich habe an diesem Tag einen neuen Rekord für Motorroller für die Strecke von der Innenstadt zur Staten Island-Fähre aufgestellt.

Als ich im Büro unseres Hausarztes ankam, sah mich dieser mit müden und bedrückten Augen an. „Es tut mir so leid, Herr Wilkerson", sagte er, „aber ich habe die Sache nicht richtig erkannt."

Ich war ärgerlich. „Was meinen Sie, was haben Sie nicht richtig erkannt?"

„Es tut mir sehr leid, aber auch wir Ärzte machen Fehler, wie Sie wissen. Wir sind jetzt so gut wie sicher, daß Ihre Frau Krebs hat. Sie muß sofort operiert werden."

Daheim angekommen begannen wir, die uns alle so bedrückkenden Vorbereitungen zu treffen. Ich versuchte immer noch, Gwen etwas vorzumachen. „Der Doktor sagt, es würde gut sein, wenn du für einige weitere Untersuchungen wieder ins Krankenhaus gehst", sagte ich.

„Einige weitere Untersuchungen? Das ist seine Art zu sagen, daß es Krebs ist, David, ja?"

Ich wandte mich ab.

Von meinem Gebetsraum in der Garage begann ich zu telefonieren. Ich rief gute Freunde an und bat sie um Fürbitte für Gwen. Jeder von ihnen rief wiederum seine guten Freunde an und brachte dasselbe Anliegen vor. So versuchten wir, Gwen durch unsere Fürbitte zu unterstützen, so sehr, wie dies nur möglich war. Ich wußte, es würde ihr helfen.

Einige Stunden später waren wir im Krankenhaus. Gwen zog ihren Morgenmantel an. Ein Friede umgab sie, der sicherlich nur von den vielen Fürbitten kommen konnte, die unsere Freunde überall zu Gott sandten. Aber noch immer konnten wir uns nicht ins Gesicht sehen und miteinander weinen. Wir waren nicht in der Lage uns zu sagen: „Also, Liebling, so ist es." Wir brachten es nicht fertig, uns der Tatsache zu stellen, daß es Krebs war. Gwen stieg in das hohe Krankenhausbett und lehnte sich zurück. „Ich bin so müde, David."

Zwei Chirurgen kamen ins Zimmer. Sie baten mich nach draußen. Einer hielt eine Röntgenaufnahme hoch. „Herr Wilkerson", sagte er, „ein Gewächs von der Größe einer Zitrone sitzt bei Ihrer Frau am Darmausgang. Wir werden morgen sehen, ob wir ihr helfen können."

Die Ärzte gingen den langen Gang hinunter und ich stand da wie angenagelt. Ich ging zum nächsten Wasserhahn und trank. Dann fragte ich die Schwester nach der genauen Zeit und betrachtete mir das Aushängebrett mit allen Anschlägen.

„Einen Augenblick, David Wilkerson", sagte ich zu mir selbst, als ich mit schleppenden Schritten zu Gwens Zimmer zurück ging. „Was ist los mit dir? Du wandelst nicht im Licht."

Wandeln im Licht! Welch ein wunderbares Wort. Die Bedeutung war so klar: Der Christ muß im vollen, durchdringenden und aufrichtigen Licht wandeln, das von Gott kommt. Und weder Gwen noch ich — besonders ich nicht — hatten dies tun wollen. Gerade in diesem Augenblick kam unser Hausarzt den Gang entlang. Ich hielt ihn an.

„Doktor", sagte ich und legte meine Hand auf seinen Arm. „Ich möchte Gwen die Wahrheit sagen, wollen Sie mir helfen?"

„Eigentlich ist es Zeit dazu", antwortete er. „Es ist viel besser, sie weiß es."

Wir gingen zusammen in das Zimmer und sagten es Gwen. In einfachen Worten, die auch der Laie verstehen kann, erzählte ihr der Arzt, was mit ihr war und was zu geschehen hatte. Morgen, fügte er noch hinzu, wollten sie sehen, ob sie die Sache ein für allemal bereinigen konnten. Der Doktor ging. Gwen schaute mich an und lächelte: „Nun, Liebling ..."

Und dann war es doch so weit. Da war der Zusammenbruch und die Tränen und die Aufrichtigkeit. Lange hatten wir gebraucht. Wie viel besser wäre es gewesen, wir hätten uns von Anfang an mit der Sache dem Herrn gestellt und hätten Ihm vertraut. Wir machten also Fortschritte, aber ich war noch immer nicht in der Lage, im Glauben für Gwen zu beten. Ich bin sicher, daß dies ein Trick des Teufels war. Ich konnte im Glauben für Süchtige beten, brachte dies aber nicht für Gwen fertig. Doch der Herr ließ uns nicht im Stich. Dort in dem nüchternen Krankenzimmer kam Er uns zu Hilfe. Diesmal war es Gwen, die mich ermutigte.

„Liebling", sagte sie, „ich habe die ganze Zeit gewußt, daß es Krebs ist. Und ich habe ein Wort vom Herrn bekommen. Er hat mir gesagt, Er werde uns eine ganz besondere Art von Glauben geben, Er nannte es den ‚Glauben Sadrachs'. Als Sadrach, Mesach und Abed-Nego vor dem Feuerofen standen, wußten sie, daß Gott sie erretten konnte, doch wenn Er dies nicht tun wollte, würden sie Ihm dennoch vertrauen. Dies ist der Glaube für uns, David" (siehe Daniel 3, 13—30).

Wir hielten uns bei den Händen und begannen nun doch endlich zu beten. Wir baten um den Glauben Sadrachs. „Während wir in unseren eigenen Feuerofen schauen, Herr", sagten wir, „bitten wir um den Glauben der Dir vertraut, ganz gleich, was immer auch geschehen mag. Wir danken Dir, daß Du uns diese Bitte gewähren wirst. Vielen Dank."

Am nächsten Morgen ging ich zeitig zurück ins Krankenhaus und war dabei, als Gwen in den Operationssaal gefahren wurde. Die Operation dauerte eine Stunde länger als erwartet. Ich saß im Wartezimmer und mußte immer wieder an den Bericht vom Feuerofen denken. Daraus zog ich jetzt Trost und Mut. Endlich kam der Chirurg zu mir. Er trug noch immer seine Operationskleidung. In seinen Augen stand dieselbe Niedergeschlagenheit, die ich schon bei unserem Hausarzt gesehen hatte. Ich kann mich noch erinnern, daß ich mich fragte, ob wohl alle Ärzte so fühlten, wenn sie es mit Krebs zu tun hatten.

„Wie fürchterlich", sagte der Chirurg, nachdem er sich gesetzt hatte. „Krebs ist so eine schreckliche Sache."

Ich hielt es nicht mehr aus. „Wie steht es, Doktor?"

„Es ist genau, wie wir dachten. Nur, da war mehr davon, als wir geglaubt hatten. Wir haben alles, was wir finden konnten, herausgeschnitten. Nun können wir nur noch warten."

Damit stand er wieder auf und ging kopfschüttelnd fort. Ich machte einen langen Spaziergang, um Mut zu sammeln, wieder hinauf zu gehen. Als ich dann wieder nach oben kam, wurde Gwen gerade in die Intensivstation gefahren. Sie war nur halb aus der Narkose erwacht, öffnete ihre Augen und sah mich.

„Haben Sie alles herausgeholt, David?"

Ich erzählte ihr, was der Arzt gesagt hatte. „Sie glauben, es ist alles heraus, Liebling. Wenn es gut geht, wirst du keine Schmerzen mehr haben und wir brauchen uns nicht mehr zu sorgen."

Gwen schloß die Augen wieder. „Wir werden sehen", war alles, was sie sagte.

Wir hatten für unsere Ehe also zwei neue Werkzeuge gewonnen, die wir in Kürze sehr nötig haben würden: den Glauben Sadrachs und ein neues Verständnis dafür, wie wichtig es ist, immer ganz aufrichtig zu sein. Als ob er diese Aufrichtigkeit unterstreichen wollte, rief uns der Chirurg später in sein Büro und hielt uns eine kleine Ansprache.

„Sie sind Diener des Evangeliums", sagte er, „und doch, hier, wo es um Krebs geht, versuchen Sie sich gegenseitig etwas vorzumachen. Bitte, tun Sie das nicht wieder. Ich möchte Ihnen raten: tragen Sie ihr Los ganz aufrichtig; vor allem Ihren Freunden und Ihrer Familie gegenüber. Gebrauchen Sie das Wort Krebs, und nicht irgendeine Umschreibung, und schrecken Sie nicht vor diesen Dingen zurück. Hier bin ich, und ermahne Sie als Mediziner, in diesen Dingen aufrichtig zu sein. Es tut mir leid... Aber ich weiß aus Erfahrung, daß dies sehr wichtig ist."

Wir fuhren heim und sprachen ganz offen über unsere Schwierigkeiten. Gwen ging es zusehends besser. Wir machten schon wieder Pläne für uns, und nach einem Jahr waren wir sicher: alles ist in Ordnung.

Doch eines Tages, als Gwen und ich im Hof arbeiteten, überfiel sie diese seltsame Müdigkeit plötzlich wieder. Sie setzte sich in den Liegestuhl und rief: „David, ich bin plötzlich so schrecklich müde."
Oh nein, dachte ich bei mir selbst. Geht es jetzt von vorn los? Denn diese Müdigkeit war anders als sonst, wie Gwen und ich mittlerweile wußten. Ich glaube, jeder, der einmal ein Gewächs in seinem Körper gehabt hat, kennt dies. Es ist eine irgendwie seltsame Müdigkeit, fast geheimnisvoll.
Wir zögerten nicht, sondern fuhren sofort zum Arzt. Er untersuchte Gwen und fand eine neue Geschwulst. „Es ist besser, Sie gehen sofort ins Krankenhaus", sagte er.
Doch diesmal war der Bericht viel besser. Die Geschwulst war nicht bösartig. Doch wir beide waren von dem Erlebnis ziemlich mitgenommen. Gwen drückte unser beider Gefühle aus:
„Müssen wir jetzt für unser weiteres Leben immer Furcht vor Krebs haben? Müssen wir uns immer fragen, wann es mich wieder packt? Vielleicht wird man nie wieder richtig gesund, wenn man erst Krebs im Leibe hatte. Unter Umständen wäre es besser, der Herr würde mich gleich jetzt zu sich nehmen."
Ich ermahnte sie, nicht einmal so etwas zu denken. Gwen weinte. Ohne daß wir es merkten, hatten wir eine Linie überschritten. Der physische Kampf hatte auch unsere Gefühle angesteckt.
Diese erste kleine Auseinandersetzung ging scheinbar vorüber, ohne Schaden zu hinterlassen. Wir setzten unser Leben fort wie bisher und trafen große Entscheidungen, die auch noch für die Zukunft wichtig sein würden. Als Gwen und ich eines Abends noch einen unserer Spaziergänge machten, nahm sie meine Hand und sagte etwas Seltsames:
„David, ich möchte noch ein Kind haben!"

Ich war wie vom Blitz getroffen. „Nach zwei Operationen. Glaubst du, du hast die Kraft dazu?"

„Wir können ja einmal mit dem Arzt darüber reden."

Wir taten dies, und ein Jahr später wurde der kleine Greggy geboren. Er war ein stämmiger kleiner Kerl voller Falten. Gwen fühlte sich mehr mit dem Kind verbunden als wir anderen alle. Dies war wohl so, weil sie so viel durchgemacht hatte.

Ein weiteres Jahr verging und Gwen war bei einigermaßen guter Gesundheit. Sie war immer beschäftigt, zumeist mit dem Kleinen. Doch als Greg ungefähr ein Jahr alt war, ging Gwen durch ihre schlimmste Krise. Es begann wieder mit den gleichen Schmerzen wie vorher. Wir waren in Memphis, Tennessee, als Gwen sich an die Seite griff und sagte: „Ich habe wieder einen Schmerzanfall, Liebling."

„Wie ist das möglich? Alles was da schmerzen kann, haben die Ärzte herausgenommen."

„Ich weiß es nicht, aber ich weiß, daß es weh tut."

Wir beteten und Gwen fühlte sich ein wenig besser. Doch sie gestand ein, daß sie Blut verloren hatte.

„Ich glaube, wir fahren besser nach Hause."

Wir machten uns auf den Weg heimwärts, doch noch unterwegs auf der Autobahn hatte Gwen einen weiteren Schmerzanfall. Wir fuhren in die nächste Stadt und suchten einen Arzt auf. Der hörte sich die Geschichte an und untersuchte sie. „Es tut mir leid", sagte er, „aber ich kann es nicht wagen, hier in meiner Praxis etwas zu unternehmen. Ich kann Ihnen nur ein Beruhigungsmittel geben. Fahren Sie nach New York so schnell Sie können."

Dort angekommen, hörten wir Schlimmes. Eine totale Gebärmutteroperation mußte gemacht werden. Der Chirurg sagte dieselben Worte wie schon einmal. „Wir sollten in der Lage sein, alles ein für allemal herauszubekommen."

Wieder lag Gwen auf dem Operationstisch. Und ich wartete wieder Stunden auf das Ergebnis. Und mit dem gleichen hilflosen Blick gab mir der Chirurg seinen Bericht. Wir mußten warten und sehen.

Ehe ich Gwen mit heimnehmen konnte, gab mir der Arzt eine private Warnung. „Herr Wilkerson", sagte er, „Sie sollten darauf vorbereitet sein, daß im Gefühlsleben Ihrer Frau eine radikale Änderung eintritt. Sie wird sich oft zurückgesetzt fühlen und sie wird eifersüchtig sein. Es wird Zeiten geben, wo sie sehr ärgerlich ist, und wieder andere, in denen sie Depressionen empfindet. Es wird gut sein, wenn Sie wissen, daß diese Dinge das Ergebnis ihrer physischen Veränderungen sind."

Zu der Zeit habe ich wohl nicht ganz begriffen, was mir da gesagt wurde. Ich dachte: „Wir werden das überwinden. Hunderte von Menschen unterstützten uns im Gebet. Und außerdem haben wir früher schon andere Kämpfe durchgestanden, da werden wir auch diesmal zurecht kommen." Doch wir kamen fast nicht zurecht.

Die ersten Anzeichen ihrer Depressionen nahmen recht seltsame Formen an. Sie stellte auf einmal fest, daß sie während unserer Morgengebetszeit andere Dinge zu tun hatte und kam nur, wenn ich sie ausdrücklich darum bat. Das Lesezeichen in ihrer Bibel blieb Tag für Tag am gleichen Platz. Wenn immer ich versuchte, sie daraufhin anzusprechen, begann sie zu weinen. Es war das erste Mal, daß wir mit diesem verderblichen Werkzeug des Satans zu tun bekamen, der uns in eine so negative Geisteshaltung hineinbringt, daß wir nicht einmal mehr Jesus um Hilfe bitten. „Laß mich bitte allein", sagte Gwen.

In der ersten Zeit kamen wir mit diesen Depressionsperioden noch ganz gut zurecht. Wenn Gwen nicht beten und Bibel lesen konnte, dann hatte ich es eben für sie mit zu tun. Und das tat ich. Ich sah es als Vorrecht an, eine Stunde länger aufzubleiben, um für Gwen zu beten und das Wort aufzunehmen. Doch als die Wochen vergingen, kam es durch meinen Mangel an Schlaf und dadurch, daß ich jetzt Verantwortung für uns beide tragen mußte, zu einer törichten Reaktion von meiner Seite. Eines abends brachte ich Gwen ihre Tasse Kaffee, doch sie sagte einfach: „Heute mag ich keine."

Ich ging in die Küche zurück und ärgerte mich, aber in einer ganz neuen Weise. Ich war nicht ärgerlich über Satan, sondern über Gwen. „Wenn sie nicht will, daß ich ihr helfe, dann werde ich es eben nicht mehr tun", dachte ich, und schüttete den Kaffee aus wie ein trotziges Kind. Doch dann schalt ich mich selbst. Was hatte der Arzt gesagt? Das waren die Dinge, die zu erwarten gewesen waren, sie gehörten jetzt zu Gwens Zustand. Genau an diesem Punkt kam ein neues Element in unser Verhältnis hinein. Erschöpfung! Gwen und ich, wir wurden beide müde vom Kämpfen. Es war eine heimtückische Sache. Ich konnte beobachten, wie Gwen gegen die Auswirkungen der radikalen Operation ankämpfte. Sie stand morgens auf und war recht frisch. Dann machte sie das Frühstück und man konnte sehen, wie sie sich Mühe gab fröhlich zu sein. Sie kam dann sogar zu unserer Andachtszeit, obwohl zu bemerken war, daß sie kaum Anteil nahm.

Gegen Mittag fingen die geringsten Kleinigkeiten an sie zu stören. Das Telefon machte sie nervös, und wenn jemand an der Tür klingelte, schickte sie andere hinaus, um nicht mit Menschen in Kontakt kommen zu müssen.

Im Laufe des Nachmittags hatte sie fortwährend zu kämpfen, um nicht mit allen Streit anzufangen. An einem Samstagnachmittag, an dem ich daheim war, hörte ich das erste Mal in meinem Leben, wie sie die Kinder anschrie. Dann rannte sie in das Schlafzimmer und rief mich. Während sie mich am Ärmel faßte, fragte sie: „Liebling, warum habe ich das getan? Ich weiß nicht, was mit mir los ist. Ich fürchte mich so. Bete für mich."

Sicher, wir beteten. Wir knieten sofort am Bett nieder. Doch wenn ich wirklich offen sein wollte, mußte ich zugeben, daß ich in genau so hoffnungsloser Stimmung war wie damals, als ich erfuhr, daß Gwen Krebs hatte. Wieder schien es mir, daß ich zwar für andere beten konnte, aber nicht für die Meinen. Und wo war das, was Gwen den „Glauben Sadrachs" nannte? Es war eine Sache, solchen Glauben zu haben, wenn man mit einer Krise fertig werden muß, einem einmaligen Feuerofen; doch in unserer Lage, wo sich die Belastungen über Monate erstreckten und immer schlimmer wurden, schien es nicht mehr das Richtige zu sein.

Und schließlich ging es für Jahre. Die langsame Zerstörung unseres Verteidigungswerkes brauchte lange Zeit. Ich kämpfte mit allen Kräften, die ich besaß, und das gleiche tat Gwen. Doch je mehr wir kämpften, um so schwächer wurden wir. Als zum Schluß noch Eifersucht dazu kam, waren wir nicht darauf vorbereitet damit fertig zu werden.

Wie gut ich mich noch an jenen Abend erinnern kann. Wir saßen im Wohnzimmer. Die Kinder schliefen schon. Wir hatten uns die vergangene Stunde unterhalten (nun, eigentlich ist „unterhalten" ein beschönigendes Wort). Gwen wünschte, ich sollte mehr Zeit daheim sein. Ich gebrauchte wohl das Wort Teenager einmal zu oft — ich mußte mich doch um die jungen Leute kümmern. Da waren all diese Teenager ...

„David", fragte Gwen ruhig. „Ich muß dich das fragen: Ist da vielleicht ein ganz bestimmter Teenager?"

Ich war wie erschlagen. Aber was, um alles in der Welt, kann man auf eine solche Frage antworten? Ich wußte, jetzt kam das, was der Chirurg vorhergesagt hatte. Doch das machte den Schock nicht leichter. Ganz gewiß gab es keinen bestimmten Teenager. Während ich noch versuchte, meiner Gwen dies in diesem schrecklichen Augenblick ihres Lebens in der richtigen Weise zu erklären, kam der zweite Schlag.

„David", ihre Stimme war genau so zerstörerisch ruhig wie vorher, „du liebst mich nicht mehr und möchtest von mir fort."

Es war einfach eine Feststellung. Sie sprach aus, was seit längerer Zeit in ihr gewachsen war, das begriff ich. Ich erhob mich von meinem Stuhl, ging zu Gwen und setzte mich neben sie. Dann versuchte ich ihr klarzumachen, daß ich die Wahrheit sagte und daß es niemand anders in meinen Gefühlen gab und ich niemals daran gedacht hatte, sie zu verlassen. Gwen war nicht befriedigt. Langsam entzog sie mir ihre Hand und sagte das, was sie schon im Krankenhaus gesagt hatte, als ich bemerkte, wir würden unsere Sorgen bald los sein: „Wir werden sehen, David. Wir werden sehen." Gwen stand auf und ging zu Bett.

Doch nun begann es erst schlimm zu werden. Denn als ich jetzt darüber nachdachte, stellte ich erschreckt fest, daß der Gedanke, Gwen zu verlassen, den ich noch vor zehn Minuten so fest verneinen konnte, durch ihr eigenes Verhalten verursacht, jetzt anfing, an mir zu bohren. Fortgehen? Als ob ein Samenkorn in fruchtbaren Boden gefallen wäre, so setzte sich der Gedanke in mir fest. Würde ich damit Gwen nicht sogar einen Dienst tun? Es war klar zu erkennen, daß ich die Quelle eines großen Teils der Gefühle war, die sie plagten. Ich verschloß meinen Geist vor diesen Gedanken und folgte Gwen ins Bett. Sie schlief schon fest, oder mindestens schien sie zu schlafen, und ich forschte nicht weiter.

Wie heimtückisch Satan doch ist. Heute weiß ich, daß es sich bei all dem nur um Fallen handelte, die er uns stellte. Doch zu jener Zeit schien mir Fortgehen eine verheißungsvolle Lösung zu sein, und ich sah nichts von der Bosheit des Satans dabei.

Wochen vergingen. Jedesmal, wenn wir jetzt einen Zusammenstoß hatten, entfloh ich in meine Phantasie. Ich würde mir genug Geld von der Bank holen und nach Mexiko gehen. Nein, eine Scheidung würde es nicht geben. Aber immerhin — ich konnte jetzt verstehen, warum so viele Leute sich scheiden ließen. Ich würde...

„David", unterbrach Gwens Stimme meinen Tagtraum, „was ist deine Meinung? Sollen wir Gary in den Kindergarten schikken oder nicht?" Ich mußte zugeben, ich hatte vorher nicht zugehört.

Zuerst war es so, daß unsere ernsten Bemühungen, Gwens und meine, unsere Ehe wieder in Ordnung zu bringen, manchmal von solchen Phantasien unterbrochen wurden. Doch im Laufe der Zeit wurde es umgekehrt: Die Phantasien nahmen immer mehr Raum ein und wurden nur noch manchmal von den Anstrengungen unterbrochen, unsere Ehe wieder zu heilen. Und während solch einer Zeit der angestrengtesten Bemühungen kam es zu der Krise, die ich nie vergessen werde.

Ich mußte an die Westküste reisen, um dort an einem Bankett und an einer großen Versammlung teilzunehmen. Weil ich annahm, daß es für unsere Ehe gut sein würde, bat ich Gwen, mit mir zu kommen. Da ich gleich darauf eine Überseereise antreten mußte, trug ich meinen Reisepaß und eine große Summe Geld in Reiseschecks bei mir.

Gwen und ich waren in einem der oberen Hotelzimmer und machten uns für das Bankett fertig. Ich weiß nicht mehr, aus welchem Grunde es dann zu der Auseinandersetzung zwischen uns kam. Es hätte irgend etwas gewesen sein können. Doch ich weiß, daß plötzlich eine Barriere zwischen uns stand, die wie eine unübersteigbare Mauer aussah. Doch wir hatten zu dem Bankett zu gehen. Nach kurzer Zeit erschienen wir dort. Ich versuchte einen Anschein von Heiterkeit über unsere Ankunft und das Festmahl zu legen. Gwen war ehrlicher. Wir saßen an dem runden Tisch nebeneinander, sagten beide Amen zum Tischgebet, reichten uns die Früchtebecher, den Rinderbraten und die grünen Bohnen, sahen uns aber während der ganzen Zeit nicht einmal an. Das Bankett nahm seinen Fortgang. Doch ich haßte plötzlich das immer wiederkehrende Einerlei der Banketts und Versammlungen. Ich haßte die Streitereien mit Gwen, bei denen wir immer wieder versuchten, Situationen durchzustehen, die sich doch nie unseren Versuchen und unserem guten Willen fügen wollten. Plötzlich wußte ich, daß ich dies alles satt hatte. In meinen Gedanken war ich schon dabei zu gehen. In dieser Nacht noch wollte ich in Mexiko sein.

Ich schob meinen Stuhl zurück. „Entschuldige mich einen Augenblick, bitte?" Gwen schaute nicht einmal auf. Ich ging über die schweren Teppiche zum Ausgang und auf die Straße, und dann in Richtung Busstation. „Ich werde nur für eine Zeit wegbleiben", sagte ich zu mir selbst. Ich griff nach den Reiseschecks in meiner Tasche. „Wie lange werde ich mit diesem Geld wohl leben können? Ich werde in ein kleines Gebirgsdorf gehen..."

Dann hatte ich den Busbahnhof erreicht. Ein Plakat sagte mir, daß in Kürze ein Bus nach Mexico City gehen würde. Ich setzte mich. „Ich habe nicht mehr die Geduld dazu", sagte ich fast laut. „Ich habe es versucht, aber ich bekomme keinen Sieg." Mir fiel sogar eine Bibelstelle ein, die mich in meinem Entschluß, davonzulaufen, bestärkte:

„O hätte ich doch Flügel wie die Taube! Ich wollte fliegen, bis ich irgendwo Ruhe fände. Ja weithin wollte ich entfliehen, in der Wüste einen Rastort suchen; nach einem Zufluchtsort für mich wollt' ich eilen schneller als reißender Wind, als Sturm" (Psalm 55, 7—9).

Das war, was der König David so gern getan hätte. Mir ging es genau so. Ich war einfach nicht stark genug, das Problem zu meistern. Ich wußte, daß es sich bei Gwen um eine physische Not handelte, doch so wie die Dinge jetzt lagen, würde ich meine Ehe nur zerbrechen. Deshalb mußte ich erst einmal fortgehen und alles überdenken. Während ich mir Mut machte, um zum Fahrkartenschalter zu gehen, sprach der Herr zu mir.

David, du bist ein Narr!

Ich hätte mich fast umgedreht, so deutlich war die Stimme. Doch ich wußte sofort, daß niemand aus Fleisch und Blut zu mir sprach. Dies war der Herr.

„Ja, Herr?" sagte ich schwer atmend. Ich setzte mich wieder und vergaß meine Umgebung. Der Herr begann wieder zu reden, sanft, freundlich und voller Mitleid, und doch auch mit schrecklicher Eindringlichkeit.

Was ist los, David? Es ist Gwen, die unter den Folgen der Operation leidet, nicht du. Habe ich nicht oft genug davon geredet, wie nötig es ist auszuhalten? Werde nicht müde, David, sondern komm zu Mir.

Ich stand auf und schaute auf meine Uhr. Es war gerade noch genug Zeit, wenn ich rannte. — Ich rannte! Ohne rechts und links zu sehen, ging ich durch die Eingangshalle, den Gang hinunter in den Bankettraum und nahm meinen Platz neben Gwen wieder ein. Unsere schon nervös gewordenen Gastgeber lächelten erleichtert. Auch Gwen sah mich an und lächelte ein ganz klein wenig.

„Liebling, ich liebe dich!" flüsterte ich ihr zu. Einer unserer Gastgeber hielt eine einleitende Tischrede über unser Interesse an den „vergessenen Teenagern". Ich beugte mich zu Gwen und gab ihr einen Kuß auf die Wange, der eigentlich für einen Bankettkuß etwas zu lang war. Ich fühlte, wie sie mir entgegenkam.

An diesem Abend predigte ich über Psalm 55, 7—9. Es wurde eine Predigt inspiriert durch den Heiligen Geist, darüber gab es keinen Zweifel, denn ich hatte ursprünglich vor, über etwas anderes zu sprechen. Ich hörte selbst aufmerksam zu, als der Heilige Geist durch mich sprach. Er sprach zu mir und zu vielen anderen, die auch müde waren wie ich über das ewige: ein Christ muß seine Pflicht tun. David drückte hier aus, daß auch er gerne geflohen wäre, doch David wurde deshalb der größte der israelitischen Könige, weil er nie aufgab. Er fiel — aber er stand wieder auf. Er war manchmal entmutigt — aber er ließ nicht nach. Er verstand, was es heißt, aufgeben zu wollen — aber er gab nicht auf. Es war die Kraft der Liebe Gottes, die ihn fest bleiben ließ. Und diese Kraft war für jeden von uns verfügbar, der nicht auf die entmutigenden Lügen des Satans hören wollte.

Während meiner ganzen Ansprache blieb mir Gwens Gesicht bewußt. Es schien immer heller zu werden. Als ich zu Ende war und mich wieder an den Tisch setzte, flüsterte Gwen mir zu: „Ich habe noch nie so etwas gesehen, David. Die Kraft Gottes leuchtete einfach aus dir heraus. Ich weiß jetzt, daß wir unseren Kampf irgendwie gewinnen werden."

Ich flüsterte ihr ins Ohr: „Weißt du, was ich gern tun würde?"

„Was denn, Liebling?"

„Laß uns noch einmal in die Flitterwochen fahren."

Zwei Wochen später fuhren wir in den Mittelwesten. Nur wir zwei — in richtige gute alte Flitterwochen. Wir nahmen Papier und Bleistift und schrieben einige Richtlinien für unser Leben miteinander auf. Es sollten keine Gesetze sein, denn wir wollten nicht dahin kommen, daß wir uns gegenseitig Gesetze machten. Es sollte sich vielmehr um so etwas wie Leitsätze handeln, für die jeder von uns für sich selbst verantwortlich war. Wir haben uns seither bemüht, diesen Mottos immer zu folgen. Sie sind für uns so hilfreich gewesen, daß ich sie hier gern weitergeben möchte, ganz gleich, welchen Wert sie für jemand anders haben könnten.

— Als erstes hatten wir erkannt, daß wir immer versuchen mußten, **ganz ehrlich miteinander zu sein.** Das war die große Lektion, die uns der Arzt gelehrt hatte. Wir mußten den unangenehmen und schrecklichen Dingen, die uns mutlos machen wollten, fest ins Angesicht sehen.

— Wir wollen nicht vergessen, daß es **Prioritäten in unserem Verhältnis zu anderen Menschen** gibt. Gwen machte mich darauf aufmerksam, daß die Art Eifersucht, die sie manchmal fühlte, nichts mit einer anderen Frau zu tun hatte. Sie fühlte sich durch meine Arbeit zurückgesetzt; durch Angehörige der Familie, aus der ich kam; durch meine Freunde (die manchmal andere waren als unsere gemeinsamen Freunde).

„Was unsere tiefen gefühlsmäßigen Bindungen anbelangt, David", sagte Gwen, „wäre ich gern sicher, daß da zuerst Gott kommt, dann ich, und an nächster Stelle all die anderen Dinge und Menschen, die deine Aufmerksamkeit erfordern. Wir wollten aufrichtig zueinander sein: das ist aufrichtig wie ich fühle."

— **Mache nicht fortwährend Vorwürfe.** Jetzt war ich an der Reihe zu sagen, was mich bedrückte. Ich erschrak bei dem Gedanken, fortwährend nörgelnde Vorwürfe zu hören. Während der Perioden von Gwens Depressionen neigte sie dazu, mir Vorhaltungen zu machen, die nahe ans Nörgeln herankamen.

— **Jeder sollte versuchen, dem anderen genug Raum zu lassen.** Wir sollten uns gegenseitig so viel Freiheitsraum wie möglich einräumen. Gwen gab zu, daß sie sich hier zurückgesetzt fühlte. Ich traf immer viele Menschen, wurde immer wieder angespornt und herausgefordert. „Liebling, mein Leben ist so unbeschreiblich eng", sagte sie. „Es mißt ungefähr einhundert Quadratmeter: von der Garage zum Auto und von der Küche ins Schlafzimmer. Ich rede mit Bekannten im Supermarkt über dumme kleine Dinge, wenn ich wirklich einmal auf andere Gedanken kommen will. Ich möchte eine Aufgabe. Eine Aufgabe, die meine Hände tätig und mein Herz engagiert erhält."

So beschlossen wir, daß Gwen bei der Teen Challenge-Arbeit helfen sollte. Sie glaubte in der Lage zu sein, die Briefe der Menschen zu beantworten, die sich mit ihren Nöten an uns wandten. Diese Aufgabe übernahm sie. Auf der anderen Seite versprach sie, niemals meine Arbeit und Aufgaben in Frage zu stellen, außer im Gebet Gott gegenüber, wenn sie um eine Antwort bat. Sie wollte den Führungen Gottes in meinem Leben vertrauen.

— **Wir sollten mit Problemen rechnen.** Wir sollten uns nicht einbilden, daß wir leben könnten wie eine Königin und ein König in ihrem Schloß, sondern wir wollten uns der Tatsache stellen, daß dieses Leben voller Probleme ist. Wir wollten uns nicht dadurch, daß Schwierigkeiten kämen, einschüchtern lassen. Unsere Haltung sollte vielmehr die sein: „Also gut, hier kommt das Problem 1827; das Problem 1828 wird sicherlich bald folgen." Wir versprachen uns gegenseitig, daß wir die Schwierigkeiten auslachen wollten. Wir wollten uns von der heuchlerischen Meinung lossagen, daß wir irgendeinen besonders geistlichen Stand verloren hätten, nur weil es Schwierigkeiten in unserem Leben gab. Die Bibel bestärkte uns in dieser Ansicht mit dem Wort aus Psalm 34, Vers 20: „Zahlreich sind die Leiden des Gerechten, doch aus allen rettet ihn der Herr."

— **Wir wollten nie in die Falle gehen, die heißt: wir verstehen uns nicht.** Ich hatte festgestellt, daß dies unter Bekannten, die sich scheiden ließen, die am meisten gebrauchte Redensart war. Jeder Mann und jede Frau waren der Meinung, daß sie von ihrem Ehepartner nicht mehr verstanden wurden. Wir wollten nicht zulassen, daß dies bei uns geschehen würde. Wir versprachen uns, daß, wenn unser Verhältnis wirklich durch Mißverständnisse bedroht war, wir uns gegenseitig aussprechen wollten.

— **Wir wollten darauf achten, daß wir uns nicht gegenseitig Wunden zufügten, die zu tief gingen.** Es gibt manchmal kleine Dinge, die man dem anderen sagt, die einfach zu weh tun, und von denen man sich nur schwer wieder erholen kann. Gwen zum Beispiel fühlte sich gedemütigt, wenn ich ihr Englisch öffentlich korrigierte. Ich versprach ihr, das nicht mehr zu tun. Sie ihrerseits nannte mich, wenn sie ärgerlich war, einen Heuchler. Ich wußte, daß es Dinge in meinem Leben gab, die noch besser werden mußten, aber ich wollte nicht fortwährend auf solche Weise daran erinnert werden.

— **Wir wollten uns beide innig lieben** — physisch, meine ich. Gwen und ich lachen heute noch beide über den ersten Besuch, den wir gemeinsam in New York machten. Ein Freund, Phil, holte uns im Taxi ab. Ich hatte sie davor gewarnt, daß Phil vielleicht einiges sagen würde, was ihr peinlich wäre. Und Phil kam tatsächlich an jenem Abend direkt zur Sache.

„Kleine Dame", sagte er, „ich möchte Ihnen einen Rat geben. David ist von Gott zu seiner Arbeit berufen worden, und dazu gehört auch die Arbeit mit Prostituierten. Überall im ganzen Land werden ihn Leute einladen und ehren und werden ihm nachlaufen. Und er wird in viele Versuchungen geraten." Ich bebte innerlich. Doch Phil fuhr fort: „Sie sollten immer für ihren Mann beten, aber es gibt noch einen anderen Weg, der allein Ihnen offensteht, um ihn vor Schwierigkeiten zu bewahren, meine Liebe. Lieben Sie ihn mit aller Macht, auch körperlich. Jedesmal, wenn er verreisen muß, sollten Sie alles getan haben was Ihnen möglich war, damit er immer an Sie denkt und seine Gedanken keine andere Richtung nehmen müssen."

Gwen hatte gelacht, aber wir wußten beide, daß Phil recht hatte. Eine gute Ehe braucht auch einen guten Teil Sexualität, ganz gleich, ob der Mann viel unterwegs sein muß oder nicht. Wir waren uns jetzt einig darin, daß dies einer der besten Ratschläge gewesen war, den wir je erhalten hatten. Wir werden versuchen, das Feuer immer gut brennend zu erhalten, damit keiner des anderen überdrüssig wird.

— Sage nicht: „es tut mir leid", wenn es nicht wirklich so ist. Wir wollten niemals eine Aussprache einfach abbrechen, indem wir sagten, es täte uns leid, nur, um damit Meinungsverschiedenheiten beiseite zu schieben. Außerdem wollten wir nie zu Bett gehen, wenn wir noch Ärger aufeinander hatten.

— Übersieh nicht die kleinen Dinge. Gwen hatte eine Art ihre Wäsche im Badezimmer aufzuhängen, die mich immer wütend machte. Ich sagte es ihr endlich und sie versprach, in Zukunft sorgfältiger zu sein. Ich wiederum war offensichtlich immer dann nicht erreichbar, wenn Hausarbeit getan werden mußte. Wir nahmen uns vor, dafür zu sorgen, daß die kleinen Dinge nicht überhand nehmen konnten. Wir wollten darüber reden und sie aus der Welt schaffen.

Nun, das war es also. Wir kamen aus unseren Flitterwochen zurück und kamen dabei an dem Ort vorbei, wo wir vor zwanzig Jahren unsere ersten Flitterwochen verbracht hatten.

„Du weißt, wo wir sind?" fragte Gwen.

„Na, sicher."

„Es war ziemlich mies damals, wie? Unsere ersten Flitterwochen, meine ich", sagte Gwen. Wir mußten beide tüchtig lachen.

„Wie war es denn diesmal?" fragte ich Gwen.

Sie langte mit der Hand herüber und streichelte mich sanft.

„Diesmal, mein Lieber, war es tausendmal besser."

Schlußwort

Würde mich jemand fragen, welcher Teil dieses Buches mir als der wichtigste erscheint, wüßte ich die Antwort genau. Und diese Antwort würde heute anders ausfallen, als die, die ich vor 18 Monaten gegeben hätte, als ich begann, das Buch ES BEGANN MIT KREUZ UND MESSERHELDEN zu schreiben. In den vergangenen Jahren hat es einen weiteren Krieg im Nahen Osten gegeben. Die Energiekrise ist ausgebrochen und die Verfolgungen der Christen nehmen zu und erreichen sogar solche abseits gelegenen Länder wie Uganda. Die Zeichen mehren sich, die darauf hindeuten, daß das Ende nahe ist. **Ich bin gebeten worden, aus dem BRIEF AN BOBBY ein eigenes Buch zu machen, weil das Thema so wichtig ist.**

Ich werde dies tun, aber ich lasse den Brief trotzdem in diesem Buch, da es sich um so vieles handelt, was ich vor allem jungen Leuten sagen möchte. Wir haben auch einen Film über die Endzeit hergestellt: DIE STRASSE NACH HARMAGEDON. Es ist das anspruchvollste Projekt, das Welt-Challenge je unternommen hat. Vielleicht wird es einmal möglich, daß auch Sie ihn sehen.

Aktuelle Bücher —
man muß sie gelesen haben!

GEISTERFÜLLTES TEMPERAMENT Tim LaHaye
Tim LaHaye, vielen schon bekannt durch sein Buch „Der Anfang vom Ende", zeigt in „Geisterfülltes Temperament" in gewohnter Meisterschaft, wie seelische Nöte und Probleme der Menschen (Zorn, Groll, Spannungszustände, Unruhe, Furcht, Depressionen usw.) ihre Ursachen oft im Temperament haben, und wie in diesen Problemen auch die Wurzeln vieler physischer Krankheiten zu suchen sind. Doch das Buch bleibt hier nicht stehen, sondern zeigt auch den Weg, wie diese Probleme, unter denen die Menschheit vor allem in unserer Zeit so sehr seufzt, durch das Wirken des Heiligen Geistes im Leben des Menschen gelöst werden können. Gerade heute ist dieses Buch nötiger als je, denn es gibt Antworten, wo der Psychiater oft nur Feststellungen treffen kann.
Art.-Nr. 20 058   178 Seiten   DM 13,80

DER ANFANG VOM ENDE Tim LaHaye
Die gegenwärtige Generation der Menschheit ist die letzte — zu dieser Überzeugung ist der Autor nach langjährigem Studium der gegenwärtigen Ereignisse im Licht des prophetischen Wortes der Bibel gekommen. Dr. LaHaye beginnt mit der Endzeitprophezeiung Jesu aus Matthäus 24 und ergänzt und vergleicht sie mit den Prophezeiungen von Daniel, Hesekiel, Paulus und Johannes. Themen wie die Entrückung, der neue Weltkrieg, Israel, der neue Tempel, der Angriff aus dem Osten, der große Abfall, die Arche Noahs, die ökumenische Kirche, die unvereinten Nationen, die letzte Generation usw. werden hier klar von der Bibel besprochen und beantwortet. Das Buch ist so geschrieben, daß Gläubige und Ungläubige gleichermaßen davon profitieren können.
Art.-Nr. 20 056   184 Seiten (Paperback)   DM 13,80

OFFENBARUNG DES VERBORGENEN R. Douglas Wead
Ist es möglich, Informationen zu erhalten, die man durch die fünf menschlichen Sinne bzw. durch andere normale menschliche Möglichkeiten nicht bekommen kann? Wenn ja — wie ist es möglich? Durch übersinnliche menschliche Fähigkeiten? Durch dämonischen Einfluß und okkulte Praktiken? Durch Gott, der, wenn Er es nötig findet, dem Menschen Verborgenes offenbart, wie z. B. den Propheten im Alten Testament? Wenn Gott es heute noch tut, auf welche Weise tut Er es? Mit diesen und ähnlichen Fragen beschäftigt sich das Buch und zeigt dabei etwas von den Möglichkeiten der Gaben des Heiligen Geistes.
Art.-Nr. 20 066   148 Seiten   DM 9,95

MIT DEM HEILIGEN GEIST AN'S ZIEL Georg Steinberg
Jeder Christ weiß, daß er in der heutigen so verwirrten Zeit ohne die Führung des Heiligen Geistes nicht auskommen kann. Dieses Buch zeigt uns anhand der Brautwerbung des Elieser für den Sohn seines Herrn in biblisch fundierter Weise, wie der Heilige Geist die Gemeinde Jesu führen kann und will, wenn wir uns Ihm anvertrauen. Die Notwendigkeit und Möglichkeit solcher Führung auch im Leben des einzelnen wird uns groß gemacht und auch gezeigt, wie der Heilige Geist uns ausrüsten will. Jeder Christ wird das Buch mit viel Gewinn lesen.
Art.-Nr. 20 095   110 Seiten (Taschenbuch)   DM 7,80

Preisänderungen vorbehalten.

DER AGENT DES SATANS Mike Warnke

Das Buch, welches Sie in der Hand haben, weist auf den in der heutigen Zeit rapide wachsenden Okkultismus hin und bezeichnet ihn als eines der wichtigsten „Zeichen der Wiederkunft Christi". Jedem, der mehr über die satanische Wirklichkeit und die riesige Gefahr des Okkultismus wissen möchte, kann man Mike Warnkes „DER AGENT DES SATANS" nur empfehlen. Es gibt unseres Wissens kein Buch, welches so realistisch schildert, „was wirklich dahintersteckt", wie dieses. Dies ist allerdings kein Wunder, denn der Autor war selbst dabei. Noch beeindruckender ist aber dann sein Bericht darüber, wie vor der Erlösermacht Christi und der Kraft des Heiligen Geistes die Mächte des Bösen weichen müssen. So wird dieses Buch zu einem mächtigen Zeugnis der Gnade und Kraft Jesu Christi.

Art.-Nr. 20 054   224 Seiten   **DM 13,80**

DER WANDERER GOTTES Ellen Gunderson Traylor

Das ist die Geschichte eines Mannes, der es unter dem Eindruck eines sein Leben umwandelnden Erlebnisses wagt, sich gegen Religion, Überlieferungen und Sitten seiner Gesellschaft aufzulehnen, alle Sicherheiten hinter sich zu lassen und in die Ungewißheit eines Neuanfangs zu gehen. Mit dem Leben Abrahams, denn er ist der „Wanderer Gottes", wird uns ein gewaltiges Panorama der alten Welt entrollt. Wir werden nach Ur, Damaskus, Sodom und Ägypten geführt und lernen auch ein Stück des Lebens der Nomaden kennen. Gleichzeitig ist es aber auch die Geschichte der Geburt eines Volkes, das später „Gottes Volk" genannt wird, nämlich Israels. Sie sollten nicht versäumen, dieses Buch zu lesen.

Art.-Nr. 20 084   366 Seiten (Paperback)   **DM 18,80**

ENTSCHEIDUNG AUF DEM KARMEL William H. Stephens

Das ist die Geschichte Elias, des großen Propheten Israels, der als einzelner den Mut hatte, sich von Gott gebrauchen zu lassen, um gegen die bestimmende geistige Strömung seiner Zeit und gegen das israelitische Königshaus aufzustehen. Dabei kommt es zur gewaltigen Auseinandersetzung zwischen dem Gott Israels, dem Gott Abrahams, Isaaks und Jakobs, der durch Elia vertreten wird, und der heidnischen Baalsreligion, die von der phönizischen Königstochter Isebel, die Israels Königin ist, in Israel eingeführt wird. Diese Auseinandersetzung findet in dem dramatischen Gottesurteil auf dem Karmel seinen Höhepunkt. Ein ungeheuer packend erzähltes Buch. Sie sollten es unbedingt lesen. Auch als Geschenk gut geeignet.

Art.-Nr. 20 029   312 Seiten (Paperback)   **DM 18,80**

SOLLTE GOTT KEINE WUNDER TUN? Träff/Petman

Immer wieder hören wir in der heutigen Zeit unter aufrichtigen Christen die Frage, ob Gott doch noch einmal eine gewaltige Erweckung schenken wird. Dieses Buch hier ist die Geschichte einer großen Erweckung in unserer Zeit, die ein ganzes Volk bewegte. Es ist die dramatische Lebensgeschichte des finnischen Evangelisten Niilo Yli-Vainio. Durch ihn brach in Finnland eine gewaltige Erweckung aus, die noch andauert. Tausende fanden zu Christus, Wunder geschahen, Kranke wurden geheilt — und das alles heute!

Art.-Nr. 20 090   142 Seiten (Paperback)   **DM 10,80**

Preisänderungen vorbehalten — Zu beziehen durch:

Leuchter-Verlag eG, Industriestraße 6—8, D-6106 Erzhausen, Postfach 1161
In Österreich: Buchhandlung der Methodistenkirche, A-1082 Wien,
Trautsongasse 8, Postfach 65